有爱的青春陪伴者

我在综艺里分手恋爱

西澄布丁 著

江苏凤凰文艺出版社

图书在版编目（CIP）数据

我在分手综艺里恋爱 / 西澄布丁著. -- 南京：江苏凤凰文艺出版社, 2022.12
 ISBN 978-7-5594-7238-0

Ⅰ.①我… Ⅱ.①西… Ⅲ.①长篇小说－中国－当代 Ⅳ.①I247.5

中国版本图书馆CIP数据核字(2022)第203240号

我在分手综艺里恋爱
西澄布丁 著

责任编辑	王昕宁
特约编辑	周丽萍　李　娜
出版发行	江苏凤凰文艺出版社
	南京市中央路165号，邮编：210009
网　　址	http://www.jswenyi.com
印　　刷	长沙鸿发印务实业有限公司
开　　本	880mm×1230mm　1/32
印　　张	9
字　　数	258千字
版　　次	2022年12月第1版
印　　次	2022年12月第1次印刷
书　　号	ISBN 978-7-5594-7238-0
定　　价	39.80元

江苏凤凰文艺版图书凡印刷、装订错误，可向出版社调换，联系电话025-83280257

目录
contents

EP 1 ---------------------------------- 001
宜·重逢

EP 2 ---------------------------------- 043
宜·回忆

EP 3 ---------------------------------- 095
宜·表白

EP 4 ---------------------------------- 149
宜·重圆

目录
contents

EP 5 ------------------------------- 191
宜·相爱

EP 6 ------------------------------- 229
宜·如愿

番外一 ----------------------------- 260
宜·新婚

番外二 ----------------------------- 273
宜·期盼

EP 1
宜·重逢

01

问:"您二位分开多久了?"

女人:"三年。"

"三年。"男人语气微顿,"一个月零十五天。"

问:"能讲一下分手原因吗?"

女人:"性格不合。"

男人:"没有原因。"

问:"分开这么久,一直都没有见过面?"

女人:"没有。"

男人:"没有,如果通过网络的不算。"

问:"为什么愿意参加我们节目?"

女人:"因为工作。"

男人:"闲。"

"好的，您和您的前任将开启一段只有你们两个人的分手旅行，行程十天九夜，这期间您可以中途退出，也可以选择和对方一直走到最后。在节目为您二位设置的目的地那里，有一个'Yes or No'的终极抉择……"

灯落，光暗，节目录制前的采访结束。

郁唯祎送编导和摄像出门。

楼道开着窗，风涌入，卷起她松松垂着的长发。

短暂逃离镜头的郁唯祎放松下来，站在门口有些迟疑，似乎不能适应再次回到装满摄像头的出租屋。

"小唯姐，我刚才在镜头里看你好漂亮啊，比我平时拍的那些女明星都美。"同事郭芩没走，好奇地追着她八卦，"小唯姐，你刚才那句'因为工作'才参加的节目是什么意思呀？咱们公司现在还流行幕后转台前了吗？"

作为国内知名视频平台鲜橙网的节目制作人，郁唯祎策划过不少口碑好热度高的综艺，却还是第一次以素人嘉宾的身份真实参与其中——尤其是这档节目还是几个月前她亲手提交策划的。

这种感觉就像你津津有味地准备"吃瓜"，却忽然发现这瓜要由你自己生产，还当着全国网友的面。

郁唯祎头疼地捏捏眉心，苦笑。

"没什么，领导说节目预算不够，大头的制作费都用来请网友提名的那几对嘉宾了，还差一对，我就自己上了。"

郁唯祎撒了谎。真实预算远超她以前制作的几档S级综艺，但是向来苛刻的副总裁在回复她这项提案时，可以说是有求必应，只提了一个条件——素人嘉宾。

但符合要求的人太少了，更别说是参加这种类型的综艺节目。

郁唯祎不想让团队辛苦数月的成果付诸东流，所以她答应自己参加。从不喜欢抛头露面的郁唯祎也在赌，赌她唯一一任前男友不可能参加这个节目,所以她暂时答应不过是缓兵之计,私下里其实一直在找颜值高又愿意出镜的素人。

但没想到,他竟然同意了。

郁唯祎缓缓闭了下眼,敛去眼底的苦涩,拿出一直在振动的手机。

群里炸了锅。

艾比:【嗷嗷嗷,我不行了,他好帅好有个性啊,我问他为什么同意来我们节目,他竟然说了句因为闲!这就是财务自由后的底气吗?】

辛晴:【所以小唯姐当初怎么舍得和这么帅的男朋友分手的?两人真的好配啊。】

艾比:【可能都是工作狂吧,谈恋爱浪费时间。】

王美丽:【我们公司那个女魔头要夹带私货上节目了,还被一群马屁精吹捧什么工作狂,我呕,她哪里努力了?就知道靠脸上位。要我说,她活该单身,她前任和她分得好,不然指不定现在头顶绿成啥样。】

辛晴:【你在说什么?】

【王美丽撤回了一条消息。】

被提醒后惊觉自己发错群的王美丽迅速销声匿迹,几个挑起话题的同事也尴尬地没再说话。

郁唯祎冷冷盯着屏幕,进家,忍耐着被摄像头包围的不适,停在咖啡机前,加水倒咖啡豆。

机器"嗡嗡"地磨出咖啡香,群里安静下来,直到有人@她。

郭芩:【小唯姐,明天中午一点,MOR 餐厅,不要迟到了哦,你和蒋熠收到的时间一样的。】

郁唯祎瞳孔微微一缩,瞬间加剧的心跳蔓延至手指,正在编辑的工作文档多了串不合时宜的乱码。

墙上的钟表无声又匀速地转动。

距离两人分手三年后的第一次见面,倒计时,十九小时三十五分二十九秒。

时间走得缓慢。

晚上快十一点时,郁唯祎合上电脑,下楼倒垃圾,然后走到小区门外,在一条僻静的小巷停下:"小鱼,小鱼。"

几分钟后,一只橘白相间的流浪猫从草丛中警惕地探出小脑袋,嗅到郁唯祎身上的熟悉气息后,这才凑到她手边,放心地闷头狂吃。

郁唯祎温柔地退后几步,给它留够安全空间:"慢点呀,都是你的。"

软乎乎的小猫"喵呜"了一声,脑袋依旧埋在猫碗里,像在回应。

喂完,郁唯祎盯着重新藏进草丛的一团黑影,发了会儿呆,起身回家。

值班的保安和她打招呼:"又去喂猫啦?还是上次那只?"

郁唯祎点点头,攥着剩下的猫粮犹豫了一会儿,递给保安大叔,诚恳道:"如果您不介意,麻烦您值班时帮我喂一下,放到草丛边就行,麻烦您了。"

"好嘞好嘞,不麻烦。"保安从面前这位顶顶漂亮的姑娘搬到这个小区时就在岗,对她印象极为深刻。当然不只是因为姑娘长得好看,最主要是她从不像其他住户那样自视甚高,无论何时碰面她都极其礼貌。

尤其这姑娘只要在家,每天都会雷打不动地给附近的流浪猫喂食,这些警惕的小动物在他看来有点小白眼狼,几乎是刚被姑娘喂熟,后脚就又因着她出差而消失不见,换了一拨又一拨,但她依然坚持投喂。

"闺女,你这么喜欢小动物,怎么不自己养一只啊?"保安没忍住自己的好奇心。

郁唯祎眸光微黯。没有照顾它们的能力,就冒失地领养,那是对生命的不负责。

她笑了下,谢过保安,疾步上楼。

时钟指向二十三点一刻。倒计时,十三小时四十五分。

走廊上映着一道清冷的长影,在踏进去之前握着门把,呼吸沉了又沉。有一瞬间,从未有过的胆怯在郁唯祎心底疯狂肆虐,翻出一道不敢提及的刻骨铭心的身影,压得她喘不过气。

第一次想要临阵退缩的郁唯祎,不愿甚至不敢承认,这些引起她逃跑念头的根源，其实根本不在于什么无法克服的镜头尴尬症，而是因为三年未见的前男友——蒋熠。

手机"嗡嗡"振动，将躲进浴室的郁唯祎从茫然拉回现实。

蛋卷儿：【你们之前要做的分手节目居然是真的啊？！我看到网友路透了，果然没有你不敢搞的节目！把全网知道的分手前任请来再一起旅行这种狗血脑洞都能被你们想出来，我先押一包辣条赌它能火。】

蛋卷儿：【有一说一，我现在已经开始尴尬了，脑补了下，两个分手多年的旧情人重逢以后相对无言，各自玩手机，旁边还有一堆拍摄的机器和翘首以待等着看他们尴尬的网友，简直就是大型社死现场。】

蛋卷儿：【真的会有人愿意参加吗？哦，那些想圈钱或者利用网友的意难平心理翻红的明星除外。】

郁唯祎额角跳了跳。

许久，她才默默发了一个"有"的表情包。

蛋卷儿：【快和我说说是谁！路透里我就看到了最早期的"最甜荧幕情侣"的那个男的，他 CP（搭档）我都没看见，你们保密工作做得还挺好的。】

蛋卷儿：【我看你们之前的招商会上还说会邀请素人参加，纯素人吗？还是网红？应该没几个普通人愿意把自己的感情私事放到节目上吧，尤其还是和前任，感觉再见面能尴尬得让他们连夜抠出一条逃跑通道。】

郁唯祎看着对话框里文丹乐接连发来的信息，刚做完心理建设的勇气差点儿再次离家出走。

蛋卷儿发来语音："怎么不说话啦？是还在保密不能说？行吧，那我继续蹲路透，你明天还上班吗？不上班的话我去找你。"

郁唯祎闭了闭眼，恢复冷静回复文丹乐："你认识。"

文丹乐一愣："嗯？我认识？

"不会吧，我身边谈过恋爱的朋友倒是很多，但颜值高得能上节目的也只有你和蒋少爷了。不过你俩不是分手之后就没联系了吗？何况也不在一个城市……我的天！该不会就是……"

语音戛然而止，转为视频邀请。

尖锐的嗡鸣刺激着郁唯祎此刻本就脆弱的精神。

她挂断，调静音开启免打扰模式，不顾屏幕那端震惊得无以复加的文丹乐，回了条"我先睡了"，然后睁着清醒的眼上床。

时钟继续在黑暗里嘀嗒，缓慢而煎熬。

第二天，一宿没睡着的郁唯祎起床，出门前，她化了个淡妆遮盖略显苍白的气色。

无处不在的摄像头清晰映出一张干净通透的美人脸，轮廓增一分太多，减一分太少，三庭五眼的标准比例，是那种骨相皮相皆上乘的清冷美人。

一身"性冷淡风"的休闲装让她看上去不像是去赴前男友的约，而是去和竞争对手开会，谈不拢了还能随时撸起袖子干场架。

郁唯祎扯出一个微笑，使自己看上去没那么僵硬。

抵达时，距离下午一点还差一刻钟。郁唯祎坐在车上，没动，盯着手机上无病呻吟的公众号翻来覆去地浏览，她偶尔抬头看一眼餐厅，又淡淡收回视线，一脸看似不急不躁的淡然。

直到倒计时走向最后五分钟，郁唯祎收起手机，指尖微不可察地轻轻颤了颤，推门下车。

跟拍离得稍远，有服务生引着她落座，没等她开口，服务生微微笑着一躬身："郁小姐，蒋先生已经点好菜了，请您慢用。"

郁唯祎礼貌颔首，目光扫过面前精致诱人的法餐，微抬眸，极力保持镇定的坐姿不自觉绷紧，端起水杯轻啜。

时钟指向下午一点，门口安静。

郁唯祎换了个坐姿，依旧平平静静地喝着水，看不出情绪。

过了五分钟，服务生给她端上一份鹅肝，一同带来的还有某人的口头道歉："郁小姐，蒋先生刚打来电话，说他临时有事无法赴约，请您见谅，他在新沙等您。"

临时有事？

郁唯祎平静颔首，回了服务生一个波澜不惊的微笑。

很好，不按套路出牌，是他的风格。

《分手旅行》正式录制的第一天，被放鸽子的郁唯祎解决完只有一个人的午饭，开车驶向新沙——新沙是她和蒋熠的家乡，从她现在生活的西覃市开车过去大概需要两个半小时。

夏末慵懒的日光逐渐西沉时，车子驶出高速出口，随着首站住宿地越来越近，郁唯祎的大脑再度无声绷紧。

这档节目从领导要她参加时就没再过她的手，郁唯祎不清楚整个旅途具体去哪儿，也不知道两人要做些什么，甚至不知道蒋熠是否已经先她抵达，这样未知的状态加重了她的紧张。郁唯祎咬了下嘴唇，清醒的刺痛感换来些许冷静，跟着导航驶入她并不熟悉的近郊。

所有人看她都冷静自持，但无人知晓她握着方向盘的双手在微微发抖。

车子在一栋临湖的别墅前停下，风景优美，心旷神怡。郁唯祎下车拿行李，借着动作的遮挡缓缓深吸一口气，而后推开别墅门。

别墅里很安静，郁唯祎环视一圈，没看到行李箱，身子不自觉微微放松。

她拿出便携式咖啡机，进厨房烧水。长期加班使得郁唯祎习惯性地靠咖啡提神，纵使现在不需要工作，但戒不掉的瘾却因着紧张变本加厉。

"喵呜——"软软的声音穿过弥散开来的咖啡香，像是闻香前来的不速之客。

郁唯祎回过头，见不远处趴着一只小小软萌的白猫，琉璃似的湛蓝眼珠看着她，娇憨可爱。

她欣喜地疾步过去，蹲下身温柔地伸出手，试探性地轻轻顺着它的毛。小猫没有想象中的抗拒，反而在她脚边窝成一团，眼睛微微眯起，小脑袋靠着她，像在享受。

郁唯祎把它抱起来，坐到沙发上，她兴致勃勃地拿出手机搜索附近的超市，猫粮玩具一股脑儿地往购物车里加，还时不时轻声征求它的意见：

"你喜欢粉色还是蓝色？喜欢粉色喵一声，喜欢蓝色喵两声，都喜欢就喵三声……那就都买啦……你有名字吗？喊你'小鱼'怎么样呀？"

从天而降的惊喜消解了郁唯祎独自一人面对镜头的尴尬，她下好单，把小鱼从腿上放下，边起身边说："小鱼乖哦，妈妈去厨房做饭，你乖乖待在这里，不能乱跑哦。"

身后忽然传来一声轻响，"砰"地击中她心脏。

"几年不见，你这是多了个孩子？"音色好听，却是一如既往的欠揍。

郁唯祎浑身僵住，仿佛听到时间在耳边飞快流逝。

"您和前男友蒋熠的见面，倒计时变为零。"

"新的倒计时从现在开始，您二位十天九夜的旅程，还剩下九天零六个小时二十五分五十九秒。"

距离他们再一次离别还有九天零六个小时二十五分五十九秒。

郁唯祎低头，看到蒋熠落在自己身侧的影子。

他个子高，即使站在离她还有几步之遥的门口，侵略感也无处不在，黄昏拉长了他本就颀长的身材，宽肩窄腰的绝佳比例却依旧分明，与记忆里的样子缓慢重合。

郁唯祎转过身，语气克制："几年不见，你是智商又退化了？"

男人逆光站着，一张情绪难明的俊脸隐入暗处，姿态没个正形。闻言，他懒洋洋地直起身，朝她走近几步，清晰立体的轮廓缓缓映在她双眸中。

郁唯祎呼吸轻轻一窒。

蒋熠生得周正，是那种剑眉星目的好看，气质却截然不同，痞气乖邪，尤其一双青黑的眼，轻佻慢笑地看着人时，总让人想起深夜里勾人心魄的成精后的公狐狸。

他低下头，五官在她眼前放大。

察觉到她的后退，蒋熠嗤笑一声："郁唯炜，你怼人的时候，好歹得看着人眼睛才有说服力吧？"

郁唯祎迎上他的视线："郁唯祎，一二三四的 yī。"

他不置可否，长身站直，推着行李箱上楼。经过郁唯祎放在楼梯口的箱子时，他拎起来直接放到长廊靠内的一间房里，自己则进到临着马路的那间。

郁唯祎站在楼下，飞快收拾好方才被男人轻而易举扰乱的情绪，准备做饭。

冰箱里没什么吃的，刚才给小鱼买猫粮时，她顺便挑了些速食品，等外卖送到后，她先是拿妙鲜包拌了些猫粮，安顿好小鱼，这才开始做自己的。

蒋熠下楼时，就看到一人一猫待在餐厅，氤氲升腾的水汽从自热小火锅的盖孔里冒出来，小鱼蹲在姑娘脚边，圆脑袋扎进碗里，吃得津津有味。

桌上放着一个小碟和一双筷子，没有他的。

真是人不如猫。

蒋熠走到郁唯祎面前坐下。

吃得正香的小鱼抬头看看他，"喵呜"了一声，又埋下头去，仿佛恩赐般地赏他一个招呼。

蒋熠在心里说了句小没良心。

"两个人，一份火锅，怎么吃？"蒋少爷发话了。

郁唯祎头也不抬："各吃各的。"

蒋熠盯着她，目光玩味："各吃各的？干脆我们也各自旅行，直接终点见。"

"行啊。"郁唯祎把视线从手机上移开，掀开自热小火锅的盖子，瞬间弥漫的蒸汽模糊了男人的表情，也给她的嗓音平添了一丝缥缈，"也许不用等到终点。"

很好，节目直接杀青。

见面第一天，两人犹如积怨已久的仇人，脾气一点就着，说话夹枪带棒。对比隔壁几组迟迟不进入正题的明星，他俩以一己之力提升了整个节目的热度看点，给后期剪辑省了不少事儿。

躲在暗处的跟拍摄像忍不住擦把汗：妈呀，女魔头就是女魔头，长得再好看也掩盖不了她拼命三郎的工作狂本质，瞅瞅，亲自上阵的节目都没忘记节目 KPI（绩效指标），难怪年纪轻轻的就能做到公司最年轻的部门总监。

蒋熠起身，给自己拿了一份碗筷，重新落座，有些嫌弃地看着红油油一片的小火锅，半响，看到一片还算合胃口的藕，勉为其难地伸出筷子。

"叮——"筷子在空中被人拦截。

郁唯祎眼皮轻抬："你干什么？"

"你不是说了吗？"蒋熠压制着她的手，似笑非笑地看着她，语调拉长，"各、吃、各、的。"

他夹走那片藕放到自己碗里，身体散漫地往后一靠，挑眉道："你吃你的我吃我的，我们互不打扰，不是正如你意？"

郁唯祎喝了口咖啡，安静几秒后，选择暂退一步："厨房里有，你自己做。"

蒋熠看着她："你知道，我不会做饭。"

郁唯祎指尖一顿，心底被戳开一道软软的细缝。她抬眸，对上他深黑的眼，转瞬收回，说："上面有操作步骤。"

蒋熠盯着她看了会儿，如有实质的目光几乎要穿透郁唯祎镇定自若的外壳，眼底情绪晦暗。

须臾，他站起来去厨房，挑了份和她一样的火锅。

时隔三年，再次坐在一张桌上吃饭，没有寒暄没有默契，只有靠蹩脚的斗嘴和自以为淡定的无视来掩饰真实的情绪。

文丹乐说得对。

郁唯祎真的想连夜给自己挖出条退缩通道了，她怀疑同事们在这儿放一只猫就是为了避免他们之间太过尴尬——效果聊胜于无。

饭后，郁唯祎开着电脑，尽量忽视某人的存在专心工作。小鱼窝在她腿上，舒舒服服地享受着美人服务，偶尔睁开眼，就看到远处坐着的男人幽幽看着它，好像觊觎它零食的狗子。

它宣示主权地"喵呜"了一声：你瞅啥？再瞅我喵你，不要以为你长得帅就可以为所欲为,我还长得好看呢。

蒋熠腹诽:不仅人不如猫,还要被猫鄙视。

郁唯祎策划案写到一半,眼前的光忽然变暗。一只干净修长的手搭在桌面上,骨节弯起,轻叩,能看到手背上线条漂亮的青筋。

"你还得多久?"

郁唯祎看了眼时间,二十一点四十五分,距离她平时睡觉的时间还尚早:"两个多小时,怎么了?"

"我困了。"蒋熠在她面前坐下,冷白色的皮肤被光勾勒得微暖,眼睛却越发黑。

郁唯祎莫名其妙:"困了你就睡。"

蒋熠说:"浴室挨着我的房间,如果你忙完再洗澡,会影响我休息。"

"你可以睡另一间。"

"我不想。"少爷脾气尽显。

郁唯祎不敢保证两人继续争下去节目是不是会直接杀青,于是再退一步,面无表情地合上电脑。

小鱼从美人怀里落了地,不满地冲蒋熠"嗷"了一声,而后迈着高贵冷艳的步伐沿着他脚边走了一圈。

蒋熠背对郁唯祎站着,低头朝它扮了个鬼脸,微微眯起的黑眸透出几分顽劣,他拿起桌上的毛线球,扔向远处。

小鱼"咻"一下跑远,乐不思蜀的小脑袋再无暇顾及人类的情情爱爱。

郁唯祎收拾好东西上楼。

她拐过楼梯,未见行李箱,心思微动,回头看到蒋熠正踏上一层台阶,和她隔着不远不近的距离。

许是心有所感,他忽然抬眸,浓眉挺鼻被光打下一层阴影般的轮廓,越发立体。郁唯祎迅速收回视线,经过一扇敞开的房门时匆匆瞥了眼,确定自己的卧室在最里侧。

关上门,她握着把手缓缓呼出一口气,心跳还有些乱,压了压,这才把一早准备的耳塞放回行李箱。

方才因着让步引起的零星脾气偃旗息鼓。

洗完澡回房，郁唯祎碰上刚从房间出来的蒋熠。他换了身黑色短 T 恤和短裤，像是准备去洗澡，骨子里玩世不恭的痞气被勾勒得越发撩人。

两人擦肩而过。

郁唯祎穿戴整齐，除了一头明显潮湿的长发以外，看上去和拎着电脑就能去公司开会的状态没什么两样。

在她即将推门的瞬间，背后传来一个声音："郁唯炜，地板湿了。"

她心底的火被他屡教不改的称呼引了出来，于是冷着脸转身，没好气地说："就几滴，影响你走路了？"

男人的回答一如既往的欠揍："影响。"

郁唯祎在心里骂了一句，转身回房，抽出几张纸，把那几滴水擦干，正要走，手腕又被人拽住。

"为了一劳永逸，麻烦你把头发吹吹。"

郁唯祎挣开他的手，稍纵即逝的灼热感烫得她大脑有一瞬短路，没过脑子的话脱口而出："我没有吹风机。"

这话是真的。她不喜欢吹头发，哪怕是没有暖气的冬天也固执地只用毛巾擦个半干，她头发又多，经常是晾了个把小时里面还是潮的。两人还在一起时，蒋熠不止一次说这样容易着凉，拿她没办法，后来就养成了带吹风机给她吹头发的习惯。

郁唯祎说完就后悔了，她这是和前男友服软逼他勾起以前的回忆吗？

她想走，蒋熠却比她动作更快，看她一眼，人已经去楼下了。

五分钟后，郁唯祎的房门被敲响。她拉开门，蒋熠手里拿着只没拆封的包装盒，递给她，语气散漫："拿着。"

郁唯祎一愣。

他的手横在空中，扣着盒子的骨节轻微绷紧，吹风机的 logo（商标）清晰可见。

她移开目光，接过："谢谢。"

蒋熠似笑非笑："真难得啊，能听到你一句好话。"

"如果你不想听,我可以收回。"

蒋熠一耸肩,赶在两人再次变炮仗之前识趣地闭上嘴,离开时,听到她轻声说:"我用完还你。"

"不用。"他嘴角很轻地动了动,回过身,一只手抄着兜,另一只手懒散地摸着鼻子,"节目组准备的,别多想。"

郁唯祎翻了个白眼:"你也别多想。"

说完,门"咣"的一声被关上。

这天晚上,郁唯祎没有因为隔音差有噪声等外界问题失眠——她睡眠差,入睡又一向困难,必须得在极度安静的环境下才能酝酿出睡意,而这间不临街四面都隔音的卧室完美解决了她分房前的隐忧。但千算万算都想不到,在外部环境已经无可挑剔的情况下,她却因为自己的问题失了眠。

先是因为隔壁睡着前男友而睡不着,后来好不容易静下心,她又因为晚上喝多了咖啡老想去厕所。

当郁唯祎第三次轻手轻脚地穿过走廊,看到微光下突然冒出的人影时,她吓了一跳。

蒋熠靠着墙,双手抱臂,用同样清醒的目光望着她:"郁唯炜,你打算折磨我到什么时候?"

郁唯祎到嘴边的"对不起"瞬间收了回去。

什么叫折磨?她又不是故意大半夜的不睡觉影响他,而且她动作已经很轻很轻了好吗!

"最后一次。"郁唯祎心里发狠,本就清冷的嗓音听上去有些决绝,"我不会再出来了。"而后疾步回房,却被他拦住。

"不出来你是想在房间里解决吗?"男人微弯腰,眸光深深地看进她的眼里,棱角分明的俊脸在月光下模糊不清,骨子里的不羁却不曾有丝毫变化,"郁唯炜,你一直不敢和我对视,是不是还爱着我?书上说,越在意越不敢看对方。"

"你想多了。"郁唯祎抬眸,强装镇定地冷漠道,"我说过,我的名字的最后一个字念 yī,一二三四的 yī,我不会还爱着一个连我名字都分不清的文盲。"

蒋熠薄唇绷紧,一语不发地拽住她的手,长臂捞过外套盖住一直对着他们的摄像头。他骤然靠近的距离逼得她与墙面严丝合缝,逼视她的眸光由慵懒转为乖戾:"郁唯祎,我是文盲还是流氓你不是最清楚?嗯?我也说过,你的那个 yī,只能是我的熠。"

郁唯祎心跳倏然一乱。

她极力克制着,强迫自己对上他此刻幽深难辨的眼。

月光被长廊折叠,无人知晓的剧烈心跳湮没在夜色中,两人在黑暗里无声对峙。

02

郁唯祎第一次见到蒋熠,是在高二升高三的那个暑假。

她转学回户籍所在地的高中,爸妈给她办完手续就急匆匆地回了西覃,留她一人在学校。无头苍蝇般闲逛认路时,她差点儿被一只擦身飞过去的篮球砸到。

"同学,你没事吧?"一个五大三粗的男生远远跑过来,没捡球,先和她道歉。

郁唯祎没太听懂。男生说话带点口音,对从小跟着父母在西覃长大的郁唯祎来说,整个家乡都陌生得只停留在旅游宣传片里,更不用说听懂他们的方言。

她摇摇头,正要走,对方却紧追不舍:"同学,你哪个班的?我叫王海,人称小胖儿,交个朋友吧?"

对方机关枪似的蹦出一长串,郁唯祎没法用摇头继续糊弄下去,只好停下脚:"麻烦你说慢一点。"

男生一愣,憨憨挠头,转为普通话:"不好意思啊,我打小语文就不好,丢人了。那个……你不是我们本地人?高一的?才转来?"问题一个接一个,热情得好像推销商品的人。

郁唯祎有些无从招架，正欲找个借口搪塞走人，远处又陆陆续续地跑来几个学生。

最前面那个边捡球边吐槽："胖子，你还打不打球了？又打着熠哥的旗号关心小学妹了？小心熠哥找你算账。美女，你好啊！哪个年级哪班的？以前怎么没见过你？"

一个想当导游的胖子还没能解决，又来一个话多想抢客户的瘦子，郁唯祎警惕地退后几步，看着面前乌泱泱压来的十数个人头皱眉。

"同学，你别怕，我们不是坏人，都是这个学校的学生。"瘦子听到几个没出息的同伴还吹了声口哨，眼一瞪，催促他们赶紧走，"滚滚滚，打球去，都堵在这儿像什么样子？打今儿起，这小学妹我罩着了。"

"我先过来的！"叫王海的男生冲瘦子挥了一拳，被瘦子灵活地躲过去。

"哟，五三不地道啊，光说我们，你怎么不走？我看小学妹害怕的其实是你吧？"同伴们哄笑着散开，却依然没走，惊艳而好奇地打量着郁唯祎。

郁唯祎冷静地看看四周，瞅准最宽阔的方向转身就跑。眼看着教学楼越来越近，迎面突然多了个悠闲踱步的路人，刹车不及的郁唯祎直接撞了上去。

男孩被她撞得趔趄，晃了几晃后很快稳住。

郁唯祎忙不迭道歉。

"你道歉都不看着别人的眼睛吗？"男孩忽然倾身，一双眼漫不经心地看着她。

郁唯祎本能地后退，仰起头，又老老实实地说了声"对不起"。

她眼睛近视，度数不算高，平时并没有戴眼镜的习惯，但因为担心自己看不太清而一直盯着人眼睛不礼貌，所以说话时目光会习惯性地稍微往下。

这会儿被迫与人直视，郁唯祎才发现面前的人很高。十七八岁的少年，身形是这个年纪特有的单薄。他站在光影里，烈阳从他身后晒过来，给他涂了一层格外轻狂的颜料。

郁唯祎闻到他身上好闻的气息,像青柠,清新中又夹杂着少年人身上特有的灼热感。她还没来得及看清他的样子,不远处有喧嚣,盖过蝉鸣。

"熠哥——"像是在喊他。

男孩看她一眼,然后懒洋洋地迈步,走到刚才那群男生中间。他像只因为好看而被供起来的雄孔雀,身边自发地围上一群臣服于他的小跟班。

郁唯祎发现新学校似乎并不如她想象中的那般美好。

可别再遇到这群"校霸"了,她这样想着。

然后,在第二天,她就被教导主任领到了"校霸"的"老巢"。

"欢迎欢迎!热烈欢迎!"教导主任前脚刚走,后排的胖子几人就上房揭瓦,卷起试卷"敲桌打鼓",肉眼可见的兴奋。

转学生的到来无疑给沉闷枯燥的高三生活加了一味调料,更别提来的还是个漂亮姑娘。

郁唯祎在最后一排的空位上落座,神色冷淡,她将书和试卷整齐摞在桌上,试图挡住周围人的目光。

却并没有什么用。

"同学,又见面了。"王海隔着过道探过头,笑起来很像熊二,"你还记得我吗?昨天在操场上差点儿不小心砸到你,没想到咱们这么有缘,嘿嘿,你叫什么名字?"

郁唯祎没说话,埋头订正错题。

讨个没趣的王海也不觉得丢人,探头探脑地抻长脖子想瞅她在写啥,椅子因为倾斜翘老高,结果还没看着,伍杉从后面猛钩了一下椅子。

"扑通——"小二百斤的胖子顷刻跪地,给刚好进教室的蒋熠拜了个早年。

"平身。"少年长身散漫,双肩包背在一侧,薄而清透的眼皮轻轻一抬,示意扭打到一起的两人让路。

王海和伍杉边打边号:"熠哥,你等会儿!我今天非做了这五三不可,昨天他就抢我风头!"

听到有些熟悉的称呼，郁唯祎准备出门的脚步微顿。她回过头，看到背对她的少年丢下书包，人往课桌上一倚，"哦"了一声："行，打吧，谁输了裸奔。"

两人蔫巴了，不情不愿地松手。

蒋熠拎起书包，走到最后一排，看到他一人独享的双人桌上面突然多了东西，蹙眉。

"熠哥，恭喜你告别单桌生活，和全校最好看的小仙女同桌。"王海挥舞着卷子给他撒花，见郁唯祎不在，"咦"了一声，"这么快就飞走了？果然是小仙女。"

蒋熠拧开一瓶矿泉水，嗓音不耐烦："说人话。"

"哎，好嘞，就是来了个插班生，女的，长得可好看，现在是你同桌。"王海一口气说完。

伍杉在一旁加了句重点："而且昨天刚和我们见过，咱们打球时胖子差点儿砸到她。"

蒋熠喝着水，单手操作着游戏，似乎没听。

"熠哥，一会儿人来了你就知道有多好看了。"王海一脸痴汉表情，"昨天我在人群中一眼就看到了她，我都无法移开我的眼。"

蒋熠敷衍地点点头，眼睛继续盯着游戏界面。

"所以胖子你昨天是故意的？"伍杉余光瞥见已经进教室的郁唯祎，幸灾乐祸，"你也太不怜香惜玉了吧，专挑好看的小姑娘砸。"

王海不服气："我那是为了表达我的热情。"

"BOOM——Game over（游戏结束）。"

一局结束，蒋熠抬眸，看王海的表情像看傻子。

王海委屈："那我长成蒋草这样还用得着靠砸篮球引起人注意吗？"

"谢谢，长成你这样我也不会砸篮球。"蒋熠喝完水，漫不经心地送上暴击，"我会先减肥。"

王海一窒。

郁唯祎轻声一笑，很快敛去，疾步回到座位上。

两人的视线在空中交错。郁唯祎这次戴了眼镜，少年懒散地转着支笔，抬眸看她，一张棱角分明的脸窄瘦，薄唇，浓眉挺鼻，瞳仁深黑，上挑的眼尾略显轻佻。

郁唯祎耳朵没来由地一热，发现这个新同桌好像并不符合传统意义上的好学生和坏学生的刻板标准，更像是介于二者之间，又痞又安静。

她在他旁边坐下，没有打招呼。

两人安静地各做各事，仿佛之前并没有见过。

蒋熠重新点进游戏界面，回想起昨天和新同桌算不上友好的初见，挑了挑眉——好看是挺好看的，就是眼睛不怎么好使，平地走路都能撞上人。

一节自习课很快过去，郁唯祎活动着手，抽出一套新的模拟试题。

西覃和新沙分属于两个省，教学进度不太一样，好在高考都是全国统一卷，加上这几天不上新课，算是给她留了时间赶进度。

郁唯祎接了杯水，调计时器之前，发现她的新同桌已经收起手机开始睡觉，旁若无人地把自习室变成了自己家，气定神闲的感觉像是隐藏的学神大佬，不用刷题就能次次考第一的那种。

然后，他在下一节大课间醒来了。

刚睡醒的男生似乎还没适应自己有个新同桌的事实，挡着脸的那只手移开，习惯性地搭在隔壁桌上，一双睫毛浓密的眼依然紧紧闭着，眉宇间透出几分被喧闹吵醒的烦躁。

郁唯祎小心翼翼地把被他压到的试卷抽出来，生怕惊扰这位高深莫测的大佬。

蒋熠动了一下。

他半眯着眼，适应强光后坐起身，看到她卷子上的姓名，随口道："郁唯祎？都叫唯了，为什么不用一个字？"

郁唯祎神情微滞。以为大佬可能是脑子还没睡醒，抑或是和她一样近视没看清，她默默把姓名那栏往他那边挪了挪。

他奇怪地看她，紧接着客气拒绝："谢谢，我不抄。"

郁唯祎默默叹了口气：行吧，就当大佬曲解了我的意思。

"郁唯祎，一二三四的 yī。"

蒋熠一顿，虽认错字，却毫无被公开处刑的羞愧，反而事后诸葛亮地给自己找补："我知道，费祎董永等的祎。"

郁唯祎确定了，这不仅是个假大佬，而且脑子也不咋好使。

她沉默一瞬，强迫症地解释："是董允。"

蒋熠连着被处刑两次，搁谁都会尴尬几秒，也就蒋少爷脸皮够厚，浑不在意地一耸肩，表情依然淡定。听到上课铃响，他这才摊开比他脸还干净的书。

这晚回房，郁唯祎依然久久没能入眠。

时隔三年，和未曾见过面却也从未放下过一刻的前男友隔房"共枕"，她比自己想象中的还要没出息，尤其口是心非的她，还与对方展开了一场色厉内荏的对峙。

第二天睡醒，郁唯祎精神明显有些不振，下楼冲了杯咖啡。晨曦穿透树影婆娑的窗户，四周空旷，只有趴在窗台思考人生的小鱼看了她一眼，又扭过头，继续当哲学家。

她喝白开水似的干掉一杯浓缩咖啡，缓过神，后知后觉地意识到蒋熠不在——刚才经过他房间，房门大敞，没有人。

郁唯祎下意识地就想要联系他，拿出手机的一瞬，才记起两人分手时早已互删了所有联系方式。

所以，如果他突然退出这个节目，不告而别，她也无从得知。

郁唯祎心底涌上挥之不去的酸涩，魂不守舍地烤面包。

"叮——"面包机弹出被主人遗忘的早餐。与此同时，门开了。

阳光伴着穿堂风涌进，映出一道清瘦的长影，蒋熠手里拎着几个热气腾腾的食品袋，走到她面前，推给她。

郁唯祎悬着的心蓦地一松，看向一大早就玩失踪的男人，眼神里有一丝不解。

"礼尚往来。"蒋熠在她对面坐下，语气依旧懒散，真心还是玩笑永远叫人分不清,"昨天吃了你一顿饭,今天我负责。"

郁唯祎小声说:"谢谢。"

桌上摆开早餐,各式各样,满满一桌。

郁唯祎嘴角抽了抽。

蒋熠吃饭挑剔,又眼大肚子小,习惯买一大堆,然后每样只吃一点,和她在一起后迁就着她改了这个浪费粮食的毛病,没想到几年不见,变本加厉。

吃完饭,两人各回各房,依然形同陌路。

到了中午,郁唯祎准备下楼去厨房时,和蒋熠在走廊相遇,因为早上吃人嘴软,她假装不经意地问:"中午吃什么?"

蒋熠已经换了身休闲装。干净简约的军绿色衬衫内搭同色系T恤,袖口挽起,下配牛仔裤和白球鞋,男人成熟后极具压迫的距离感被洗涤,轻狂不羁的性情却一如年少。

这一瞬,郁唯祎有两人还在大学的错觉。那时候他身上单薄的青涩已经逐渐褪去,介于男人未满少年以上的气场危险又迷人,每次他来学校找她,搭讪的姑娘层出不穷,整条学院路大概都是她酿出的酸味儿。

对后来在圈子里见惯各种美男的郁唯祎来说,这些光鲜耀眼的存在,没有一个人比得上他。

这个天真稚嫩的想法,十八岁的郁唯祎,有过。

二十五岁的郁唯祎,依然这样想。

郁唯祎移开视线。

蒋熠在她身旁停下,抽走她刚从冰箱里拿出来的牛排:"面。"

面?

郁唯祎一愣,眼眸垂了垂:"我只会做方便面。"

蒋熠看她一眼,目光有些玩味,翻译出来大概是介于"我知道"和"这么多年看来你也没比我长进多少"之间的复杂。

"没说你做。"

郁唯祎脱口而出："难不成你做？"

蒋熠还她一个"想多了"的眼神。他人靠着桌台，一条长腿微微弯着，手掌闲散地撑在身后，目光朝外一扬："出去吃。"

十分钟后，郁唯祎换过衣服下楼。

蒋熠在沙发上逗弄小鱼，手里高高地举着逗猫棒，伴随几声听不真切的低语，像在哄它干什么坏事。小鱼扒着沙发，努力地伸长小短腿，奈何逗它那人不当人，眼瞅着它要够着时就把棒子拿远。

小鱼生无可恋地选择放弃。听到郁唯祎下楼的动静，蒋熠回头，小鱼"喵"一声趁机偷袭，抢回玩具欢快地滚回窝里。

他站起身，看向郁唯祎，薄唇微扬，勾起一抹不易察觉的浅笑："我还以为你衣柜里只有黑白灰三种颜色。"

郁唯祎内心后悔：我刚才就不该鬼迷心窍地换衣服。

作为一个二十四小时随时待命的媒体人，郁唯祎的衣柜里的确鲜有亮色，黑白灰是不管出席任何场合都经典且好搭配的装扮。这次参加节目，她鬼使神差地把之前买过却没机会穿的其他风格的衣服都带了过来。

郁唯祎正想找句狠话反击，蒋熠走过她旁边，嗓音低沉："你还是这样穿更好看。"

郁唯祎的嘴角不自觉地弯了弯，她低头收敛，跟上他。

蒋熠的车停在路边，和她的车前后挨着。男人径直走向副驾，拿着车钥匙的手已经准备去拉车门，郁唯祎犹豫几秒，走过他，丢下一句"前面带路"。

两人的关系还没自然到能在一个狭窄空间同处的地步。

起码对现在的郁唯祎，不可以。

蒋熠指尖一顿，回眸看她时目光沉了下去。他眼睛生得清透，微微挑起时总像带着坏笑，带有不正经的痞气，也正因如此，生气还是严肃都叫人看不出来，似乎永远一副对什么都满不在乎的随性——但郁唯祎还是察觉到了，他此刻情绪算不得好。

她低头假装给手机充电，避开蒋熠穿透挡风玻璃的眸光。

两辆车一前一后地朝同一个目的地驶去。

郁唯祎对新沙不熟，不知目的地也不知道路线的情况下，只能乖乖地跟着前面的真人导航。当蒋熠的车拐进一条略显古旧的巷子，新沙一中的标志在不远处若隐若现时，她才倏然清醒。

两人下车，目光在空中有一瞬交错，郁唯祎强装淡然地抿抿嘴，跟在蒋熠身后。

小店的门脸儿已经近在咫尺，郁唯祎有些惊讶地发现它和上学时并无区别，仿佛他们外出求学的这么多年光阴于它不过只是弹指一挥。

门被推开，和蔼可亲的老板娘从收银台后抬起头，看到进来的两人，笑了："嚯，可有好几年没见到你俩了，都大学毕业了吧？还在一起呢？该结婚了吧？"

03

郁唯祎和蒋熠真正熟悉起来，是在这家云吞面店。

彼时开学一个多月。

确定自己的新同桌其实是个假大佬真差生后，郁唯祎开始适应他每天迟到早退，不是睡觉就是玩手机，偶尔赏脸听会儿英语的常态。

两人鲜有交集，互不打扰，倒也处得和谐。

只是每天都会有慕校草之名而来的小姑娘，趴在窗台上偷偷看他，可惜只能看到蒋熠的后脑勺。

"姐姐，帮我把这个给蒋草。"

有小姑娘胆大，熟知每天和蒋熠相处时间最长的其实是他同桌后，一改之前对这个新校花的嫉妒，在走廊里拦住郁唯祎，要她帮忙递东西。

郁唯祎礼貌拒绝："他桌子里塞不下了。"

她说的是实话，被担任快递员的不止她一人，蒋熠的那些朋友每天都会替他收到大量东西。蒋熠从来不看，每次都是等到书包塞不进去，才会掏出来一并扔掉。

"姐姐,那你就先把其他人的丢了嘛,把我的放进去。"

郁唯祎真不知道她们是怎么想的,她没了耐心,直接回教室。

蒋熠在座位上懒洋洋地换了个睡姿。后脑勺依旧朝外,一只手挡着脸,紧闭的睫毛垂下浓密的暗影,骨节修长的五指微微曲着。

走廊上传来一阵嗷嗷尖叫,郁唯祎被吵得直接塞上耳塞。

等做完一套理综试题,她才发现旁边已经空了,教室里也没几个人。

郁唯祎拿上餐卡去食堂,瞅了一圈,不是窗口关闭就是只剩下清汤寡水,她没胃口,去到学校外面的小吃街。

巷子里熙熙攘攘,还没过晚饭时间,来往的都是附近的学生。

早黑的天投下清冷的月色,郁唯祎走到最里面的一家店,正要进去,被攒动的人头顿住了脚步。她犹豫之时,热情的老板娘已经招呼她:"有位置有位置,快进来吧。"

进去后,她才发现老板娘说的有位置和她以为的大相径庭。

小店门面不大,堪堪五六张四方桌,都坐满了人,唯独最里面的那张桌子旁只有一个醒目又出众的存在。

背对她的少年姿态慵懒,瘦瘦高高的身形在地上落下长影,微低着头,半露的后脖颈修长。

郁唯祎以为有位置是里面还有一间店面,没想到是只有蒋熠那桌有空位。

她环顾四周,发现大家要么是刚吃,要么是在等餐,只好去蒋熠对面坐下。

男生抬眸,看到是她,懒散地一颔首,算是打招呼,又低头继续看手机。

热气腾腾的云吞面很快端上桌。郁唯祎尝了口,暗自叫绝,云吞鲜虾饱满肉质肥美,银丝面劲道爽口,再蘸点店家秘制的酱汁,温热下肚,初秋的寒气就从身体里被驱逐。

难怪这么多顾客。

郁唯祎吃到一半，发现蒋熠还在慢悠悠地挑韭黄，不解道："你不吃，为什么不提醒老板不要放？"

男生一本正经地回道："没有韭黄的云吞面是不完整的。"

郁唯祎一愣：你没吃进肚子，它依然是不完整的啊。

她把蒋熠这毛病归结于闲的，埋头继续专注美食。吃完一碗，觉得没吃饱，她跑去问老板娘："可不可以只做一小份云吞？就放四五个就可以。"

老板娘笑着点头，冲里面喊了句："一小份云吞，半人量。"

郁唯祎解决完后加的半碗云吞，蒋熠也刚好吃完，两人一前一后出门。

月光变得稀薄，夜幕浓郁。

郁唯祎回学校，身后却突然传来声音。

"你往哪儿走？"

"回学校啊。"她扭头看向蒋熠。

"放假了你不知道？"

郁唯祎一脸蒙。路灯落下昏黄的暖晕，照着少女素净清冷的小脸，她眼睛微微大睁，像只不食人间烟火的白天鹅。

蒋熠看着这个每天只知道学习的书呆子同桌，没忍住，失笑："明天学校放一天假。"

郁唯祎这才恍然大悟。

正要回家，她记起书包还在教室，继续往前走。

蒋熠奇怪，稍微一想，明白过来，不紧不慢地跟上。

郁唯祎走了没多远，看到少年被拉得老长的影子，停下脚步："你怎么不回去？"

"先送你。"蒋熠无所事事地发了善心，随手把校服领子立起来，挡住风，"太晚了。"

郁唯祎想说不用，但看到少年玩世不恭地站着，姿态随性却不容反驳，没再拒绝。

郁唯祎住得离学校不远，在附近居民楼租的房子。

蒋熠把她送到小区外的路灯下，看着她进去后就准备转身。

这时，郁唯祎喊住他："你等我下。"

几分钟后，郁唯祎拿着一团灰色的东西跑下来，递给蒋熠："我爸的围巾，新的。"

少年只穿了件单薄的短T恤，外面松松垮垮地套着并不御寒的校服，领子立着，挡住了棱角分明的下颌。

初秋的天说冷就冷，偶尔一阵风吹过，寒气逼人，他送她回来的路上，双手一直抄在兜。

蒋熠看着明显与他气质不搭的围巾，嘴硬地说："我不冷。"

郁唯祎不懂男孩子在某些事情上的执着，比如大冬天也不会穿秋裤，冻成狗也要把脚踝露出来。她只是非常诚恳地实话实说："一会儿你就冷了，天气预报说今晚有五到六级大风。"

那就把我直接刮回家吧，懒得走路的金贵少爷如是想。

他低头，看到书呆子同桌依然固执地递着围巾，看他的表情真诚中又透着一丝对他智商的怀疑，他顿时被打败了。

好吧，今晚有大风。

那条围巾在蒋熠下车后被风刮得快打回原形时，到底还是围上了。

别说，还挺暖和。

隔天去学校，蒋熠把围巾还给郁唯祎。少女随手塞进桌兜，专注地盯着试卷，正在苦思冥想一道物理题。

须臾，大概是解了出来，她埋头"唰唰"写下一行公式，清冷惯了的小脸难得地露出一丝欢喜。

蒋熠等她写完，懒散开口："晚上一起去金榜园？"金榜园就是那家云吞小店。

郁唯祎一愣，扭头看他，嘴里还咬着遇到难题时习惯上嘴的笔帽。男生耸耸肩，依然是浑不在意的散漫，一副她答不答应都无所谓的态度。

郁唯祎蒙了几秒，猜测他大概只是感谢她的围巾，点点头。

蒋熠扬眉，嘴角挂着不明显的笑，眸光下落，他伸手在她笔帽上弹了下："吃笔帽会变傻。"

动作不算用力，但轻轻荡开的余震还是震得郁唯祎嘴唇一麻。她没好气地看他一眼，乖乖吐出来，低头做题，眼尾无意识地微微一弯。

这天后，两人开始熟悉起来，一群与蒋熠玩得好的男孩子也常常打着找蒋熠的幌子来偷看校花，其中尤以近水楼台的王海来得最勤。

"小仙女，这周我们和三中打篮球赛，一起来看呗。"

课间，王海又一次没皮没脸地凑过来。

伍杉在一旁附和："对对，有小仙女给我们当啦啦队，看我们不把那群人虐得满地找牙。"

郁唯祎置若罔闻地埋头做题，仿佛没有听到。她纠正过他们很多次不要这样喊她，可青春期的男生似乎习惯和人唱反调，越不让反而越来劲，束手无策的郁唯祎只好以冷暴力来无视。

王海和伍杉对此已经习以为常，一边念叨着"小仙女是不是又戴着耳塞"，一边往她面前凑，在她卷子上跳起手指舞引她注意。

郁唯祎被吵得烦不胜烦，正要冷脸拒绝，对面响起两声闷响，紧接是此起彼伏的"哎哟哎哟"声。她扭过头，这才看到蒋熠不知何时睡醒，手里一本厚实的英语词典还荡着刚砸过人的余波。

"熠哥，你平时不都睡得挺沉的吗？"王海委屈地揉着被砸疼的脑袋，和伍杉一起往后缩了缩。

蒋熠瞥他一眼，吓得两人赶紧回座位。

郁唯祎小声和蒋熠道了声谢。

蒋熠不置可否地收好词典，过了会儿，随意道："你来学校这么久，知道体育馆在哪儿吗？"

郁唯祎老老实实地摇头："不知道。"她平时的生活可以用无聊至极来形容，每天都是教室食堂两点一线，在学校去过最远的地方就是每天跑操的操场。

蒋熠"啧"了一声，看她的眼神透着丝同情："周日下午一点的篮球赛，我们是主场，体育馆一层，你有时间可以来看。"

郁唯祎是在周日从食堂出来后，才突然想起蒋熠和她说过有比赛。

体育馆离食堂不算远，隐约能看到三三两两往那边走的人群，见时间尚早，她回教室拿了本袖珍词典和笔，汇入看比赛的大部队。

周日下午不上课，半天自习，算是每周难得的休息时间。郁唯祎进到体育馆一层，里面满是乌泱泱的人头，自发形成校草应援团的小姑娘们占据着最佳看台，喧嚣声不绝于耳。

球场上有人在热身，多是生面孔，泾渭分明的两校队服，挥洒着青春特有的热血。

没看到蒋熠，郁唯祎收回视线，找个角落坐下，专注地背单词。

周围嘈杂，忘带耳塞的郁唯祎有些懊恼，正想找纸塞住耳朵，摊开的词典忽然被一只修长的手拿走。

男生在她旁边落座，舒展不开的长腿微屈，一条胳膊闲散地搭在椅背上。

蒋熠偏头看她："你没听说过一句话？ All work and no play makes Jack a dull girl（只工作不娱乐，聪明的孩子也要变傻）。"

他声音好听，说话时总带着漫不经心的语调。

郁唯祎没想到他英语发音居然这么标准，无奈地笑了下，纠正道："是boy。"

"都一样。"他站起身，无视周围一众女孩看过来的视线，痞气地一挑眸，示意她跟他走，"坐这里看不到，跟我去前面。"

遥远的光在他身后轻轻着色，映出少年清隽的眉眼。

郁唯祎突然忍不住地想，这么与众不同像风一样的他，会有一天为一个女孩子驻足吗？如果他动心，又会长长久久地爱着她吗？

后来她知道了。

027

他会。

可这些，都已经与她无关。

"小姑娘，给你多加了半份云吞。"老板娘端上两碗热气腾腾的云吞面，把大的那份给蒋熠，"你的也是老样子，面多一些。"

郁唯祎没想到老板娘还记得他们的吃饭习惯。

那时候运动量大，每天早起跑操又长时间连续刷题，精神力气耗得多，饭量一度达到史上之最。

现在再吃同样的东西，别说加量，一小份正常量的云吞对她来说都难以全部消化。

郁唯祎犹豫着是不是拿个打包盒，蒋熠仿佛猜出了她的想法，站起身，问老板娘又要了一只空碗。

他把碗放到一旁，漫不经心地垂眸挑着韭黄，语气听不出情绪："吃不完给我。"

郁唯祎心脏蓦地一颤。

他说得自然，毫无狎昵地延续着过往对她的照顾，仿佛三年不见的空白时光只是两人的一场幻觉。他们明明还保留着相爱时的种种默契，却又泾渭分明得像两个陌生人。

郁唯祎低头，大口大口地吹着滚烫的云吞，眼底濒临失控的水雾在热气中湮没。勺子在碗里一个接一个地舀，以此证明她吃得完。

蒋熠一只手按住她，另一只手直接去分，见她还试图拒绝，气笑了，浑不懔的语调冷了下来："郁唯祎，服个软会死吗？"

不会。

可服个软会让她产生依赖。

郁唯祎虚张声势地保持着脆弱的倔强，在这场力量悬殊的拉锯战里最终败下阵，看着蒋熠拨走她一半的云吞，把剩下的推给她。

缥缈升腾的热气像一条楚河汉界，隔开闷头吃饭的两人。

吃完结账时，老板娘在收银台后慈爱地看着他俩，絮絮叨叨："好好的啊,别生隔夜气,两口子哪儿有不吵架的,你让让我我哄哄你就过去啦。"

郁唯祎嘴唇动了动。

她还没开口,蒋熠已经收起手机,冲老板娘一笑:"转好了,谢谢。"

两人出门。

电线在长街上方笔直延长,割裂出尽头有些熟悉的灰白建筑。

郁唯祎轻声问道:"为什么不解释?"

蒋熠走在靠近马路的那侧,留给她半边被光晕染的长身:"为什么要解释?她误会还是不误会都影响不了我们的关系。"

郁唯祎无言反驳。

新沙一中的标志在远处逐渐清晰,走过大门,郁唯祎不明所以地跟着蒋熠停在一片矮墙下。稀疏杂乱的矮草东倒西歪,被一拨拨学生踩住了命运的喉咙,怎么都长不高,算是以一种另类的方式见证着校园里的光阴如梭。

郁唯祎一时没缓过神:"我们要翻墙进去?"

蒋熠已经利落地上墙,朝她伸出手:"不然你以为正常方式咱俩进得去?"

郁唯祎腹诽:当着全国网友的面翻墙,我一管着几十号人的部门小领导不要形象的吗?

郁唯祎仰起头,蒋熠一双俯视她的眼有些看不真切,她犹豫一瞬,把手放上去。

算了,反正这种带坏小孩子的行为,后期也会直接剪掉的。

温热的掌心牢牢包裹住她,是时隔三年来梦里的人与她的第一次亲密接触,不同于昨晚的强硬,多了些许克制的温柔。

郁唯祎心脏一阵悸动,和他上去后,轻轻抽回手。

蒋熠先她跳下去,回身接她。

郁唯祎对上他望向自己的脸,和年少时缓慢重叠,心底无法填补的裂缝被砸得更深。她垂眸闪躲,松手,下坠,落入他怀中。

他稳稳接住她,没放手。

"郁唯祎,这么几年,你是怎么把自己弄这么瘦的?你是不是觉得你过得不好,我心里就会好受?"

男人的嗓音在她耳边响起,不复见面以来的针锋相对,而是隐忍而含怒。

"祎祎,你和蒋熠分手了这么久,有没有恨过他啊?有没有像我一样会特别阴暗地希望前任过得不好?"在郁唯祎和蒋熠分手的第二年,文丹乐又一次失恋,跑到她家,一边哭,一边泪眼婆娑地问了她这个问题。

从不敢回忆的名字就这样猝不及防地被提起,郁唯祎顷刻失神,许久才压下心里撕心裂肺的疼,摇头。

她一点都不希望他过得不好。

如果是,她会比他还难受。

"祎祎,你真大度。"文丹乐用看圣母的眼神看她。

郁唯祎苦笑。

她不是大度,她只是……还爱着他。

爱到明明不敢想起,可她所有的悲欢却依旧可耻地与他捆绑在一起,想要他好,想要他拥有自己不配拥有的幸福。

如今同样的话从蒋熠口中说出来,郁唯祎瞬间犹如触电般地清醒过来,心脏跟着狠狠一痛,她极力克制着眼泪,推开他。

蒋熠怀里空了,双手空荡荡地顿在原地,遥远的风吹过他指尖残留的少女体温,越发衬得刚才稍纵即逝的温软像梦。

04

军训声从远处的操场传来。

郁唯祎用最快的速度整理好心底溃不成军的软弱,低头跟上蒋熠。

跟拍离得远，给他们保留了最大限度的独处空间。

经过小卖部，蒋熠进去买了两瓶水，一瓶冰镇一瓶常温，他把常温的那瓶拧开后递给她。

正值上课，校园空荡，嘈嘈切切的授课声弥漫入耳，两人沿着寂静的小路慢慢前行，每走一步，都是熟悉到只与身边人有关的刻骨铭心的记忆。郁唯祎缓缓闭了闭眼，从见面就一直伪装的冷漠无声溃败，她飞快喝了口水，掩饰泛红的眼睛。

即将到教学楼时，忽然响起一声怒吼，直穿两人耳膜。

"你俩哪个班的？大白天不上课在这儿瞎晃，早恋很光荣是不是？还敢不穿校服！"

郁唯祎扭过头，看到一个微胖却不失灵活的黑脸身影，认出是当年令所有学生闻风丧胆的教导主任，她本能地抓起蒋熠就跑。

"给我站住！还敢跑！都活腻歪了！现在停下还能给你们一个叫家长的机会！被我逮到直接记过……"

猎猎的风穿过两人纠缠的十指，郁唯祎拉着蒋熠直奔来时的小矮墙，很快甩开体力大不如前的教导主任。她余光瞥见也跟着他们一起跑的摄像，忽然反应过来。

他俩现在又不是学生，更没有早恋。

确切地说，连恋爱关系都不是……

郁唯祎迅速松开拽着蒋熠的手，无所适从地低头看脚，有些窘迫："那个……刚才条件反射了，以为还在上学。"

刚才陷入回忆太深，恍惚间以为她真的回到了一切可以重来的高中生活。

蒋熠"嗯"了一声，微微痞笑的眸光含着毫不意外的淡定，又掺着些许陪她闹的纵容："看来教导主任给你留的心理阴影比较大。"

郁唯祎腹诽：这话说的，好像当年动不动就被当典型抓的人是我而不是你。

"难道不该是你被留下的心理阴影比较多？"

"我为什么要有心理阴影?"蒋熠反问,深深地看着她,嗓音微沉,"比起后来的日子,那个时候的生活用'甜'形容都不够。"

郁唯祎一怔。

满校园弥漫的花香里,她闻到自己心底汹涌的酸胀,蚀骨钻心。

这晚回去,接受采访时,工作人员问郁唯祎:"明天是您二位分手旅行第一站的最后一天,您是否选择就此中止?"

郁唯祎摇摇头,停顿几秒,轻声问:"那他呢?"

没有答案。

节目组当然不可能提前说出蒋熠的选择,郁唯祎也清楚自己明天就能知道结果,可乱成一团的心和暗无天日三年的思念,还是因着撕开封存过往的校园之游越发变本加厉。

郁唯祎躺在床上,睡不着,索性拿出手机胡乱翻看,指尖无意识却娴熟地点进高中群。她找到蒋熠的头像,偷偷点进去,看了会儿,又退出来,假装无事发生。

这个头像他都用好几年了,不腻吗?

郁唯祎睁着一双清醒的眼,想起两人在一起后他所有的社交头像都是他们的合影,分手后,头像换成了一片纯黑,眼睛蓦地一酸。她蒙上脸,死死咬着唇,克制一天的眼泪在黑暗里无声决堤。

那次的篮球赛,他们学校以七十五比五十的压倒性胜利赢下三中,荣获全场 MVP(最佳队员)的蒋熠一人就拿下了三十余分。临近尾声时,对面学校的姑娘们一边喊着"三中加油,三中加油",一边目不转睛地盯着场上意气风发的少年,心里早已倒戈,脸红耳热。

青春张扬的荷尔蒙是男生发梢湿漉漉的水珠,亦是他奔跑时锐意进击的野性桀骜。隐约初成的性感藏在他变声后的低音炮里,也在他投篮时清晰可见的肌肉线条中。

郁唯祎戴上眼镜,偶尔看一眼就低下头,在一众为蒋熠呐喊的尖叫声里专注地默背单词。

比赛结束,蒋熠从同学们热情高涨的围堵中脱身,走到郁唯祎旁边坐下,从座位上拿起矿泉水,一饮而尽。

郁唯祎合上笔,真诚道贺:"恭喜,你们打得很好。"

男生拧上瓶盖,回身将水瓶精准地投进垃圾桶,挑眉看她:"你有在看比赛?"

郁唯祎一噎,有些心虚地回答:"有。"

只不过看比赛的时间稍微有那么一点点少。

蒋熠也没拆穿,懒洋洋地靠着椅背,双目微眯,像只完成使命终于可以打盹儿的猫。

"小——"王海他们过来,看到郁唯祎旁边的蒋熠,惯性脱口的称呼立刻改嘴,"校花,我刚才是不是特别帅?妹子们的尖叫声是不是有一半都是为我发出的?!"

"你能不能正视下自己的颜值?"伍杉跳脚呼他,"不是体积大就能吸引妹子注意,而是要长得帅!长得不够帅的就得靠技术!看我,全场拿分仅次于熠哥,当之无愧的球王。"

身高近一米九的王海被一米七多的伍杉结结实实地捆了下后脑勺,王海老鹰抓小鸡似的揪住伍杉,不屑地说:"滚,明明是我拿分多。"

两人吵着吵着又想打一架,余光瞥见郁唯祎和蒋熠已经起身,伍杉赶紧跟上:"熠哥,饿不饿?去哪儿吃?"

蒋熠淡淡地说:"都行。"

"那我挑挑——"话没说完,伍杉又被王海赏了一记栗暴。

"你还有心思挑?当然是哪家上菜快去哪家,饿都饿死了。"球队午饭吃得早,又打了场比赛,大块头的王海早就饿得撑不住了。

郁唯祎闻言,朝蒋熠指指教室,示意她先回去。

"你饿吗?"蒋熠忽然开口。

郁唯祎犹豫一瞬,点点头。

此时已过下午三点,离晚饭还有一段时间,郁唯祎习惯下午加顿餐,差不多也是这个点,她会去小卖部买个面包。

"行。"男生问完就转身跟上队友,长身被银杏树染着层鲜有的柔和。

少顷,一群人回到教室,打破自习课的安静氛围。

郁唯祎一只手在草稿纸上演算,另一只手熟练地去找耳塞。

卷子突然被轻轻拽了下。

她扭头,看到蒋熠把她的卷子收起来,变戏法似的从课桌里拿出一盒章鱼烧和一杯热奶茶,一同放在她面前。

"你带进来的?"郁唯祎惊呼。

学校禁止从外面带食物,不少学生都偷偷藏书包里或衣服里,和保安斗智斗勇,但她还是第一次见蒋熠这么做。

蒋熠表情里写着明知故问:"不然你以为我会变魔法?"

郁唯祎不好意思地笑了起来:"多少钱?我转你。"

蒋熠懒懒摆手,拉上窗帘打算睡会儿觉,回过头时,看到姑娘还固执地看着自己,就随口报了个数字。

郁唯祎这才小心地打开章鱼烧的纸盒,撕下一张便利贴:"你把微信号给我写一下,我晚上转给你。"

说起来,两人同桌这么久,连彼此的联系方式都还没有。

蒋熠洋洋洒洒地留下一串数字:"你没带手机?"

郁唯祎点点头,小口咽下嘴里的食物,和他解释:"带手机会分散我的注意力,总忍不住想玩。"

正在玩手机的蒋熠感觉自己好像被内涵了。他不置可否地收起来,准备补觉,拿校服蒙头时,闻到衣服上还没散干净的章鱼烧味,便重新塞回课桌里,用手挡住脸。

晚上放学,郁唯祎回到出租屋,照常刷了会儿题才上床。定闹钟时,她猛然想起自己还欠了人钱,赶紧找出那张便利贴,添加蒋熠的微信好友。

一分钟后,对方通过。

已过凌晨一点的显示栏映在屏幕上,弹出男生的背影头像。

郁唯祎发了个红包:【不好意思啊,现在才给你钱,没影响你睡觉吧?】

-:【没有。】

郁唯祎:【嗯嗯,那赶紧睡吧,明天见。】

-:【嗯。】

然而第二天,郁唯祎没能像往常一样提早到校。

"姐,就是她。"几个女生在学校外拦住了郁唯祎,其中一个女生指着她,对站在人群C位的高个姑娘低声道,"我亲眼看到蒋草把藏在衣服里的小吃给她。"

郁唯祎嘴角抽了抽。

高个姑娘抬手打断,走近,扬起下巴看人:"你就是八班新来的转校生?"

郁唯祎点头,镇定自若:"怎么了?"

"没什么,就是来认识一下。"女生嚣张地斜着眼,难掩嫉妒的目光从头到脚审视着这个刚转来就因为长得好看而声名大噪的新校花。

"请你离蒋草远一点。"

郁唯祎稍微松了口气,放下心。

这好办,两人本来就没什么关系,除了地理位置近,心里距离其实离得很远。

她点点头,正要走,没料到她这么爽快的高个姑娘有些不敢相信,拦住了她:"你听懂我的意思没?"

"听懂了。"郁唯祎怀疑其实是这姑娘自己没搞懂,耐着性子解释,"我们俩只是同桌,没其他关系。"

"真的?"

"真的。"

对方半信半疑地盯着郁唯祎,因为事情解决得太顺利反而踟蹰起来。她稍一思索,示意小跟班去郁唯祎书包里拿纸笔:"你,写个保证书。"

听到这话，郁唯祎脸色一冷，退后靠墙，双肩包紧紧抵着背。

防御姿态一目了然。

她从小骨子里就有股倔脾气，别人好商好量地和她说一件事，她兴许会答应，但如果硬逼着她，那抱歉了，她会反其道而行之。

忽然，身后有轻响，熟悉又微微泛冷的声音响起。

"干吗呢？"

晨曦吹散深秋浓郁的露水，映着突然出现的少年，蒋熠难得地换上了厚衣服，白色高领毛衣竖起的衣领挡着线条干净的下颌，单肩背着书包。他漫不经心地走到几人中间，挡住郁唯祎，俯视对面的几个人："大清早的，你们在做什么？"

郁唯祎一蒙，怔怔地看着"从天而降"的蒋熠。

对面的女生们同样傻眼了，震惊又难堪，难以置信地用眼睛狠狠剜郁唯祎。

然后在蒋熠不耐烦地动了动时，她们本能地打了个寒战，疾步离开。

蒋少爷不当校霸已久，威慑力却依然不减当年。他随手帮乖学生同桌解决完麻烦，回头看她："不走？"

回过神后的郁唯祎正蹲在地上着急地找皮筋。

她扎得好好的马尾散开了，学校门口有检查学生仪表的纪律小队，逮到女生散发就直接黑板通报批评。

眯着眼睛找到，郁唯祎犹豫了。

深秋寒露湿重，附着在矮草丛上被来来往往的脚步踩成了泥点，皮筋掉落，沾惹了零星污渍。

她咬咬牙，正要用纸巾包着捡起来，面前伸过来一只手。

那只手骨节修长，一条黑色编织手链放在掌心，银色字母泛着清浅的光泽，映衬得冷白皮越发分明。

少年看出她的窘态，也没废话，只是直接摘下自己的手链给她当皮筋使。

郁唯祎顾不得矫情，忙道过谢，飞快地把乱发拢到耳后，一只手勉强抓住厚密的头发，把手链绕上去缠了两圈——不算太合适，但足够应付检查。

紧赶慢赶，两人还是迟到了。

班主任看到迟到大王蒋熠，见怪不怪地挥手让他去走廊罚站，但面对一向文静听话的乖学生，他不痛不痒地说了几句，就放郁唯祎进了教室。

郁唯祎在一片朗朗的早读声中回到座位，抽出一本书，眼底落入少年映在窗户上的身影。

瘦高懒散，像棵会动的小白杨。

蒋熠低头打盹儿，短发遮盖着小半额头，旁若无人地补觉，偶尔被从他面前来回走过的叽喳尖叫声吵到，就换个站姿继续睡。

片刻，耳边传来一阵轻微的窸窣声。

他懒懒抬眸，微愣："你怎么过来了？"

"教室里太暖和了。"郁唯祎站在他旁边，手里拿着本书，"在外面背书脑子清醒，还记得快。"

蒋熠看着少女若无其事的侧颜，而后很轻地笑了下。

早读结束，郁唯祎去小卖部买了根皮筋，把手链物归原主。重新回到主人手上的黑色手链松松圈着男生清瘦的腕骨，郁唯祎莫名有些耳热，忙收回视线，认真做题。

"校花，你早上怎么迟到了？"王海又凑了过来。

"我有名字。"

"知道知道，但叫名字多生分，你喊我小胖儿我喊你校花，这才显得咱们关系亲近。"王海嬉皮笑脸地开玩笑，自动忽略郁唯祎从没喊过他的事实，正觍着脸想继续自己的独角戏，见蒋熠从旁冷淡一抬眼，他缩缩脖子，立刻麻溜地滚回座位。

王海心中疑惑：熠哥那眼神啥意思呢？是影响他打游戏了不开心，还是因为我喊郁唯祎校花？奇怪，不是他不让喊小仙女的吗？怎么这会儿又怪起我们换称呼啦？

下午最后一节自习课，蒋熠照常玩着手机消磨时间，余光看到一张便利贴被轻轻推到他手边。

【晚上去金榜园吗?】

字迹工整,娟秀如人。

蒋熠抬眸,字条主人正认真地做着题,头发一丝不苟地拢在耳后,裸露的侧颜秀美,眼镜压着挺直的鼻梁,饱满的发际线侧能看到细细的小碎发。

大概是察觉到了他的目光,她扭头看他,一双被遮挡的眼清澈,见他点头,眼尾一弯,漾开月牙般的弧度。

金榜园。

老板娘熟练地给他俩端上一大一小两碗云吞面,笑呵呵道:"快考试了吧?多吃点,考个好成绩。"

郁唯祎谢过,舀起一勺汤,轻轻吹着,指尖无意识地抠着手:"我整理的有各科的考点题型,你要是想看可以和我说。"

蒋熠正在挑菜的手一顿,看到少女垂下的长睫毛,"嗯"了一声,痞气的黑眸难得地微微弯了一瞬。

考试在周末两天。

临近上午七点半,人家收拾东西出教室,王海跟在郁唯祎身后,不遗余力地刷存在感:"校花,你在三班考试啊!小心着点,那个班都是艺术生,一群学美术的天天在教室里画画,搞得乌烟瘴气,你别蹭到颜料了。"

"胖大海,你要是不会说话就闭嘴,你一说话显得你特蠢知道吗?"一长发马丁靴的姑娘从三班教室出来,丹凤眼,细高个,眼角眉梢带着几分俏皮,"谁告诉你我们天天在教室画画?难不成你们体育生是天天在教室里蹦迪?"

王海光听声音,就知道来的是毒舌功力和蒋熠有一拼的前同班同学文丹乐,他嬉笑着说:"丹姐,我练篮球的,不蹦迪。"

文丹乐轻嗤:"动作四舍五入都一样。"

说完,她拎着精致的小挎包往前走,路过郁唯祎时,友好地一点下巴,提醒:"珍爱智商,远离蠢货。"

王海见身边的人都在看他,一脸不解:"都看我干吗?"

一群人各自分散,郁唯祎进三班教室,蒋熠懒洋洋地抄着兜,去后面的考场。

下午考理综。

郁唯祎提前到座位,放好餐卡和笔,发现课桌没有沿墙对齐,起身,抓着两侧边缘刚要往里推,手指骤然一疼。

她瞬间收手,看到右手指腹被划破,血珠冒出来,滴落在桌面——课桌边缘用胶带粘着一把美工刀,刀尖没收拢,锋利地冒着寒意,染上淡红的血渍。

郁唯祎拿纸裹住还在出血的手指,忍着疼急速跑向医务室。

"你手怎么了?"

理综考试结束,蒋熠在金榜园碰到郁唯祎时,几乎是一眼就看到了她手上的伤。

郁唯祎垂下眼,含混地解释:"不小心划破了。"

蒋熠盯着她被裹成萝卜的手指,眸光沉沉:"怎么划的?"

她微顿:"小刀放笔袋里忘了收,找东西时划到了。"

蒋熠定定地看着她,教人辨不出情绪的目光落在少女的脸上,许久没说话。

几天后,成绩公布。

"校花,你怎么退步了三名?"王海不仅是郁唯祎的颜粉,还是她的学业粉,操心她的成绩比自己的都上心,看到郁唯祎排名下滑,他痛心疾首地冲到她面前,一通不亚于班主任的谆谆教导后,弱弱地转向蒋熠,"熠哥,该不会是你天天打游戏影响人学习了吧?"

蒋熠正在打字的手一顿,抬起头,他先是看了眼专注做题的姑娘,然后收起手机,嘴角挂着抹冷笑:"我影响还是你影响,心里没点数?"

"我就下课的时候过来,一天所有课间加起来还抵不上你当同桌的两节课,怎么会怪我嘛。"

蒋熠词穷,把手机往书包里推了推:"我没玩手机时也没少见你过来,五十步笑百步。"

王海小声辩解:"那也是你占一百我占五十,没你多……"

"不怪他。"郁唯祎突然出声,"是我自己的问题,以后不会了。"

王海走后,郁唯祎继续专注地刷题,隐约感觉到蒋熠好像在看她,她扭过头,冲他笑笑:"真的没事。"

蒋熠手里转着支笔,匀速而流畅地在指尖翻飞,切割得桌上的阳光几近碎片:"你考理综时是不是迟到了?"

郁唯祎一怔。

那天在医务室包扎完,她回考场时已经开考十五分钟,这点缺失的时间本来不会对她造成什么影响,但因为手指不敢太用力,做题速度大幅变慢。

最后交卷时,她还有半道物理大题没做。

郁唯祎沉默几秒,回道:"我去医务室了。"

她看着对此毫不意外的蒋熠,轻声问:"你怎么知道的?"

蒋熠没回,低头看了眼手机,站起身,示意她跟他出去。

楼道里坐着一个眼熟的漂亮姑娘,正无所事事地拿着手机自拍,看到他俩,笑着和郁唯祎挥挥手:"你是郁唯祎对吧?你这名字真绕,喊你祎祎可以吗?我叫文丹乐,大家都喊我蛋卷儿或丹姐,考试前咱俩在门口碰到过。"

郁唯祎记起来,还以友好的笑。

"蒋草,借你同桌十分钟。"文丹乐自来熟地挽上郁唯祎,手背在身后和蒋熠比了个OK,"咱俩那天还见了一次面,你有印象吗?"

郁唯祎摇摇头。

"就我回教室拿东西,你刚好从里面出来,天啊,吓死我了,你当时流的血把纸都染红了,你手好点了吗?"文丹乐小心地摸摸她的手,脸一黑,

"祎祎,走,丹姐带你去教训不长眼的人……"

郁唯祎跟着文丹乐来到学校的小树林,看到某个瑟瑟蹲在角落的熟悉面孔,这才知道文丹乐找她是怎么一回事。

曾在小巷里围堵她的女生此刻早已威风不再,泪水涟涟地和郁唯祎道歉:"对不起,对不起,我错了,我以后再也不敢了,求求你原谅我好不好?"

"对不起就行了?"文丹乐不慌不忙地说,"按照我们的规矩,你怎么对祎祎的,我们就怎么还回去。"

女生的脸"唰"一下变得惨白,求救地看向郁唯祎:"对不起!我真的知道错了,我以后再也不会找你麻烦了……"

郁唯祎紧紧皱眉,拽住文丹乐。

文丹乐扭过头,小声说:"祎祎,你放心,我有分寸。"

见郁唯祎很坚持,文丹乐松开手,走到一旁:"真的就这样放过她?太便宜她了吧?"

郁唯祎眸光沉静:"如果我们这样做了,和她有什么区别?"

文丹乐一时无言反驳,看着面前外柔内刚的姑娘,许久后,她耸耸肩:"行吧,听你的,只要她以后不再找你麻烦就行。"

放人离开之前,文丹乐凶巴巴地威胁:"回去写五千字检讨给我,不准上网抄不准找人代写,要一笔一画自己手写,然后亲自交到我手里,听见没?"

女生抽抽噎噎地点头,飞速逃离地方。

回教室的路上,郁唯祎向文丹乐道谢。

文丹乐豪爽地挥挥手:"保护美女人人有责,以后我们就是朋友了吧?"

郁唯祎笑着点头:"我请你吃饭。"

文丹乐也没矫情,爽快应下:"那我喊上蒋少爷,要不是他……"

她忽地顿住,看到郁唯祎疑惑地看她,改口:"要不是他和你是同桌,我想行侠仗义还无处发挥呢。"说完,又适时转移话题,"咱们下周再吃怎么样?我后天有考试。"

两人约定好时间,回去后,郁唯祎想和蒋熠说下刚才的事,但座位上已经没了人。

EP 2
宜·回忆

01

郁唯祎被疼醒了。

底下一片湿漉漉的温热，腹坠感分明，窗外天光未亮，她从不舍的温暖里清醒过来，收拾突然到访的"大姨妈"。等重新上床，已经无法再续上之前久违的和他有关的梦。

辗转难眠，她索性点开堆积的微信。

蛋卷儿：【祎祎，你再不回消息我就去应聘你们节目组的摄像了！】

蛋卷儿：【回我嘛，我保证不对外泄露！也不笑话你！】

蛋卷儿：【我就是好奇，纯好奇。蒋少爷长残了吗？我和你说，凡是能旧情复燃，就说明对方颜值还在线。】

郁唯祎眼前浮现出蒋熠那张风华更盛的俊脸。

她揉揉眉心，蜷在被窝里打字：【没长残。】

蛋卷儿：【一会儿我和你视频，你假装不经意地把镜头对准他。】

郁唯祎：【你怎么醒这么早？】

蛋卷儿：【我还没睡，刚蹦完迪回来。】

郁唯祎和昼夜颠倒有钱有闲的自由插画师文丹乐聊了会儿天，迷迷糊糊有点睡意时,听到外面传来轻微的开门声,一个激灵睡意全无。

他要走了吗?

不安在她心里顷刻蔓延,外面的脚步声没了,响起水流声,不算太大,又很快没了动静。

郁唯祎忍着腹痛下床,对着镜子飞快整理了下乱发,若无其事地出门。

小鱼在走廊里散步,看到她"喵"了一声,迈着六亲不认的步子继续遛弯儿。

蒋熠房间的门开着,她经过时,假装无意地往里瞥了一眼,什么都没看清,但又不好多看。她魂不守舍地准备继续往前走,脚步忽地一顿。

小鱼巡视完一圈领土,许是对尚未开疆的领域产生了兴趣,窜进了蒋熠的房间。

郁唯祎纠结地抿唇。

要把小鱼抱出来吗?这人有洁癖,不喜欢小动物爬他床,要是知道小鱼进了他房间,估计能当场拆床再用吸尘器把整个墙吸一遍。

可如果自己冒失地进去,又算什么样子?就算再想知道他有没有拎着行李中止旅程,也不能表现得这么明显吧?

郁唯祎手指绞呀绞,脑海里俩小人疯狂打架。

"这么想进我房间,怎么不直接 点?"

郁唯祎心里一惊:这人走路没有声音的吗?

她转过头,迎上熟悉的痞笑,嘴硬道:"你想多了,想进你房间的是小鱼。"

话音刚落,她就看到挑剔的蒋少爷皱了下眉,快步走进卧室。

堂而皇之鸠占鹊巢的小鱼正舒舒服服地卧在床上晒太阳,忽然被一只无情的大手扼住美梦,不情愿地"喵呜"一声,从蒋熠手里逃之夭夭。

小鱼出来后看到郁唯祎,委屈巴巴地在她脚边停下,像在控诉竟然有人类抵抗得了它的软萌。

郁唯祎抱起它,温柔叮嘱:"以后不能随便上别人的床哦。"

蒋熠勾了勾唇:"你的意思,上你的床就可以?"

郁唯祎条件反射地点头，忽然品出好像哪里不太对，一抬头，果不其然看到他耐人寻味的表情，不由得愣了愣："我说的是猫。"

男人眼底的笑更浓了："我也没说是人。"

横竖都说不过他，郁唯祎抱着小鱼回房，没发现蒋熠盯着她不自觉揾着肚子的手，蹙了蹙眉。

郁唯祎窝在床上，处理一些工作杂事，试图借此屏蔽总忍不住去想他是否还在的胡思乱想，却收效甚微，以至于突然听到门响时没反应过来。

她回过神后急忙冲到门口，又猛地刹住，停了几秒才开门："怎么了？"

热气缭绕的饭香扑鼻，精致诱人。蒋熠端着餐盘站在门口，不知是不是她的错觉，他嗓音里似乎带着些许温柔："吃饭。"

"我不饿。"她的确没什么胃口，红糖水都喝饱了。

"不饿也得吃。"蒋熠忽略她的拒绝，径直不请自入，把饭放她桌上，看到屏幕闪烁的电脑，眸光冷了一瞬，"郁唯祎，工作少你一个人就进行不下去了？"

本想解释的郁唯祎听到他揶揄的讥讽，瞬间来了脾气，扭过头硬邦邦道："不用你管。"

蒋熠眸光微沉，极力克制着想直接给她合上电脑的冲动，拿起她的手机："请假，你不请我帮你请，不好意思请月经假就请病假。"

郁唯祎一愣。

没想到他是因为这个才发火，更没想到他这么久了还记得自己痛经的毛病，郁唯祎无措地垂了垂眸，脾气倏然消散，咬着唇艰难地顿了顿，这才很轻地"嗯"了一声，罕有的让步。

蒋熠被她轻轻软软的鼻音砸得越发心疼，看着这么多年依然倔强的姑娘，他没忍住，抬手摸了摸她头。

郁唯祎猛然一僵。

蒋熠收回手，拿起她的电脑，若无其事地向外走："电脑放我这里，午饭前用吃干净的盘子换。"

哪儿有强迫人吃饭的？郁唯祎没好气地瞪他，嘴角却有一瞬无法克制的上扬。

郁唯祎喝了口蒋熠泡的红糖水，眼底掩饰不住的欢喜偷偷倒映在了手机上。

群消息一条接一条地往外蹦。

艾比：【小唯姐，你的假我准了！嗷嗷嗷，我要不行了！你前男友真的好会！】

辛晴：【我们录的是分手综艺吧，是吧是吧，突然撒狗粮是怎么一回事？】

郭芩：【对比隔壁完全两个画风，真情实感的流露果然比演戏要甜得多！我有预感，小唯姐你这条线可能会成为节目最大的看点！你一定要坚持！老板给你放的十天假要是不够用，你把三年没休的年假也用上，说不定到后面你俩大爆，网友会跪求你们不准杀青！】

郁唯祎哭笑不得，想说这群刚毕业的孩子是真的胆子大，什么话题都敢在有领导的群里讨论，而且他们哪里有甜，明明总在相互怼对方。

被"逼"着吃干净一份营养早饭，郁唯祎泛起困意，补完觉，肚子已经没那么疼。

午饭后，蒋熠把电脑还给她，她回房收拾东西，心不在焉地盯着空荡荡的卧室，忽而听到同事对流程说可以出发去下一站，她一直低垂的眼睛蓦地微亮，疾步出门。

男人懒洋洋地靠着门框，深不见底的黑眸一动不动地看着她的方向，身旁放着行李箱和便携猫包，恍若已经这样等了她很久。

郁唯祎望向那双一如初见时勾人心魄的眼，许久才憋出句："是可以把小鱼也带走吗？"

"嗯。"他直起身，朝她走近，"你还可以把我也带走。"

郁唯祎把小鱼安顿好时，一同上她车的还有蒋熠。

她用一分钟的时间消化掉他那句稍显暧昧的话里居然还有着蹭车的双

重含义后，客气地请他下车："你把地点告诉我就行。"

蒋熠已经堂而皇之地占了她的驾驶位。

他手指搭在方向盘上，偏头看着她："你是自己上车还是我把你绑上车？"

她哪个都不想选。

"我上车你下来——"

"你觉得你现在的状态适合上路？"蒋熠不由分说地打断了她。

郁唯祎的车子干净，没那么多小女生喜欢的装饰品，只有车前方放着一个可爱的小鹿摆件，看上去有些年头了。上车时看到蒋熠往那里瞥了一眼，她心脏倏然收紧，见他面色平静，这才无声地松了口气。

车子告别他们这趟旅程的第一座城市，上高速之前，蒋熠先去市区买了些东西。

郁唯祎疑惑地看着他拎回一个大购物袋，在看清里面都装了什么后，崩溃扶额：啊啊啊，能不能考虑下他们还在录节目！

这下好了，镜头前的所有网友都知道她有痛经的毛病了……

"车上有摄像头。"郁唯祎垂死挣扎，不想接蒋熠递给她的热水袋和暖宫腰带。

专断的蒋少爷直接把东西放她怀里，拿出毛毯，把她裹成蚕宝宝，这才抬眸，对着摄像头礼貌道："麻烦剪掉。"

被焐得有点出汗，郁唯祎刚想动，蒋熠看她一眼："别乱动，好好躺着。"

郁唯祎对上他执拗的目光，把要到嘴边的"我已经好了"咽了回去，她抱着热乎乎的暖水袋，被长发遮挡的眉眼无声染了笑。

车子疾驰，金色的暖阳照亮前路，飞扬的风猎猎，穿过两侧高耸的巨大广告牌——国家5A级景区，青檀镇欢迎您。

郁唯祎心口倏地一疼，回过头，直直地看向男人被光勾勒得柔软的侧脸。

这不是他们第一次来青檀。

文丹乐美术联考结束的第二天，郁唯祎和这个在新学校交的第一个女生朋友一起吃了顿晚饭，在小吃街的一家烧烤店。

冬天吃烧烤有多酸爽，那天晚上回去后的郁唯祎就有多遭罪。许是太久没吃重油重盐的食物，肠胃不适应，郁唯祎半夜突然闹起了肚子，上吐下泻地住在卫生间，折腾了小半宿。

早读时，郁唯祎明显还没恢复精神。

蒋熠没听到和往常一样清脆的朗读声，他扭过头，看到少女蔫蔫地半趴在桌子上，一只手捂着肚子，小脸苍白，于是问道："怎么了？"

郁唯祎摇摇头："没事，吃坏肚子了。"

蒋熠蹙眉："你没吃药？"

"吃了。"家里备有常见药，她按照说明吃了两粒，这会儿除了脑袋有些晕，其实已经好了很多，感觉到蒋熠一直不放心地看着她，她抬起头，冲他笑笑，"就是有些没力气，一会儿就好了。"

蒋熠用手背贴上她额头，眉峰一蹙："你发烧了。"

郁唯祎浑身滚烫，呼出的鼻息也是热的，自己不觉生病，但当男生微凉的皮肤贴上她，本能地脸一热，也不知道是烧的，还是不好意思。

蒋熠拽住她的手："我送你去医务室。"

男生力气比她大，语气也不容拒绝。

郁唯祎只好无奈地随他起身，去了医务室。

校医给两人开了病假条，嘱咐他们去附近医院输液。

郁唯祎在走廊里打上点滴，医生责怪道："小姑娘，下次不舒服了可别再拖着，你这可烧得不轻。"

郁唯祎听话地点点头，看到满满一大瓶的注射液，咂舌："这得输多久？"

"一个多小时，还有一瓶。"医生调好滴速，匆匆去忙其他病人，走之前叮嘱她，"快输完了喊护士。"

走廊很快恢复安静，只剩下她一个人。蒋熠看着医生给她输上液后就没了踪影，她猜想他应该是回学校去了。

郁唯祎后悔没带本书来。她百无聊赖地靠着墙，把羽绒服往下拉了拉，勉强垫着冰凉的椅子。

须臾，有护士把她带到一张空床边，笑着说："你同学对你还挺好的。"

郁唯祎疑惑，猜想护士应该指的是蒋熠来送她看病，不好意思地微微红了脸。

病床比长椅暖和许多，地方也更安静，不想浪费时间的郁唯祎索性把这里当成自习室，默背课文。

一篇古文还没默背结束，门从外面被推开。

郁唯祎以为是来输液的其他病人，一抬头，愣住了。

初冬稀薄的阳光穿过少年长身，在地上落下淡色的影子，沉闷的病房仿佛随着男生的到来一同变得有了温度。

郁唯祎眼底闪过自己都没察觉的惊喜："你怎么也来了？"

"补觉。"男生轻轻勾起嘴角，把手里的书给她，人倚着旁边的床栏，语气一如既往的散漫，"在这儿睡觉清静。"

郁唯祎看到他带来的课本，都是她平时早读时惯常背的，眼睛一亮，欢喜地和他道谢。

两人一个坐着，一个站着，像在学校时那般和谐又互不打扰。

郁唯祎靠着床头，低声默背的速度越来越慢。昨晚缺失的困意因着温暖的环境和堪称催眠神器的古文变本加厉袭来，很快，她脑袋不由自主地一歪，重重合上了眼。

再次醒来，郁唯祎茫然地反应了几秒，不知自己睡了多久，意识到自己在哪儿后，她忙低头看去——手上的针头已经拔掉，男生守在一侧，床边整齐地收着她的课本。

像是在等她。

她忙下床，懊恼地问蒋熠："几点了？"

"八点半。"

八点半？第一节课都要上完了！

郁唯祎着急忙慌地就要走，被他拽住："先吃饭。"

桌上放着一杯热粥和小笼包，用保温袋细心包着，还散发着热气。

郁唯祎飞快道声谢，拿起来边走边吃，含混不清地说："你怎么不喊我呀？"

蒋熠皱了皱眉，似是有些不赞同她为了赶路囫囵吞咽的吃饭习惯，但只是说："刚输完你就醒了。"

郁唯祎"噢"了一声，加快步伐，三下五除二搞定早餐后，要从他手里接过自己的东西。

蒋熠没给，只是看她一眼，提醒她看着点儿路。

回到学校，恰逢课间，王海急吼吼地冲过来，问郁唯祎好了没，被蒋熠冷眸一扫，识趣地调低大嗓门："校花，下次再遇到这种事你找我。生病了就该好好休息，你怎么这么早就回来了呢……"

没说完，他头上重重地挨了一重磅武器。

"你当所有人都和你似的，没病也要装病逃课？"蒋熠嗓音沁凉，收起厚实的牛津词典，抬起的眼皮透着"还不快滚"的不耐烦，"知道人不舒服还在这儿杵着，影响休息。"

王海委委屈屈地揉着头，勉强闭了一上午的嘴。

中午，见郁唯祎脸色恢复，王海又颠颠地来找她："校花，你寒假有事吗？我生日，请大家一起去青檀镇玩，你也来呗。"

青檀镇是新沙周边的一个 5A 级景区，离得很近，大巴车程不到两小时。

郁唯祎虽说籍贯在新沙，但因为自小就跟着父母在外上学，家乡附近的景点一个都没去过，闻言有些心动。

她下意识看向蒋熠，恰对上他望向自己的视线，顿时慌乱避开："大家都去吗？"

"对，熠哥、五三、林仔他们都去。"王海一口气报了好几个和自己玩得好的兄弟名，突然发现只有郁唯祎一个女生，忙补充，"我再把丹姐叫上，到时候你俩组一对一中姐妹花，走在人群里就是整条街最靓的妞。"

郁唯祎并不想成为人群焦点，但余光感觉到一股若有似无的凝视，脑子一热，鬼使神差地点点头。

出发那天是个周五，晴天，大家约在客运中心见。

郁唯祎抵达时，刚下公交车，左肩膀就被人从后面轻轻拍了一下。

她下意识回头，左边却没人，紧接着就听到一声很轻的低笑。

少年瘦高的身形从她右手边露了出来，薄唇微弯，眼里盛满深冬慵懒的晨光。

郁唯祎没想到都快十八岁了还有人热衷于玩躲猫猫这种游戏，假装无奈地看他一眼，藏进衣领的嘴角却忍不住地轻轻弯了弯。

"校花，熠哥，这儿呢，这儿呢。"

平时早读时一个个都起不来，一说出去玩，到得一个比一个早，郁唯祎远远看到王海、伍杉他们，还以为自己记错了集合时间。

车上乘客寥寥，基本都是他们班的同学，把旅游淡季的大巴车变成了班级冬游。

郁唯祎坐在两人位靠近走道的位置，低头翻着一本单词书。和她隔着一过道的王海在旁边喋喋不休，趴他身上的伍杉也时不时插句嘴彰显一下存在感。

郁唯祎好想瞬移回家取个耳塞。

本以为坐在过道能避免被邻座打扰，没想到话痨的热情根本不会被小小一条走道湮灭。

正想找个什么借口屏蔽俩鹦鹉，她身前突然压下一道长影。

骨节分明的手横在空中，掌心放着一对耳机。

郁唯祎莫名松了口气，下意识起身给吃完早饭上车的蒋熠让座，仿佛只要有这个人在，那些无暇招架的纷扰都可以被阻挡在外。

蒋熠在郁唯祎旁边坐下，听到她小声道谢，一挑眉，拿走她放在腿上的书。

"车上看书容易晕车。"蒋熠把收缴回来的单词书顺手塞到自己背包里,长腿屈起,被逼仄的空间限制了往常随性的坐姿。

郁唯祎默了默:"手机和书都需要用眼睛看,你在车上玩手机也会晕车。"

刚打开一局游戏的蒋熠顿了半秒,不予置评地退出来,在屏幕上点了几下。

耳机里传来匀速磁性的对白。

"For aught that I could ever read, could ever hear by tale or history, The course of true love never did run smooth(无论我读过什么,听过什么故事,听过什么历史,真爱的道路从未平坦过)……"

郁唯祎微愣。

她偏头看他,不确定蒋熠是不是在放给她听,稀薄的淡光勾勒着男生深黑的眼,瞳仁似比往常越发黑。

见蒋熠指指她左边,郁唯祎疑惑。

下一秒,就感觉到他胳膊绕到她脖颈后,像是圈着她,指腹温柔而准确地捏住她耳朵里的耳机,取下来,戴到了他的左耳上。

郁唯祎无声无息地红了耳朵。

她慌乱别过头,庆幸自己还好坐的是里面,不会被他看到,她揪着无处安放的手,发烫的半边脸颊悄悄藏进角落。

02

郁唯祎盯着蒋熠看的时间略有些长。

蒋熠察觉,目光很轻地移到她身上一瞬,嗓音依然散漫:"怎么了?"

郁唯祎紧紧抿着唇,想问他是不是提前知道节目组的旅行安排,又觉自己大概是自作多情——时间已经过去那么久,兴许他早已不记得两人来过这个地方。

她摇摇头，与他交错的视线重新投向车外，终是一句话没说。

暮色缓缓降临，笼罩着咫尺可见的古色小镇，郁唯祎沉默地望着窗外浮光掠影的风景，心神游离，直到被文丹乐的微信惊醒。

惦念着当年风靡全校的校草到底长残没有的文丹乐一睡醒，就迫不及待地邀请郁唯祎视频，却被莫名心虚的郁唯祎本能挂断。

蛋卷儿：【嘤嘤嘤，你又不理我。】

郁唯祎：【手滑。】

蛋卷儿：【你连找借口都这么不走心。】

文丹乐紧接着又发了好几次视频过来，仿佛在验证郁唯祎还会不会再手滑。

蒋熠察觉到动静，问道："为什么不接？"

郁唯祎说："推销广告。"

蒋熠轻轻眯眸："我之前有一个朋友，背着他未婚妻在外面找了个小三，怕被发现，所有备注都是售楼推销员。郁唯祎，你该不会是谈了个男朋友，害怕让我知道吧？"

他虽然嗓音漫不经心，但克制的狠戾还是被熟悉他情绪的郁唯祎听了出来。

郁唯祎被气笑，不甘示弱地回击："那你这个朋友，其实是你无中生'友'吗？"

蒋熠眸光一沉，在倏然变红的信号灯前踩下刹车，晦暗难明的目光直直刺入她眼里："我没有未婚妻，也没有女朋友，这辈子都不会再爱第二个人。郁唯祎，你清楚，我曾经有过一个未婚妻，可她和我分手了。"

郁唯祎呼吸蓦地一窒。

心脏像被钉在地狱深处的十字架上，永远无法回头的过往和不能原谅自己的悔恨凌迟着她，血肉淋漓，不得解脱。

手机还在振动。

她机械地按下接听键，文丹乐的声音穿透扬声器："祎祎，你再不回我我都打算联系你前男友了。"

"我在车上。"

"车上？"文丹乐诧异，"你们这么快就换地方啦？现在是去哪儿？"

郁唯祎抬眸，黄昏不知何时暗了下去，初升的星辰与深红的晚霞交织，映出两侧随处可见的小镇标志。她缓缓闭了闭眼，含糊其词地"嗯"了一声。

"行吧，本来还想替你把关一下前男友。不过也没啥好把关的，只要蒋少爷颜值还在线，我举双手双脚赞成你俩复合。"

郁唯祎浑浑噩噩的心神被这句话彻底唤醒，身子一僵，木了脸。

将两人对话听得一清二楚的蒋熠无声勾唇。

难怪不敢接电话，原来是怕他听到她朋友都站在他这边。

"说起来，当初还在学校时我就觉得你俩般配，后来你俩真在一起了，我比自己谈恋爱都高兴，那么甜，怎么能说分就分了呢。"不知道两人在同一辆车上的文丹乐还在追忆往昔，"唉，这些年你跟尼姑庵的师太似的一直守身如玉，我能不多想？反正我可以单身，但我嗑的CP请一定要复合！"

郁唯祎被她猝不及防的念叨弄得耳朵发烫，害怕她继续说下去被蒋熠看出来自己强撑的伪装，借口有事匆忙挂断。

蒋熠在一旁慢悠悠开了口："郁师太？"

郁唯祎强装淡定地瞪他，却听到男人越发愉悦的笑意。

郁唯祎再次悄然红了脸。

她故作无视地假装看窗外风景，本就脆弱的倔强被戳开了更深的裂缝。

手机弹进几条微信。

蛋卷儿发来一张照片：【我刚闲着无聊看了看蒋草的QQ空间，竟然能看了，被我逮到一张他当年暗恋你的铁证。】

蛋卷儿：【你瞧他多损，明明是一群人的出游我们却不配拥有姓名，这要不是我对这个景点有印象，我还以为去的只有你俩。】

郁唯祎点开图。

照片有些模糊，蒙着一层厚厚的光晕，瘦瘦高高的少年戴着棒球帽站在她身后，眉目清秀，嘴角有一处不明显的乌青，穿着不怎么保暖却好看的夹克，视线在她身上定格。四周无人，除了背景，只有他们两个。

她记得这张照片，是当时大家一起拍的。

郁唯祎眼圈微红。她上学时是标准的"书呆子"，很少看手机，更莫说留意蒋熠的QQ空间。后来两人在一起，也是用微信比较多，她从不知道蒋熠曾经在那个时候发过两人的照片。

可是知道又会怎样？两人在一起时的甜蜜远超这些，分手时互删所有联系方式，也把曾记录过他们感情的空间、朋友圈一并隐藏，只是因为会触景生情。

爱的时候有多想和全世界宣示这么好的人是属于自己的，分手的时候就有多狼狈。

郁唯祎克制地压下眼底肆虐的酸涩，盯着这张青涩而熟悉的照片发了会儿呆，指尖不自觉抚上他受伤的嘴角。

而后，她悄悄按下保存。

蛋卷儿：【真看不出来蒋少爷竟然是修图高手，裁得如此丝滑。】

蛋卷儿：【我突然想起一件更早的事，不知道能不能帮忙唤回点你俩的甜蜜回忆。你还记得我们班欺负过你的那个女生吗？其实不是我帮你解决的麻烦，是蒋草，我还没厉害到能把她治得服帖。蒋草知道你受伤后来找我，查到是她的桌子，就把她堵在了小树林。】

蛋卷儿：【我还是第一次见他对女孩子动怒，没动手，不过骂人不带脏字的毒舌是真的狠。虽然不能证明他那个时候就喜欢你，但我觉得你在他心里是不一样的。毕竟我们和他认识那么久，从来没有见过他看到哪个女孩子受欺负而去保护她。】

郁唯祎手指一颤，嘴唇咬得生疼。

郁唯祎：【为什么不告诉我？】

蛋卷儿：【可能是怕你有心理负担吧，他后来一直没告诉你吗？好吧，不过想想也能理解，你那时候那么乖，又是和我们两个世界的好学生，要是知道他真实性格，估计会吓到吧。】

郁唯祎苦笑。

她不会。他最最凶狠的一面，她后来见到过——依然是因为她。

所以他当时要她走，是因为即使被她看到了最狠戾的一面，也依然为了保护她所谓的好学生式单纯，不想吓到她吗？

郁唯祎心疼又自责，第一次试图服软的内疚和嘴硬惯了的倔强此消彼长，最终汇成了一句违心的脏话："蒋熠，你个敢做不敢当的王八蛋！"

蒋熠被她突如其来的粗口骂得莫名其妙。

正要问自己什么时候不敢当了，猛然想起自己还瞒着她的那些事，他心里一紧，正想找个借口应付过去，听到她气急开口："你以为你找文丹乐帮我忙我就不会欠你人情了吗？欠人情就还，多大点事，我又不是差你那顿饭。"

文丹乐？

蒋熠微微一愣，记起上学时在对方那里留下的唯一把柄，松了口气，不在意地说："那我差你那顿饭？哪个男人帮忙还特意说出来？我们都是直接用干的。"

郁唯祎对他这种总是一言不发就为她包揽一切的大男子主义又生气又无奈，面无表情地憋出句："哦，那你以后和自己干去吧。"

蒋熠腹诽：我不。

两人一个比一个倔，这么多年脾气一点没改，反而变本加厉，在"用语言还是用行动做事"上达不成共识，干脆各自沉默。

郁唯祎重新把后脑勺对着他，心里想：最好不要让我知道你还有其他事瞒着我，否则，你就真和自己过去吧。

一路背对无言，车子抵达新的住所，是栋极具当地风情的民宿。

郁唯祎先下车，准备拎箱子时，看到蒋熠已经往后备厢走，没和他争。她带着小鱼先进去，收拾好猫窝，却见小鱼蔫蔫地趴在里面，无精打采，与往常巡视领土的高贵模样判若两猫。

郁唯祎喂它吃最喜欢的零食，小鱼却理都没理，眯着眼蜷成一白色的毛线团。

郁唯祎不放心，顾不上休息，忙抱着它出门，迎面碰上蒋熠。

"你去哪儿？"男人放下手里的行李箱。

听到郁唯祎说"小鱼可能是病了"，他疾步跟上她，先她一步拉开车门。

这个时候根本顾不上两人还在闹别扭，郁唯祎急忙上车，正要搜附近的宠物医院，蒋熠已经打开导航。

一路疾驰，看过医生，确定小鱼只是因为在车上憋了俩小时有些不适，郁唯祎这才放下心来。

蒋熠在门口等她，一个抱着泰迪的姑娘停在他面前，郁唯祎听见不真切的嗲音吹散在夜风里，大概又是搭讪。

她面无表情地移开目光，不想承认这一刻心里打翻了一瓶陈醋。她正欲先走，姑娘不知被蒋熠说了什么，狠狠地看她一眼，挺漂亮的脸黑成了包公，紧接着气冲冲地走人。

郁唯祎莫名觉得那个姑娘最后看自己的表情像在看仇人。

上车前，她忽然被人唤住。

"郁导，好久不见。"郁唯祎回过头，认出是之前合作过的一个男明星范一扬，他全副武装得只露着一双眼，朝她伸出手。

两人礼貌握手，蒋熠在旁边冷眼抱臂，目光被月光映得幽冷。

"你们这是在录节目？"范一扬看到不远处的跟拍，笑道，"可巧了，我有个朋友也是在这边录节目，好像就是你们推出的那什么旅行。"

郁唯祎心说：那可真是巧，我们参加的还都是同一档。

"我明天在这边的剧院有个演出，晚上七点半，你要是有时间可以和朋友一起来看，我在内场给你留两个位儿。"范一扬说着就准备给助理打电话，却见之前一直靠车旁观的男人直起身，一张俊得有些过分的脸清晰地露了出来。

"不用。"蒋熠不偏不倚地将郁唯祎挡在身后，眸光冷淡，"我们买了票。"

离开后,郁唯祎若无其事地问:"你那句话真的还是假的?"

"真的。"蒋熠加大油门,嗓音听上去有些冷,"但我现在想扔了。"

郁唯祎失笑。

察觉到蒋熠似乎在看她,她绷住嘴,欲盖弥彰地拿头发挡着脸,看向窗外:"买都买了,扔了多可惜。"

蒋熠想说一点都不可惜。

反正除了看话剧,还可以看音乐剧舞台剧,只要有适合两人夜晚活动的空间就够了,形式不重要,看什么也不重要。

蒋熠在心里把刚才那个叫不上名的男明星揍了一顿,这才"嗯"了一声。

男人得大度,不能小心眼。

不就是握了下手还邀请她看演出,多大点事,用意念把他手剁了不就行了呗。

蒋熠冷着脸活动了下手腕。

回去后,甚少下厨的郁唯祎使出浑身解数给小鱼做了顿豪华大餐,又附赠陪玩陪抱等诸多服务,终于哄得小鱼一扫忧郁,恢复往常活蹦乱跳的状态。

孤家寡人的蒋熠在一旁食不知味地吃着零食,没想到有生之年他竟然会羡慕一只猫。

铲屎官服侍好猫主子,洗手吃饭,餐桌上丰盛可口的食物都还一口没动,被保温罩盖着。

郁唯祎下意识朝蒋熠看去,见他只是吃了点扛饿的零食,心里一软,轻声道:"下次不用等我,你先吃。"

蒋熠应了一声,不知道有没有听进去。

翌日,郁唯祎买了些易上手的食材,决定自己下厨,还前几天都是吃某人外卖的人情。

锅里的水咕嘟嘟冒出热气,她跟着手机上的做饭步骤,不自觉念出声:

"先用热水焯一遍……"

"郁唯祎,你是不是有阅读障碍?"

身后忽然传来熟悉的戏谑,郁唯祎吓了一跳,迅速锁屏,没好气地看了一眼神出鬼没的男人:"那你是不是有走路障碍,不吓人不能正常走路?"

她怀疑蒋熠跟小鱼学了轻功,走路比它都安静。

"我敲门了,你没听见。"他似笑非笑地挑眉,慵懒地靠着桌台,目光落在她反扣在桌上的手机,"这么紧张?怕我看到什么?屏保设了我的照片?还是偷偷关注了我微博?"

郁唯祎手指一紧,被他的眼神盯得仿佛无所遁形。

她故作镇定地关掉火,把屏幕按亮,怼到他眼前:"你还真是自恋。"

蒋熠看了眼她干干净净只有日期的桌面,不置可否:"相册可以设为隐藏,浏览记录可以删除,你这没丝毫说服力。"

觉得刚用自恋形容他真是形容轻了,郁唯祎把手机揣回兜里,不与装睡的人论长短:"爱信不信。"

蒋熠按住她准备开火的手,痞气的黑眸微垂,呼吸离她稍近:"那我们今天玩个游戏怎么样?"

郁唯祎对上他的眼,心轻轻一紧,被带进沟里:"什么游戏?"

"手机共享。"男人深深地看着她,眼睛清透却充满蛊惑的意味,"电话短信微信,都必须当着彼此的面才能看,内容公开,到今晚睡觉之前结束,敢不敢?"

空气微微凝滞。

远处传来一声小鱼吃饱喝足后的喵星语。

郁唯祎听清楚蒋熠说了什么,呼吸瞬乱,她避开男人太具有蛊惑性的眸光,外强中干地应下:"有什么不敢的。"

蒋熠拿出手机,操作好后放在桌上:"从现在,游戏开始。"

郁唯祎同样解锁,设置为所有消息详情在屏幕上显示,转身继续做饭,看似从容淡定,一颗心却高悬在空中。

文丹乐千万别给她发消息。

千万别。

中午,两人坐在餐桌两侧,手机并排放在桌上,分别响了好几次。蒋熠端着张波澜不惊的俊脸,对此毫无反应,郁唯祎心跳却一度飙到一百八。

看清都是骚扰广告,她忍不住在心里爆了句粗口:能不能换个时间扰民!

她心不在焉地扒口饭,手机忽地振动。

郁唯祎迅速抬眸,本能地有股不太好的预感,紧接着就看到文丹乐的微信铺满屏幕。

蛋卷儿:【祎祎,胖大海结婚,想邀请你又怕你和蒋草见面尴尬,让我先问问你。】

蛋卷儿:【我直接替你答应了,不过没说你俩正在参加一档名为分手实则复合的浪漫旅行节目,我估摸着等他结婚时你俩应该就能复合了吧?到时候吓那孙子一跳。】

蛋卷儿:【别人怎么想我不知道,反正我觉得你俩肯定能复合,我有次去你家可是看到了,蒋草之前……】

蒋熠看到关键地方,消息因为太多被折叠。

郁唯祎拿起手机,神色自若地按下清除,仿佛只是几条再正常不过的微信。

蒋熠挑眉:"你这是想耍赖?"

"没耍赖。"郁唯祎一只手还扣在手机屏上,后背紧绷,恨不能把后面不用看也猜得到的"那些礼物一个都没扔"凭空擦掉。

她感觉自己此刻需要一台呼吸机。

"前面的你都看见了,差那几个字?"她若无其事地收回手,低头吃饭。

蒋熠眸光微深,一动不动地看着她,深黑的瞳孔仿佛藏有无数结晶的琥珀，浓得教人辨不清包裹的情绪。

手机又振动了，这次是他的。

极其醒目的两个大字在屏幕上闪烁，郁唯祎心脏狠狠一颤。

看到上面标记着"儿子"，她大脑一阵空白，只觉不知身在何处的茫然和蚀骨钻心的痛。许久，在铃声即将戛然而止之际，郁唯祎抬眸看他，收敛所有的情绪，疏离眼神中写着"怎么不接"的疑问。

蒋熠按下扬声器。

"喂，熠哥，我小胖儿。"王海的大嗓门钻出来，"我下个月结婚，你可一定要来，咱们都好久没见了，我正好攒个兄弟局。唔……那啥，熠哥，你心里准备准备，我接下来要告诉你一件大事。"对面话音一顿，音量渐渐低了下去，"还有个人也过来，小仙女你还记得吧？就，你前女友。"

蒋熠懒散地靠着椅背，古井无波的目光依然直视着郁唯祎，与倏然抬头的她无声交错，没说话。

"我寻思你俩也分了好几年了，该断的该忘的说不定都断了个一干二净，人小仙女答应了会来，咱大老爷们更不能小气是不是？"王海苦口婆心道，"熠哥，我说句实话，小仙女是长得好看人也优秀，但你俩毕竟都是过去式了，咱不能老吊在一棵树上不挪窝儿啊。你信我，这世上就没有真忘不了的情，时间走不出去的旧爱咱们用新欢，你为小仙女守身如玉了这么多年，也是时候开始新生活了。正好，我有个表妹是单身，你回来我和你介绍介绍……"

郁唯祎心底不见天光的巨大黑洞，在刚刚迎来寸缕的光亮之后，再次无声塌陷。

她垂下眸，不想再听下去，食不知味地草草结束午饭，起身去厨房。

听筒里的声音变得模糊，不知是被调低了音量，还是因着她的刻意屏蔽。郁唯祎把水流开到最大，准备刷碗时，一只手从后面伸来。

"吃醋了？"男人嗓音轻佻地掠过她的耳朵，似带着愉悦的笑。

没和帮她干活的蒋少爷争，郁唯祎还他一个少自恋的眼神，正要说话，看到他放在一侧的手机，干干净净的桌面显示着通话已经结束，要到嘴边的习惯性反击因着莫名的欢喜没有说出口。

蒋熠笨拙地刷着碗:"文丹乐给你发了什么?"

郁唯祎一滞,没想到都过去这么久了,他居然还惦念着这事,心里默默吐槽他上学时要有这记性,何至于默写从来不及格。

"没什么。"她低头收拾桌子,借此掩盖慌乱的心跳,"你又不是没看到前面的,内容与你无关。"

许久没有动静。

就在郁唯祎以为这茬终于翻篇,可以松口气时,一只干净沁凉的手径直掰过她的脸,留下强硬却并不野蛮的触碰。

"郁唯祎。"他轻捏着她的下巴,逼近的眸光幽深,"你知道吗?你撒谎时会不敢看人眼睛。"

郁唯祎本能地想闪躲,垂着眼睫克制地压了压,抬眸对视的动作挑衅感溢于言表。

蒋熠没放手,眉眼间的乖戾轻浅溢出:"让我猜猜,她是不是发的在你家看到了我们的合影、情侣装、项链、对戒等所有和我有关的东西?"

郁唯祎瞬间一窒,垂在一侧的手收紧,脉搏急剧加速。

"你脑洞真大。"郁唯祎挣开蒋熠,转身背对他,堪堪维持住伪装的嘴硬,"就提了下你名字都能联想这么多,你要是去写科幻小说一定能拿雨果奖。"

"雨果奖我不感兴趣,江户川乱步奖或许有的一拿。"蒋少爷毫无被反讽的羞惭,痞气地一勾唇,在口是心非的姑娘耳边低语,"你车上还留着的摆件,就是最好的证明。"

郁唯祎浑身骤然一僵。

一直到身后侵略的气息离远,她才感觉浑身凝滞的血液恢复流动,想现在就冲到车上把东西收起来,又猛然意识到这种行为无异于自曝。

王八蛋。

所以他第一眼就认出来了,还假装没印象,甚至一副不记得是他送的这份礼物的样子。

这么能演，怎么不去戏精学院啊！

两人分手后，她曾把蒋熠送她的所有礼物都归置起来，本想扔，到底是舍不得，就一股脑儿地塞到了床底下，眼不见心不乱。

唯独有一个例外。

是两人还没在一起时，他送她的第一个礼物。

不起眼也不贵重，只是一个可爱的小鹿摆件，安安静静地待在车上角落，每天陪她上下班，让她似乎有了正大光明的理由想他，又可耻地能在看不见的时候逃避。

郁唯祎深呼吸。她手指几乎揪成了缠绕的一团，回身看他，强装镇定地问："你说的哪个摆件？我不记得了。"

蒋熠靠着她对面的桌子，双手好整以暇地抱在身前，闻言玩味地放下手朝她走近，嗓音夹着些许自嘲似的讥讽："不记得了？那我帮你回忆回忆。"

等郁唯祎从男人危险至极的目光里回过神时，她已经被他带到车上。

引擎轰鸣，车子朝着景区疾驰。

民宿离景区不算太远，当熟悉的建筑从遥远的记忆里再次变成真，郁唯祎鼻尖轻轻一酸，没敢看他。

原来，他一直都没忘。

和她一样，记着这里发生过的一切。

那天，大巴即将驶向青檀镇之前，姗姗来迟的文丹乐才卡着点赶到。上车后，她直奔郁唯祎，想和挨着郁唯祎坐的蒋熠换位置。

平时都和自己兄弟待在一起的蒋少爷却一反常态地拒绝，他在文丹乐稀奇的目光中拽走被她晃着胳膊撒娇的郁唯祎，把手机音量调大，还下逐客令："不要影响我和我同桌学习。"

说完，蒋熠把手机屏幕转向她，上面匀速播放的英语音频刻意停留了几秒。

文丹乐震惊，勉强接受连差生蒋少爷都知道好好学习的扎心事实后，独自一人坐在后排，信誓旦旦道："下次月考后，我也找个学霸同桌。"

从青檀汽车站到景区得转一趟公交车，抵达汽车站后，一群人去往对面的公交车站。青檀镇比新沙更为寒气湿重，冷冽潮湿的风打在人脸上，像片肉的利刃。

郁唯祎把卫衣帽子戴上，结果还没走两步，帽子被风刮下，她只好用一只手紧紧抓着帽檐。

此时，头上忽地一沉，她眼前压下一小片暗影。

郁唯祎下意识抬眸，看到蒋熠懒洋洋地站着，原本戴在他头上的棒球帽被他摘下易了主，露出清爽的短发。

她本能地要还他，却被他压着帽檐又往下摁了摁，她脱口道："你不冷吗？"

她有个叔叔是秃顶，冬天时总抱怨离不开帽子，不然会冻头皮，她看着少年没比板寸长多少的头发，是真的替他冷。

蒋熠把手插进兜里，语气很酷："不冷。"

郁唯祎半信半疑，还想拒绝，被他敲了敲头。

"冻傻了下次就考不了第一了。"

郁唯祎失笑。

"怎么可能会冻傻？"她一边无奈地乖乖戴好帽子，一边自信地扬起小脸，"放心吧，下次我肯定能把第一拿回来。"

蒋熠轻挑眉，往常乖张的黑眸染着若有似无的笑。

文丹乐正加快步伐要去追郁唯祎，被风一吹，打了个冷战："好冷！"

她裹紧大衣，正想瞅瞅有哪位好心人能学学蒋熠的侠骨柔情贡献点爱心，就看到王海停在她旁边，一双胖手把脖子上的围巾缠了个里三圈外三圈。他还说："我也好冷。"

文丹乐咬牙切齿："冷冷冷，小心勒死你，白瞎那么多脂肪。"

众人抵达景区。

正值旅游淡季，游人不算多，稀稀疏疏的行人在古色古香的长巷里四处闲逛。

王海这次终于挤到郁唯祎面前，财大气粗地一挥手："校花，你今天有什么想买的想吃的尽管和我说，我买单。"

"哟，所有消费由王公子买单呀，那可得好好抓紧机会。"文丹乐笑嘻嘻地拉着还在摆手拒绝的郁唯祎，进入一家手工小店。

店面不算太大，乍然十来个人一起拥进，就显得有些拥挤。之前在店里闲逛的几人从他们旁边出去，郁唯祎侧身让路，被一只可爱的小鹿摆件吸引，她拿起来正想细看，猛然感觉到一股大力从后面狠狠撞了下她。

郁唯祎扭过头，看到一个染着黄毛的青年嬉皮笑脸说："借过啊，美女。"

郁唯祎紧紧皱眉，疾步退至角落，没说话。

"祎祎，快看，这俩耳环哪个比较配我？"文丹乐一手拿着一只流苏耳环，放到耳边，兴冲冲地征求郁唯祎的意见，却见郁唯祎看起来脸色不太好。

"怎么了祎祎？"

郁唯祎摇摇头，把视线从已经离开的几个男青年身上收回，只当自己想多了。

"我觉得左边的好看。"王海凑上前，"校花，你喜欢这对吗？喜欢的话我给你买了。"

郁唯祎心不在焉地拒绝，余光看到蒋熠似乎没了踪影，扭头找他："蒋熠去哪儿了？"

"上厕所去了吧。"王海朝外面随意一指，"我刚看熠哥往那边走了，那边有个公厕。"

文丹乐挑完东西，一群人准备走，依然不见蒋熠人。

电话和微信也同样没有回音。

郁唯祎有些不放心，让文丹乐他们继续往前逛，自己则沿着王海指的方向疾步找去。

喧嚣渐渐离远，四周变得空旷起来。郁唯祎走走停停，却怎么都找不到蒋熠，急得加快步伐。

直到经过一条不太起眼的僻静窄巷，她往里看了一眼，瞳孔骤缩。

方才那几个流里流气的男青年把蒋熠围在巷尾，有所忌惮地和他保持距离，脸上都狼狈地挂了伤，被堵在中间的少年居高临下地站着，乖张更甚，往常漫不经心的慵懒收敛，眼神狠戾。

这是郁唯祎第一次见蒋熠动怒。

郁唯祎呆滞了一瞬，见有人要偷袭，她猛然回神，大声疾呼："警察来了！"

几人倏地停手，同时看向郁唯祎。

蒋熠看到是她，表情骤变，错愕后，边往她那边退，边低声命令，语气是从未有过的严厉："走！"

那几个人反应过来是郁唯祎在诓他们，都直奔郁唯祎而来。

蒋熠眸光瞬冷，用身子挡在郁唯祎面前的同时，厉声道："快走！"

孰料那几人的目标从头到尾都不是郁唯祎，虚晃一招分散蒋熠的注意力后，趁他不备，袭向他的脸。

蒋熠吃了一记闷拳。

蒋熠极快地稳住身形，嘴角肉眼可见地泛起瘀青。

蒋熠抬眸，将口腔渗出的血腥味咽下，眼神彻底变得阴冷。

对面几个不管是年纪还是数量都占优势的青年见状本能地往后退，犹豫是乘胜追击，还是见好就收。

郁唯祎手指在发颤，她从未见过这样的蒋熠。

男生掰开她下意识攥紧他的手，长身站直，绷紧的骨节细微作响。

对面几人迅速交换眼神，飞快散开呈围攻之势，准备先发制人。

"我来之前已经报警了！"

闻言，几人动作倏地一滞。

郁唯祎紧紧握着手机，毫不畏惧地迎上对面三个人的目光，语速飞快："告有人对我猥亵，还试图殴打我朋友，店里有监控，等警察到了一查就清楚，到时候你们一个都跑不了！"

为首的那人瞬间阴了脸，咬了咬牙，腮帮绷紧，似在判断这句话的真假。

蒋熠无声挡在郁唯祎身前，眼神冰冷地盯着他们。

"黄儿，你刚才还说挑女学生下手又容易又没麻烦，这怎么还碰上了俩硬茬？"同伴凑近，低声抱怨。

"别说了！现在放屁有屁用！给你打掩护时也没见你这么多话！还不快走！"

几人逃窜离开，郁唯祎一直死死盯着他们的背影直到消失，拽着蒋熠的手这才一松，早已是一身冷汗。

蒋熠回神看她，眼底戾气悉数收敛，带她疾步走出小巷。

"你怎么过来了？"他脸色恢复如常，却依然带着鲜有的严厉。

郁唯祎努力克制着颤声："给、给你打电话你没接。"

蒋熠拦住那几人前把手机调了静音，一直放在兜里。

闻言，他这才看到好几个来自同一号码的未接来电，他眸光蓦地柔和，把手机调成振动："以后别再乱跑，我看到电话会过去找你。"

郁唯祎听话地点点头，第一次近距离目睹的余悸被他温柔安抚，猛然顿足："你的嘴——"

"没事。"蒋熠浑不在意地拿手一擦，疼得一蹙眉，很快又装作若无其事的样子。

见郁唯祎拉着他要去买药，他无奈一笑："等你找到药店，它都愈合了。"

"你又不是金刚狼，怎么可能这么快就好？"

蒋熠看她较真，眸光柔和下来，没再争执。

简单处理过伤口，两人追上大部队，已快到午饭时间。

王海看到蒋熠难得娇气，惊道："熠哥，你怎么了？上次腿划那么一大伤口也没见你在意，咋嘴上破个皮就这么兴师动众了呢？是被人咬破的吗？"

蒋熠这会儿不方便开口说话，只能用眼神让他滚。

王海"滚"到郁唯祎那儿："校花，发生啥事了？咋你俩去了趟厕所就受伤了呢？"

郁唯祎不好意思说蒋熠和人打架的真实原因，默不作声地摇摇头。

文丹乐拿挎包"咣"一下砸王海身上，把他从郁唯祎身边挤走："就你话多，就你好奇心旺盛，你不是今天请客吗，还不快去找吃饭的地方。"

"晚上再请，我在咱学校附近订了火锅，中午咱们先简单吃点。"早有准备的王海从鼓囊囊的包里拿出一块野餐垫，又掏出一大兜鸡爪、鸭脖等零食，四处寻觅，想要找个有草有水的风景胜地，后背又挨了一拳。

"胖大海！现在是冬天！你搞一野餐垫是要让我们在寒风里被刮死吗？"

"就是，安的什么心，揍他。"伍杉在一旁看热闹不嫌事大。

王海嗷嗷叫着抱头鼠窜，声音在一群不想受冻群起攻之的同学中显得格外微弱："哪儿有！我特意做了攻略！前面就有个小山坡，背风，有花有草还有湖！咱们一边赏风景，一边野餐，特浪漫。"

一群人打打闹闹地前行，郁唯祎和蒋熠走在最后。

"好点了吗？"

蒋熠懒懒地点头，朗如星辰的眉目丝毫没因破相折损帅气，漫不经心地走过熙攘的长街。

最终，没人愿意陪王海在大冬天实现他的浪漫野餐梦想，众人哆哆嗦嗦地进到一家快餐店，点了一份热汤，占了十个位。

而后在老板娘的失望表情和一众食客的同道中人眼神里，各自拿出自备的吃食，你争我抢地开启午饭。

郁唯祎和蒋熠是唯二的两股清流。

一个是不好意思和人抢，一个是对吃的挑剔，等第一波抢食结束，才各自动手。

蒋熠夹起一片藕，用纸杯倒了点水，涮掉上面的大片辣椒，慢条斯理地吃着。

王海在一旁囫囵啃着鸭脖:"熠哥,我发现你对藕是真爱,桌上这么多肉你不吃,咋光吃素的。"

"因为藕好吃。"文丹乐也夹起一片,招呼郁唯祎快吃,不忘奚落王海,"你这种长得丑的人理解不了,像我们这些长得好看的都不怕吃藕。"

王海不服气,非要证明自己也不丑,被文丹乐藏起来没给。

一群人起哄,趁机玩起击鼓传藕,期间不知是谁手没拿稳,"啪嗒"一声,被玩坏的一盒藕片惨遭落地,一命呜呼地提前宣告退场。

蒋熠一愣。

文丹乐小心翼翼地问:"那个,蒋草,这儿还有盒香干,要不你先凑合凑合?"

蒋熠面无表情地盯着剩下一堆吃起来太麻烦的鸭脖等食物,眉峰微皱,勉为其难地夹了块香干,正要吃,旁边推来一只一次性小碗。

"我没动。"郁唯祎刚才被文丹乐热情邀请,夹了两片藕,还没吃大家就闹了起来,索性先放在了那里。

蒋熠看着里面已经被涮掉辣椒的藕,薄唇微微上扬。

下午逛完景区,走之前,王海拿出相机,招呼大家来合照。

"来来来,个高的站后面,个低的蹲前面,女生站中间,C位留给我。"王海离导游就差一小旗子和大喇叭,吆喝大家站好位后,他找了个路人帮忙拍照,结果一回头——这是把他忘了吗?

唯二的俩姑娘挨得严实,旁边各自站着一金刚护法,跟公主旁边的小矮人似的。

"我今天是寿星!寿星!都不能让我体验下尊贵的C位感觉吗?"王海试图挤到郁唯祎和伍杉之间。

"我一天都围着你转你还没享受够啊?滚滚滚,别挤,你自己说了个高的站后头,你一米九的个子站前面挡一群。"伍杉趁机又往郁唯祎身边挪了挪,死活不肯让位。

蒋熠在后面冷声开口:"还拍不拍了?"

王海委屈巴巴地站到了后排。

按下快门之前,郁唯祎摘下棒球帽,回眸对上男生正在看她的视线,飞快戴到他头上,重新站好,眼底的笑被相机定格。

2月4日,立春。
他们相识半年整。
在青檀镇的小桥上,留下第一张合影。

03

古色古香的长廊氤氲着湖光水色,飞起的檐角遥遥连着天,似乎一切都还是记忆中的景色,也许变了,也许没变。

刻骨铭心的从来都不是毫无意义的风景,而是只与身边这个人有关的所有点滴。

郁唯祎和蒋熠踏上年少时一起走过的路。

她想起他因为她而受伤,还一个人偷偷回去买只被她看过一眼的小玩偶,又用拙劣的借口送给她。

刚刚克制的酸涩再次模糊了眼睛。

他们明明曾经那么相爱,怎么就忍心放开了彼此的手?

郁唯祎低头,把嘴唇咬出了一道隐忍的深痕。

不知走了多久。

蒋熠停下,她抬眼,倏然愣住。

面前是一片僻静的小山坡,清澈见底的小湖映入眼帘,郁郁葱葱的矮树葳蕤,草丛浅浅没入脚踝,有些刺痒——王海当年做的野餐胜地攻略,是真的。

蒋熠从背包里拿出野餐垫和一堆吃食。

郁唯祎看了一眼明显是有备而来的男人,默默坐下,挑了颗离自己近的水果,掩饰濒临失控的情绪。

她刚咀嚼，听到他开口："想起来了吗？"声音要多顽劣有多顽劣。

郁唯祎呛到了。她嘴里还卡着没咽下的车厘子，对上男人轻佻的黑眸，被潋滟的天光染得耀眼。

她扭过头，口是心非的倔脾气终于软了下来："想起来了。"

蒋熠低笑，拽她的马尾，在姑娘奓毛瞪他时慢悠悠放手，拍拍自己身边："想起来了还不坐过来点？和我离这么远是要给人行道让路？同桌时都没和我划过三八线。"

郁唯祎问："你怎么不动？"

他一本正经地回道："我分量重，站起来垫子会被刮跑。"

郁唯祎腹诽：一堆歪理也挡不住你懒的本质。

她假装嫌弃地睨了他一眼，安静几秒，若无其事地按着垫子正要起来，旁边传来男人熟悉的嗓音，又野又痞，低沉得撩人："我被风刮来了。"

郁唯祎嘴角止不住地往上扬，费了好大的劲儿克制住，"嗯"了一声。

那次出游后，两人开始有了独属于他们的小默契。早读时，看到男生拿着书犯了困，郁唯祎会直接敲敲他的桌子。

男生睁开那双慵懒的眼，眼尾晕着一抹惺忪："我在默背。"

"那你背到哪里了？"郁唯祎静静看他嘴硬。

蒋熠默了默，抓抓头，从零星记忆里翻出一句话。

郁唯祎说："这个不考。"

蒋熠叹了口气：白背半天了。

郁唯祎看到他有些憋屈的表情，忍不住笑了下，很快收住。

过了会儿，几本书被推到蒋熠手边。上面是熟悉的娟秀字体，纸页已经磨出毛边，被不同颜色的记号笔标注出详细却不繁乱的各种注释，和主人一样的赏心悦目。

蒋熠微愣，紧接着被郁唯祎抽走手里比脸还干净的书。

少女小脸清冷，长睫习惯性地微垂，说出的话傲娇又自然："我都会背了，你看我的书就行。"

蒋熠轻轻扬唇，眼底的散漫被一点点地无声收敛，换了一个端正点的坐姿。

王海晚自习时训练完回来，如发现新大陆一般："熠哥，你居然还没走！上次蛋卷儿说你上进了我还不信，我观察一个多星期了，你竟然真一次都没再迟到早退过！"

蒋熠正对着郁唯祎的笔记研究一道数学题，闻言不耐烦地拿书拍他："有事说事，没事滚蛋。"

王海委屈巴巴地走开，余光瞥见蒋熠手里的书上面有密密麻麻的字，好像高人留下的武功秘籍，他好奇地上手："熠哥，你从哪儿淘的二手书？好多注解，借我瞅瞅。"

蒋熠笔尖一顿，拿笔挡住王海的大胖手，若无其事地将书塞进桌兜，不耐烦道："新华书店，想看自己买去。"

王海撇嘴："小气，新华书店啥时候也卖二手书了？明显是不想给我看嘛。"

郁唯祎隐约听到王海走之前说的话，轻轻用胳膊肘碰了碰蒋熠："你怎么不给他看呀？"

蒋熠把书重新拿出来，义正词严道："这是你借我的书，给他看了我看什么？再说，他又看不懂。"

"如果我没记错，上次考试你俩语文成绩不相上下。"

"我比他高。"蒋熠恬不知耻地把"五分之差"说出了"五十分差别"的碾压感，还隐约带着一丝与有荣焉的骄傲，"而且他有年级第一当同桌随时答疑解惑吗？没有，所以看了也白看，不如继续当井底之蛙。"

郁唯祎耳朵发烫，乍一听以为蒋熠又厚脸皮地在夸他自己，细细一想，好像夸的是她。

晚自习结束。郁唯祎走得晚，蒋熠也转着支笔没动，身子懒懒散散地早已怠工，眼睛却一眨不眨地盯着卷子，认真思考的模样装得好像真的。

片刻，教室里只剩下住校的同学。郁唯祎收起笔，把没做完的卷子和错题本一同放进书包，收拾东西回家。

旁边的人"活"了过来，直起身，把笔和卷子往课桌里一扔，拿出空荡荡的书包，跟在郁唯祎身后出了校园。

路灯落下两道一前一后的长影，一个瘦高，一个纤细。

离得稍远。

几秒后，影子不紧不慢地靠近，在安静的窄巷映出轻轻交叠的轮廓。

郁唯祎在脑海中默算一道大题，终于解出来，高兴地和蒋熠分享。

懒得动脑的蒋少爷听了半天，明白过来："所以，已经有一种算法了，为什么还要再想一种？这不是……"他把"闲得没事干"咽了回去。

郁唯祎解释："第二种更简便，而且掌握这个解题思路后，下次再遇到同类型题就可以节约时间。"

蒋熠配合地点点头，心里却在想：学霸也需要节约时间？不是和差生一样都因为"做题太快"，时间过于充足吗？

"我回去后把解法写下来。"郁唯祎边走边习惯性地拽了下书包，因为有些沉，不自觉地用手垫着，"发给你，你以后就可以……"

她还没说完，肩上蓦地一轻。

郁唯祎回过头，看到原本应由她背的包换了主人。她有些过意不去，想拿回来，男生却不容拒绝地看她一眼。

"如果觉得不好意思，那就背我的。"

他话音刚落，郁唯祎掌心随即多了一个轻飘飘的黑色双肩包，里面什么都没装，恍若装饰。

她默了默，无奈背上，听到蒋熠问"你刚准备说什么"，她认真道："第二种解法更简便更好理解，你可以记下来，以后遇到这种题就知道怎么做了。"

蒋熠手指蓦地一紧。

他视线很轻地偏离，落在身侧少女清冷精致的小脸上，月光笼着她瘦白的纤身，仿佛纤尘不染的白天鹅。

视线从郁唯祎身上收回，许久，他才"嗯"了一声。

从新沙一中到郁唯祎租住的小区走路十分钟。

两人走得缓慢。

时间却依然如流沙飞逝。

那是条只有他们俩知道的小径，会在每天晚自习后迎来两道身影。少女习惯性地微低着头，思考问题或者是出其不意地抽查少年知识点，少年答得迅速，偶尔卡壳，就用那双清透的眼深深看着她，骄狂地保证下不为例。

少年姿态永远是漫不经心的慵懒，与少女隔着不到半米的距离，一侧肩上能看到被沉甸甸的书包压实的痕迹，目光轻轻穿透夜色，不为人知地刻进她的身影。

"熠哥，你最近好像有点情况啊。"大课间，王海跑过来问蒋熠，"贴吧里都在传晚上看见你和一个妹子走一起，真的假的？"

郁唯祎心跳瞬间加速，抬眸看蒋熠。

男生漫不经心地靠着课桌，被身后穿廊的阳光勾勒出罕有柔和的五官，对上她的视线，深不见底的双眸仿佛愈黑，在她慌乱避开后收回。他拿起一本书砸向王海："滚。"

王海啥也没打听到，还莫名其妙挨了一拳，委屈，回去就在贴吧上澄清。

郁唯祎做了两道数学题缓解慌乱的心跳，说不清刚才一闪而过的慌乱究竟源于何故。乱糟糟地压下慌乱，她看眼时间，准备走。

"你去哪儿？"她几乎是刚动，蒋熠就抬起了头。

郁唯祎和他解释，之前体测时恰好碰上月经期，她申请了缓考，时间就是今天。

郁唯祎真的很不喜欢跑步。每天能坚持跑操对她这种不爱运动的人来说已是极限，在看到补考的人寥寥无几时，这种抵触情绪就越发强烈。

轮到女生八百米，偌大的操场就她一个学生。口哨声响的瞬间，她认命地开跑，心里想，她就是回教室再做十套数学卷子，也不愿自己像个喝醉的电线杆似的待在这里。

风声吹过她逐渐沉重的呼吸。

感觉已经跑了很久，看清后才发现只跑了不到半圈。

郁唯祎烦躁地压下涌上口腔的反胃感，努力提速，想快点跑完。

不远的前方忽然多了一道影子。

瘦瘦高高的少年背对着她，被风鼓起飞扬的衣角，速度均匀不算太快，回眸看她的眉眼在视野里变得模糊，如有实质的目光却穿透距离，引着她前行。

他在给她领跑。

郁唯祎努力跟上。

十八岁的少年恍若田野间最自由不羁的一阵风，轻狂肆意一番，麦田便随之折弯了腰。

郁唯祎缓缓闭了下眼。

冲过终点，力竭，听到体育老师夸她跑得不错，她羞惭地红了脸。

她扶着膝盖缓了许久，接过蒋熠递给她的水，道了声谢。

蒋熠轻轻挑眉，不曾起伏的气息轻松得好像刚才只是散了个步："平时早操时看你挺能跑的，原来都是错觉。"

"我以为滥竽充数这方面你比我更有心得。"

两人一个常在跑操时浑水摸鱼，一个习惯在自习课上偷懒补觉，说完，不约而同地看向对方，然后笑了起来。

默契不仅仅是他们每晚心照不宣地踏上同一条小径，更是知晓彼此的不足，依然愿意陪着对方一起努力。

和煦的光沿男生长身倾落，清隽周正的五官蒙着一层暖晕，好看得勾人心魄。

郁唯祎有一瞬失神。

思绪不受控地跑偏，她想起两人从青檀镇回来的那天晚上。

一群人给王海过完生日，各回各家，仗着自己终于成年喝了罐啤酒的王海醉醺醺的，非要送她回家，直到被蒋熠一掌劈得认清现实这才作罢。

转眼只剩他们两个。

她问他:"你怎么回去?"

蒋熠看了眼不远处的公交车站牌,然后把棒球帽戴她头上:"先送你。"

他说完已经迈步。

郁唯祎连忙跟上:"不用,我坐两站公交车就到了,很快。你送完我再回家,夜班公交车都该停了……"

"我打车。"不差钱的蒋少爷一句话堵住了她的嘴。

寒风凛冽地刮过窗口,黑夜暗沉,车上没开灯,四周陷入安静。

公交车靠站。郁唯祎走在前面,蒋熠落她一步,月光拉长两人清冷的身影,半边交叠半边独立,像靠近却不依附的两棵孤木。

郁唯祎在小区门口的路灯下停住脚步,和他道谢,重新将棒球帽交还主人。

正要走,他突然出声:"郁唯祎。"

郁唯祎疑惑停脚。

少年的眉眼被路灯染上斑驳,明暗交织,他从背包里取出一个包装精美的小盒子,递给她,语气依旧懒懒散散的:"接着。"

郁唯祎愣住。她想问他是不是搞错了,过生日的是王海不是她,却看到他忽然倾身,弯腰平视她的眉眼浓郁,似藏着熠熠星光:"男孩子都有礼物收,女孩子更要有。"

郁唯祎后来无数次想起这天晚上。

想起他送她礼物,想起他给她领跑,想起他陪她一起走过那条小径和其他无数个时刻的他。

她不知道自己究竟是何时动的心,如果硬要找一个清晰的时间节点,大概就是人间最美的四月天,黄昏日落的操场上,自己满眼都是比暮色还要撩人的少年。

暖阳雕刻出他们并肩而坐的身影,难得的和谐。

把手机扔在一边,所有世俗的纷扰都抛之脑后,只有他们两个,偶尔斗句嘴，却不再剑拔弩张，不曾见面的三年空白没有改变他们已经刻入血液的相处默契，反而在无形中赋予他们学会心平气和的能力。

时间不舍地流逝，仿佛带着他们回到了最无忧无虑的学生时代，彼时没有生活的重压，没有世俗的评价标准，唯一衡量他们的就是考试，她只需要挑出可解的正确答案就可以了。

郁唯祎和蒋熠在这里消磨了整整一个下午的时光。

只有彼此。

离开之前，两人同时找手机，屏幕被各种工作消息占据，一秒将他们拉回残酷的现实世界。

郁唯祎无意瞥见他手机上一个熟悉的称呼，下意识收回视线，不敢看内容详情，而后低头假装回微信，仿佛没有察觉到他定定看她的目光。

抵达剧院后，两人去到前排落座，即将开始时，两道打扮出众的身影从舞台通道过来，全副武装，在郁唯祎旁边坐下。

郁唯祎闻到一股浓郁的香水味，揉了揉鼻子。

须臾，旁边的人忽然开口："郁小姐？"

郁唯祎扭头，看到是前一天范一扬所说的和他们录同档综艺的男星周奇俊，越过挨着她坐的女人和她打招呼。

此人前几年出演一部爆款电视剧的重要男配走红，和剧里的女演员假戏真做，吸引了一大批嗑真人的 CP 粉，后来分手，他陆陆续续传出过不少恋爱绯闻，却没再听过有哪些拿得出手的角色，圈中热度大不如前。

郁唯祎淡淡颔首，看了一眼他旁边同样再无后续代表作的前任柳卿卿。女人摘下口罩，高傲地点了下头，随即收回视线。

过了会儿，浓郁女香离远，换成浓郁的男香。

"郁小姐，你也参加了这档节目？"离近的周奇俊扫了一眼她身侧眉宇半隐在黑暗中的男人，朝她倾身，"我一直觉得你这么好的相貌做幕后实在是太浪费了，你应该早点上节目……"

郁唯祎眸光微冷，不动声色地往后避让："您说笑了，看演出吧。"

话落，她靠向蒋熠那侧，与周奇俊划清界限的厌恶显而易见。

蒋熠忽然拽了下郁唯祎的手腕，说："我们换位置。"

几秒后，周奇俊感觉到一股不容忽视的冷冽气息，看清坐过来的男人长相，颇有些吃惊。

挺帅的，进娱乐圈也绰绰有余，郁唯祎的前任难道也是他们圈子里的人？

不过要是一个圈子，怎么可能没见过？

周奇俊借着光又打量了蒋熠几眼，发现面生，得出估计是什么不知名的十八线小明星的结论。

因为有了旁边用力过猛的香水男做对比，蒋熠看舞台上的范一扬都顺眼了许多。

蒋熠不是那种小气的男人，真不是。

演出结束后，自认大度的蒋少爷站起身，和郁唯祎正要走，香水男忽然热情地拦住他们，一口烤瓷牙笑得像人物加了牙齿特效："郁小姐，难得碰到，一起吃顿饭？我在附近订了家餐厅，正好感谢下一扬免费提供的票。对了，还不知道你旁边这位怎么称呼。"

蒋熠漫不经心报出一个字："蒋。"

"蒋先生啊，不介意我喊你小蒋吧？我应该比你大几岁。"周奇俊依然没让路，邀请他们共进晚餐的意愿强烈，无法拒绝。

这人话奇多，一路喋喋不休。

"你们怎么过来的？"

"开车。"

"开车啊，很辛苦吧？现在飞机这么方便，你们还自驾游？小蒋啊，我建议你最好还是换个交通方式，女孩子坐车久了很伤腰椎的。你们都去了几个地方？"

"一个。"

"那和我们差不多嘛，我们是工作忙，天天赶通告，前几天才抽出时间在卿卿她们拍戏的地方约了一面。小蒋，你也是我们这个行业的？以前怎么没见过你？"

在听到他又一次拿腔拿调地称呼小蒋时，郁唯祎冷声打断："我们有名字，喊蒋熠就行。"

周奇俊脸上闪过一丝异色，目光落在明明距离疏远的两人身上，狐疑地扫了几眼，恢复假笑的模样。

几人到餐厅，点完菜，各自无话。柳卿卿旁若无人地拿出化妆镜补妆，周奇俊低头看着手机，表情严肃，似乎在处理工作。

郁唯祎把手机放在桌上，和蒋熠的并排。

她正无所事事地翻着一本随手从剧院拿的演出册。

手机忽振，两人抬眸。

显示详情的微信一览无余。

周奇俊：【看你好像心情不好，有心事？】

周奇俊：【是不是和前男友相处得不开心？】

周奇俊：【唉，我懂，都是被迫营业的人，一会儿吃完饭，一起走走？我住的酒店旁边有片人工湖，风景很不错。】

屏幕的光久久未灭。

蒋熠一只手搭在桌上，长腿半收，坐姿慵懒如常，从手机上移开的视线却一动不动地盯着对面的周奇俊，狠戾如嗜血的凶兽。

郁唯祎脸色瞬冷，拿起手机，正要警告，"刺啦"一声，椅子被推开。蒋熠起身，拽着她手腕，嗓音沉沉："我们走。"

两人出去，不知私聊变共享的周奇俊还傻兮兮地去拦："怎么了这是？一扬马上就过来了，我和他说了你们在这里。"

蒋熠把郁唯祎挡在身后，俯视他的黑眸极沉："你自己干了什么还有脸问？"

周奇俊一惊，下意识看向郁唯祎，有片刻觉得自己好像被她这个远比他气场更强的前男友看穿了所有心思。转念一想，他笃定蒋熠不可能知道他发的信息，无辜地摊开手："瞧你这话说的，我什么都没做，你拉着人说走就走，还反过来怪我。"

蒋熠早已濒临极点的盛怒彻底爆发,对郁唯祎吩咐道:"去外面等我。"说完,拎起周奇俊就要教他认清现实,却被一只柔软的手用力按住。

蒋熠抬眸,看着出手拦他的姑娘,眼底戾气隐忍:"松手。"

郁唯祎说:"你松手,我能解决。"

蒋熠沉了眼,垂在一侧的手骨节绷起,克制又暴怒。姑娘迎着他的目光清澈,一如这么多年他梦里朝思暮想的模样,却倔强得不由他继续坚持。

许久,他不得不败下阵,松手站到一旁,戾气未消的黑眸依然紧紧盯着周奇俊。

周奇俊和郁唯祎走到角落,越发放肆的目光笑得暧昧:"你看这搞的,你前任是不是对我有什么误会?"

"你自己做了什么你自己清楚。"郁唯祎嗓音压得低,凌厉气场在高她半头的男人面前却丝毫不见胆怯,冷声警告,"我警告你,以后别再骚扰我,再有一次,我会直接曝光。"

周奇俊呵呵地笑起来,故作害怕地抱着胳膊:"哎哟,我好怕怕哦,你一个小小的编导就想威胁我呀,是不是以为我是被吓大的呀?"

他冷哼一声,伸手想摸郁唯祎的腰,被她厌恶地躲开。伪装绅士的周奇俊顷刻恼羞成怒:"不知道被多少人碰过,你搁我这儿装什么纯?"

郁唯祎脸色愈沉。

她见过很多骚扰不成反出口成"脏"的男人,她可以保持涵养,但不代表她听到这些话会忍气吞声。

郁唯祎极力压着火,直视周奇俊的眸光锐利,夜风撕开姑娘温和的柔弱表象,露出浑身带刺的倔强内壳:"你说过的所有话,干过的所有事,我们节目组都有录像。单就你刚才那段无中生有的话,已经对我构成诽谤,再让我听到一次,我就是丢了这份工作,也会让你知道什么是真正的身败名裂。"

郁唯祎性格清冷,平时待人处事都极温和,很少动怒,周奇俊之前也只是在工作场合和她遇到过几次,对她的印象仅停留在一个漂亮的、职位不低的单身女性,所以存了想游戏一夜的心思。

此刻被她一双好看却锋芒毕露的眼睛死死盯着,周奇俊心里一慌,色厉内荏的强悍瞬间如纸老虎般裂成碎片。

再回过神,走廊早已没了两人的踪影。

郁唯祎和蒋熠一前一后出门,遇到范一扬。尚不知发生何事的范一扬惊喜上前,正要邀请郁唯祎,被蒋熠厉眸一扫,一头雾水地黑了脸。

他进去后,里面那两人好像也闹了脾气,脸一个比一个难看。

范一扬腹诽:我被请过来是看你们对我吹胡子瞪眼的?

一直到上车,蒋熠忍耐许久的乖戾终于找到一个细小的出口,压着火问:"为什么拦住我?"

那种人渣揍一顿都便宜他了,自己护着的姑娘居然还为他求情。

郁唯祎语气平静:"有跟拍,你被拍到动手,网友会怎么看你?你有没有想过后果?"

"我——"蒋熠硬生生把脏话咽回去,深黑的眉眼在光下清绝,却掩饰不住戾气,"我在乎网友怎么看我?"

郁唯祎很轻地看着他:"可我在乎。"

如果不明真相的网友因着蒋熠的先行动手站在道德制高点指责他,那些周奇俊的粉丝又因着自己偶像吃亏对他极尽恶毒之言,郁唯祎会心疼。

她心底干干净净、个性疏狂的男孩,怎么能因为她受这种无妄之灾?

蒋熠搭在方向盘上的手骨节绷紧,无法宣泄的怒火只能汇成清晰可见的青筋,俯身逼视。

"郁唯祎,为了那些毫不相关的人的看法,你就忍气吞声?"男人嗓音哑得厉害,眼底是极力克制的愤怒和隐忍的心疼,"是不是不止这一个,所以你才说你有办法解决?郁唯祎,你的解决方式就是和从前一样咽下委屈,假装什么事都没有发生吗?"

郁唯祎被禁锢在熟悉又危险的气场中,这么多年苦苦独撑的脆弱有一瞬几近崩塌。她闭了闭眼,极快地收拾好情绪,偏头看向窗外:"那你这么多年长大的方式依然是用武力解决事情吗?蒋熠,不是所有人都和你一样有任性的资本,我需要我的工作。"

蒋熠黑眸一黯。

良久默然,他看着面前这么多年依然倔强的姑娘,忽然意识到,她早已不是当年那个需要他保护,而且会开心接受他保护的小女孩了,她长大了——尽管她在他心里还是年少时的模样。

蒋熠踩下油门。

夜风在他们身后呼啸离远,驶过一如十七岁那条无人知晓的小径般僻静的长街,从少年到成人,从梦境,到现实。

到民宿,郁唯祎先下车,感觉到身后蒋熠直直跟着自己的目光,她没回头,径直回房。

关门上锁,她心里闷着一肚子无可名状的火,却又不知道自己到底在因为什么生气。外人不值得,那种事遇多了也就练出了金刚心,唯一能影响她情绪的只有蒋熠——可是她不是一早就知道,两人根本不是一个世界的人吗?

所以为什么还要因为他的任性生气?为什么还要抱着两人还能在一起的一丝丝希望?为什么分开三年不曾有丝毫放下反而越发刻骨铭心?

郁唯祎把脸埋进枕头,数不清这是重逢以来的第几次偷偷掉泪。

晚上采访,两人分别以一句"没什么好说的"拒绝,各自待在房间,许久没动静。

直到郁唯祎出门洗澡。

夜已黑透,长廊留着一盏小夜灯,郁唯祎擦着头发回卧室,被蒋熠堵在门口。

男人穿着一身淡灰色的家居服,微垂着眼看她,嗓音轻声哼哼:"对不起。"

郁唯祎有一瞬没绷住,差点儿缴械投降。意识到不合时宜,她拧巴着避开他的视线:"对不起什么?"

蒋熠一噎,硬着头皮用上万能句式:"我错了。"

郁唯祎问:"哪里错了。"

蒋熠一愣:这要我怎么编?我其实根本不觉得自己做错了。如果硬要找一个理由,那就是我不该当着她的面想揍人,而是应该背着她把那个人渣狠狠揍一顿,这样就不会惹得她担心。

郁唯祎一看到他这个表情就知道他又是只有道歉的态度而无改正的实际行动,翻译过来就是"我虚心认错,但坚决不改",又好笑又无奈,她绷着脸背过身。

两人其实很少生气,在一起时也一直都无底线地纵容着对方,偶尔闹脾气也基本都是因为吃醋。

与郁唯祎习惯把所有情绪藏在心里不同,蒋熠什么想法都会直接写在脸上,平时总一副玩世不恭的浑不懔模样,看上去似乎对什么都不在意,其实占有欲极强,还性子桀骜,对那些追求郁唯祎的人没了点好脸色。

郁唯祎刚上大一那年,有一个追她的学长被她数次拒绝,并明确强调自己有男朋友后,依然死缠烂打。后来蒋熠从文丹乐那里听说,直接飞来把人揍了一顿,还要那人当着他的面公开发朋友圈和郁唯祎道歉,并承诺大学四年都不得接近郁唯祎。

这事曾一度轰动全校,成为浦大论坛居高不下的热帖,不少人都知道校花郁唯祎有个长得帅、出手狠、行事骄狂的男朋友,极其识时务地收了觊觎之心。

郁唯祎是在整个事情结束后才得知,看到蒋熠突然出现的惊喜被担心他受伤的后怕分散,一时情急忍不住说了他两句。两人当时都年轻气盛,觉得自己没做错,也不肯低头先和对方服个软,在图书馆背对背坐着,生了一下午的闷气。

她看不进去书,坐她旁边补觉的那人也睡不着,后来前后脚刚走出图书馆,蒋熠就把她抵在了楼梯口。

"乖,我错了,不生气了好不好?我今晚就走了,上飞机后就没法哄你,你气到明天怎么办?我又没法把自己再快递过来让你打两下。"他嘴上不正经,看她的眸光却浓烈幽深,像犯了错难得乖巧的狗子。

郁唯祎的心瞬间软得一塌糊涂，眼底是无法掩藏的不舍，早已自行灭火，只因拉不下脸先道歉的小性子也顷刻烟消云散。

他那个时候总说，不能生隔夜气，不然她晚上会睡不好，睡不好就会没精神，没精神第二天就会没精力想他。

他也是这样做的。

不管何时，只要两人有矛盾，是不是他的错他都会在自己消化掉坏情绪后先来找她，睁着那双好看得勾人的眼，和她说对不起。

只有一次例外。

那场没有一个人先低头的争执，一别就是三年。

郁唯祎苦涩垂眸，剧烈撕扯的心脏吸附着无数尖刀做的陨石，在她心底将空白三年无法填满的黑洞砸得越发深，不敢触碰的妄想因着这几天朝夕相处，恍若回到恋爱时的错觉越发变本加厉。

她从未停止过爱他，即使明知两人有千般万般的不合适，也依然想要与他身处同一个世界。

敏锐察觉到她情绪的蒋熠不知道她因为什么突然脸色不佳，他心里顿时慌了，掰过她的脸低声哄道："我错了，我不该和人动手，以后什么事都听你的。"

郁唯祎对上他温柔的黑眸。

心底的伤口缓缓愈合，她不自觉地收了利刺："真的？以后都不会再动手了？"

蒋熠摸摸鼻子，含糊其词："不在有镜头的地方动手。"

郁唯祎问道："那在没有镜头的地方就会？"

蒋熠一顿，正想找个借口带过，郁唯祎挣开他的手，微垂下眼，语气很轻又难掩心疼地说："那种人渣自有人收拾，你何必和他一般见识？"

蒋熠笑起来，乖乖点头，弯腰靠近："那不生气了？"

郁唯祎被他顽劣地蹭着头，故作紧绷的小脸瞬间破了功，嘴角一弯，又飞快收住，这才"嗯"了一声。

"不生气了就好好睡觉。"他拿过她手里的毛巾,给她擦着头发,少有的认真,"以后再遇到这种事,告诉我。"

郁唯祎一颤,迟疑了。

"我不动手,但你要让我知道。"他一只手扣着她肩膀,抬起她的脸逼她对视,眼神不容拒绝。

郁唯祎鬼使神差地应下,回房睡觉,嘴角在黑暗里弯成月牙。

不动手才怪……

04

翌日,郁唯祎和蒋熠起来后才知道他们上了热搜。

拜周奇俊所赐,他和柳卿卿从剧院出来的同框照被路人拍到,网友根据两人先前的微博推断出他们正是某分手综艺迄今还在保密的受邀嘉宾,一个个嚷着"爷青回"地把他们送上了热搜榜,而人均"列文虎克"的网友也很快在镜头的犄角旮旯里扒出了另外一对疑似情侣的身影,虽然高糊,但不妨碍他们发挥脑洞破案。

【这是两对嘉宾在一起旅行?节目组会玩,感觉各自谈不拢了再交叉一配对,又是两对新情侣。】

【另外俩是素人?搞笑呢,素人来参加明星节目?想出道想疯了吧?】

【哪儿来的滚哪儿去,神烦综艺节目插播新人,我们是来追忆青春顺便蹲个复合,不是真想看家长里短谢谢。】

……

郁唯祎大致翻了几眼,说什么难听话的都有,虽然早有心理准备,但被人推到风口浪尖上这样评头论足,感觉终归不怎么好。

她喝了口咖啡平心静气,把自己还没被节目组公开的微博改为仅好友可评论,余光瞥见蒋熠抱着电脑正在打字,看清后,心情有些复杂。

嘴上说着不在乎网友看法的蒋少爷,正沉着张俊脸和那些骂她的人吵架。

"比你好看""男朋友乐意""上不上节目关你什么事"……诸多抨击她长相、质疑她为了红,甚至觉得她和前任旅行对未来男朋友不公平的评论被蒋熠一一回怼,看得郁唯祎心里愈加柔和。

她若无其事地在他对面坐下:"干吗看这些?"

"教他们做人。"蒋少爷懒洋洋地伸着长腿,眉眼充满戾气,如果不是隔着网线不方便,这会儿估计已经动手了好几百次。

郁唯祎失笑:"不是说了不在乎?"

"嗯。"他语气依旧散漫,是真的没把网友对他的评论放进眼里,指尖在键盘上翻飞,轻轻看她,"可我在乎你的。"

郁唯祎握着杯子的手一顿,心底塌陷的角落被无声填进了些柔软。她强装镇定地喝了口咖啡,片刻,嗓音很轻地回道:"我知道。"

他从不在乎旁人的眼光,却在意她被那些目光伤害,她一直都知道。

那天郁唯祎的体测结束后,两人回教室,刚上楼梯,蒋熠脚步忽顿,转身挡住她,带她疾步下去。

她不明所以地跟他下楼,紧接着听到后面一声中气十足的怒吼。

"臭小子,你给我站住!"

郁唯祎下意识停脚,男生却不为所动地继续前行,将她推过拐角,低声叮嘱道:"晚点再回教室。"这才折返上楼。

"跟我去办公室!"严厉的怒骂从楼上传来,随着远去的风被吹得断断续续,"刚才去哪儿了?刚夸你成绩有点进步又翘尾巴了……你让我说你什么好,许久不惹事,一惹你就给我惹个大的,居然带坏好孩子!一会儿我就得找她谈谈……"

郁唯祎紧紧皱眉,隐约听出好像与她有关,想都不想就追上去,打算解释,却看到蒋熠远远跟在班主任身后。蒋熠恍若心有所感地回过头来,冲她轻轻摇头,嘴里无声说了句什么。

她没看清,慌忙摸出眼镜戴上,却只来得及辨清最后两个字。

"听话。"

郁唯祎脚步生生一滞，想上前又怕他因为自己没听话生气，进退维谷，她只能不安地看着蒋熠被带进办公室。

一整个晚自习，郁唯祎都有些心神不宁。

白炽光照出她旁边空无一人的课桌。

临近放学，大家陆陆续续地收拾东西。

王海磨蹭到教室里没剩多少人时，凑到郁唯祎跟前："校花，你怎么还没走？"

郁唯祎看一眼门口："等一会儿。"

"那我也等一会儿。"王海乐滋滋地顺势在她前桌坐下，终于逮到蒋熠不在的机会能送小仙女回家，"正好送你回去。"

"不用。"郁唯祎冷淡回绝，顿了顿，装作不经意地开口，"怎么没看到蒋熠？"

"早回家了吧。"王海随口道，"熠哥被老班叫到办公室，挨了一顿骂，不知道说了啥，他出来后就一个教室一个教室地找造谣他早恋的人，那人吓得滚回家删帖求原谅了。"

郁唯祎手指一紧，心里涌上茫然纠缠的纷乱。她默不作声地将没做完的卷子一股脑儿塞进书包，在王海诧异的聒噪声里闷头走人。

外面下了雨，地面潮湿，郁唯祎把书包挡在头顶，浓重的雨雾沿衣角滑落，随她踏上无人做伴的窄巷。

她魂不守舍地低头看路，雨水忽地一断。

郁唯祎诧异抬头，看到不知何时出现的蒋熠用校服盖住她，一只手遮在她头顶给她挡雨，另一只手则轻车熟路地去接她的书包。

郁唯祎攥着没动。

雨水湿漉漉地蒙着少女清冷倔强的小脸，她嗓音罕有地失了冷静："你怎么不回教室？你知不知道我很……"

她猛地刹住嘴，把即将脱口的话扼杀在喉咙里。

蒋熠倾身，低垂着看她的眼在夜色里模糊，眼底星光却依然熠熠："下次不会了。"

郁唯祎被他看得不知道该怎么回，无措地垂眸"嗯"了一声。

他接过她的书包，用校服把她从头包裹，借着月光对齐穿在她身上空荡荡的校服拉链。

郁唯祎看到他只穿了件薄薄的长袖T恤，急了："你这样会感冒。"

"不会。"蒋熠一手按住她，不让她乱动，宽大的校服一直拉得只能看到她的眼，这才满意地收回手，痞痞一笑，"我身体好，不会感冒，你这种跑个八百米都累的才需要被重点照顾。"

郁唯祎有些不自在地低下头，两只手在校服里揪成了麻花。

迎面而来的车照亮路边的反光镜，郁唯祎看到镜中一闪而过的自己，眼睛弯着，像会笑的无脸男。

翌日，市二模成绩出来。

"校花，你太厉害了，又是第一。"王海看上去比郁唯祎还高兴，"全市第三，比上次进步了两名，真牛，我能排三百三十三我妈都高兴得烧高香，能把整条街的饭店包了请客。"

郁唯祎笑笑，神色淡然，继续专心地改着一张试卷。

"校花，你想考哪个大学？"

郁唯祎想了想："浦大吧。"浦大是新沙所在省会的东浦大学，全国顶尖名校。

"浦大好，顶呱呱——"王海麻溜地搜索东浦市还有哪些学校，一张脸瞬间耷拉，"怎么分数线都这么高，这不是歧视我们差生吗？"

他愤愤不平地叹了口气。

"熠哥，你想去哪个学校？"瞅见趴在桌上补觉的蒋熠动了动，王海好奇地问，话刚落，他自己先把头摇成了拨浪鼓，"算了，咱们都一个梯队的，只有被选择的命运。"

"谁跟你一个梯队？"少年懒散地开了口，嗓音带了点鼻音，轻狂地一挑眼皮，"你和我中间至少差了十个五三。"

郁唯祎失笑，用红笔在卷子上画个漂亮的五角星。

莫名躺枪的伍杉委屈:"熠哥,我也没那么差吧,我已经从倒数第一考场进步到倒数第二考场了。"

自从离开倒一考场就和兄弟们"一拍两散"的蒋熠明显对此不知情,不置可否地一挑眉,眼神里还有点点怜悯,像在说就进步一个考场是什么值得骄傲的事。

王海扎心了。

"熠哥,给我留点脸吧,我还孤家寡人地在倒数第一考场坐冷板凳呢。"他小声嘟囔,不服气地把蒋熠坐火箭的进步速度归结于学霸的光辉沐浴,"不是所有人都能和你一样运气好,有学霸当同桌,我要能和校花坐一起,我也能进步七八个考场。"

蒋熠眼神里的怜悯转为了嗤笑:"你这么自信,有没有想过是自己脑子的问题?"

"我脑子没问题啊。"王海蒙了。

"盲目自信就是你最大的问题。"蒋熠不耐烦地挥手,"以后没什么事别过来,影响我们学习。"

王海心想:熠哥说得对,盲目自信就是我最大的问题,我当初咋就盲目地相信熠哥不爱学习只爱打架呢?

几人斗嘴吵闹的工夫,郁唯祎已经把蒋熠做错的题圈出来,找了几道相似题型和自己以前整理好的笔记,一起放他桌上。

蒋熠无声看她,眸光极深,在她察觉的一瞬收回视线,目光落在卷子上详略清晰的娟秀字体:"以后不用再帮我检查错题,浪费时间。"

"不会啊。"郁唯祎浅浅一笑,认真道,"帮你检查也是我自己查漏补缺的时候,怎么能说是浪费时间?很快的。"

蒋熠喉结微动。

他清透的黑眸似比往常更浓,正要开口,郁唯祎轻蹙眉:"你是不是感冒了?"

刚才听到他说话有鼻音,郁唯祎还以为是刚睡醒的缘故,这会儿才发现他竟是嗓音都有些沙哑。

蒋熠浑不在意道:"没事。"

"怎么能没事?你量体温了吗?吃药了吗?喝热水了吗?"郁唯祎一想到他昨晚淋得湿漉漉的送她回家,还把衣服脱给她穿,就无比自责。

蒋熠一把拽住说着就要站起来给他去买药的郁唯祎,痞笑:"没发烧,吃了药,你觉得我会是那种生病了还坚持上学的人?我又不傻。"

郁唯祎感觉自己好像被内涵了。

尽管如此,郁唯祎还是盯着蒋熠喝了一大杯热水,又确定他吃了药才稍微安心。

中午,下课铃刚响,一群人跟脱缰的野马似的冲了出去。蒋熠正要起身,郁唯祎把他按在椅子上:"饭卡给我,我给你打饭。"

蒋熠试图拒绝,被远比他还执拗的少女打败,只好找出饭卡:"你买饭的时候顺便帮我打一份就行。"

他知道郁唯祎很少在吃饭上花心思,基本上是哪个窗口人最少就去哪个,也就没像平时和王海他们一起吃饭时那般挑剔。

半小时后,郁唯祎轻手轻脚回教室。

男生已经再次入睡,脸埋入臂弯,一只手搭在后脑勺,骨节修长的五指没入短发,被坚硬发梢衬得白皙,阳光清浅地从缝隙漏进,照出地上单薄的影子。

大概是睡得不沉,郁唯祎小心翼翼挪椅子的时候,他轻轻动了下,直起身,揉了揉脸,接过郁唯祎递给他的饭:"你怎么还没吃……"

话音一顿。

清炒莲藕、宫保鸡丁、杭椒牛柳,不算特别诱人,但已是食堂最高水平的几个菜分布在不同的小格子,热气腾腾,都是他平时常吃的菜。

蒋熠看一眼已经打开自己餐盒的郁唯祎。

除了藕,其他两道都和他的不一样。

蒋熠忽然间就没了食欲,她对吃饭到底有多不上心。

郁唯祎咽下一口青菜,疑惑地催促:"快吃呀,一会儿都凉了。"

蒋熠把自己的饭推到她面前,拨给她:"没胃口。"

郁唯祎被他突如其来的少爷脾气吓了一跳,慌忙去拦他的筷子:"没胃口就少吃点,你给我这么多我也吃不了呀。"

"那就先把我的吃了。"蒋熠我行我素地继续往她饭盒里拨菜,一直到自己的只剩下三分之一才停下手,眼尾轻轻一扬,换成他催促郁唯祎快点吃。

他这场嘴上说着没事的感冒拖沓了两个星期,郁唯祎也被迫分担了他两个星期的饭。尤其蒋少爷挑剔,后来两人一起去食堂,总买一堆菜,这个吃一点那个尝半口,到最后基本都进了她的肚子。

两个星期后,学校举行成人礼的前一晚,郁唯祎照镜子都觉得自己的脸胖了一圈。

她站在镜子前,试穿去年生日时买的连衣裙,手机在一旁闪烁着通话邀请,许久才接。

"小祎,妈妈今晚值班,有什么事?"曾慧玲的声音一如既往的急躁。

郁唯祎下意识跟着她提快语速,简短地把学校邀请家长参加他们成人礼的通知转述,还没说完就被打断。

"就这事啊,妈妈去不了,请一天假扣的钱都够你两天的生活费了。行,就这样,你自己照顾好自己,抓紧时间多学习,这种没什么意义的活动能少参加就少参加,我先挂了。"

"嘟——嘟——"电话里已是一片忙音。

郁唯祎抿紧嘴唇,看着暗下的手机屏幕,好像有点失望,又带着意料之中的平静。

翌日。

穿着各色漂亮礼服的女孩们挽着爸爸妈妈的胳膊去学校礼堂,男孩们穿着白衬衫和西裤,领带打得正经,一个个故作深沉地凹造型,仿佛真有了大人的模样。

郁唯祎独自一人走向热闹的人群,手指轻攥着裙摆,有些许不适。

"哇！真好看！"王海和伍杉勾肩搭背地坐在阴凉地儿，远远看到郁唯祎，眼睛都直了。

这么久，还是第一次见郁唯祎穿裙子。

少女皮肤白，身材比例尤佳，给人强烈的视觉冲击。她难得地穿了件膝盖以上的连衣裙，蜂腰细臀，两条长腿笔直纤细，小腿和双臂都裸露在外，皮肤因着总穿长袖长裤的缘故，捂得乍看比脸还要白，在日光下亮得夺目。

"嫦娥也不过如此了吧？网上说的腿精也大概这样了吧？"王海也看向郁唯祎。

伍杉频频点头附和，两人的眼睛控制不住地往郁唯祎那边飘。

然后，两人眼前多了一片阴影。

少年懒散地靠着墙，长臂一伸，拉过郁唯祎，剪裁得体的西装勾勒出男生单薄却挺拔的宽肩窄腰，拽她入僻静角落，把周围蠢蠢欲动的目光挡得严实。

郁唯祎眼底闪过一丝惊艳。

蒋熠微微笑着看她，黑眸深亮，俊朗如银河最熠熠夺目的星辰。

"这位仙女，我是否有荣幸陪你一起下凡？"

一开口就知道还是那个大少爷。

郁唯祎努力控制着上扬的嘴角，点点头，一本正经地问："你想当男孩还是女孩？下凡做人前再给你一次选择性别的机会。"

蒋熠心中一惊：啧，被反套路了。

他直起身，在她头上轻轻敲了下："过了成人礼，你应该问我是想当男人还是男人。"

郁唯祎失笑，行吧，知道你长大了。

仪式开始。长长的红色地毯在他们脚下延绵，金色点缀的大红拱门庄严矗立。他们踏上地毯缓缓走向成人门，少年英姿勃发的意气挥斥方遒，桀骜不羁的气场掺着初成的性感荷尔蒙，异常撩人。她忍不住看向他，恰好对上男生深不见底的双眸。

彩带轻轻飘过她身侧。

鲤跃龙门的图案在阳光下闪着金色的光。

蒋熠靠近她耳边，呼吸温热，极轻的嗓音温柔如呓语："郁唯祎，恭喜长大。"

她抬眸，朝他轻柔一笑，认认真真地在心底印下少年清绝的轮廓："你也是。"

恭喜我们长大。

来到成年人的世界。

可是，如果能提前预知成年后的世界如此复杂，我们那个时候还会不会那般期待又欣欣然地推开成年的大门？

郁唯祎不知道。

事实上，那天的她度过了来到新沙后最开心的一天。

这是她想象中的成人礼，有她心底悄悄动心的少年，有开始熟悉能成为朋友的同学，即使不可避免地因为父母没有到场稍有遗憾，但她依然是开心的，开心到恨不得第二天就参加高考，然后可以正大光明地对蒋熠说——你想报哪个学校呀？我们一起去一个城市好吗？

这份开心，持续到宣誓结束，她被一个陌生又好看的女人拦住时，无声打破了。

"小姑娘，你就是郁唯祎吧？小熠最近成绩提升很大，听说都是你帮的忙，谢谢你。"

女人保养得实在是太好了，让人看不出年纪，如果不是她自报家门说是蒋熠的妈妈，郁唯祎会以为她至多是某位同学的姐姐。

郁唯祎飞快摇头，回了声"不用谢"，手指不自觉抠着掌心，看着面前珠光华贵的女人，有些紧张。

"阿姨没其他事，就是过来看看。"女人半张脸隐在墨镜后，从郁唯祎微垂的视野看去，只能看到她红唇一张一合，笑容像画，美却失真，"快高考了，很辛苦吧？我看很多同学都说自己复习的时间都不够，小熠和你做同桌，还麻烦你带他学习，阿姨心里很过意不去。不过这孩子底子不好，一时半会儿也追不上你们这些尖子生,我和他爸也没想着他能考上什么好大学,给他安排了……"

"妈。"

EP 3
宜·表白

01

离开青檀之前，小镇下起了雨，山色空蒙。

郁唯祎和蒋熠去超市，一旁有个带孩子的妈妈，小朋友坐在推车里，伸出胖乎乎的小手让妈妈给她拿零食。旁边一对小情侣看到，女孩晃着男朋友的胳膊撒娇："我也想坐。"

男生为难："呃，好像超市不准。"

"不嘛不嘛，人家就要坐。"

"好好好，我一会儿就买个小推车，天天推着你。"

明显抵挡不住女友撒娇的男生很快败下阵来，走远后，还能听到女生可爱的嗲音。

郁唯祎挑完水果，回身看到蒋熠直勾勾地望着她，有些疑惑，正要问怎么了，男人冷不丁开口："郁唯祎，你想坐吗？"

"坐什么？"

他按着推车扶手，眼尾朝下轻轻一瞥。

郁唯祎反应过来，一脸的莫名其妙："我为什么想坐这个？"

又不安全又妨碍公众，而且小朋友坐进去是可爱，大人坐进去只会让人觉得很傻吧。

蒋熠"啧"了一声,揉揉她的头,在她有些不自然地咬着嘴唇时,轻轻一笑:"就是想听你撒次娇。"

郁唯祎一怔,有些无措。

她不止一次被人说过类似的问题,脾气太倔,不懂服软,就连生养她的曾慧玲也曾忍不住抱怨:"你这孩子,怎么一点都不知道体恤人,就知道闷头傻干,说点暖心话有时候比你做一万件事都强。"

每当这个时候,郁唯祎都很想认认真真地问他们一句:"我性格这样不都是你们造成的吗?"

她小时候跟着爷爷奶奶长大,父母在外打工,很少回老家,只是寄些钱回去当她的生活费。爷爷奶奶嫌她是丫头,只尽到基本的温饱义务,从未关心过她,没饿着冻着已算恩待。

后来,父母在西覃稍微稳定,接她过去生活,以为自己终于可以享受家人宠爱的郁唯祎初时有多高兴,后来就有多失望。忙着为生计奔波的父母亲一个寡言一个严厉,把她当男孩子养,尤其性子要强的曾慧玲,把所有希望全都寄托到她身上,每天耳提面命地要求她唯有争气才能对得起他们的付出,不断强调为了她遭受了多少委屈。

所以郁唯祎不会撒娇。

因为知道撒娇也不会得到回应,所以学会把所有情绪都藏在角落。

没有吃过糖的孩子,长大后会拼命赚够买糖的钱给自己安全感,却不会再奢求会有人主动把糖送到他们手中。

郁唯祎低头,避开男人幽深的视线,假装不在意地"哦"了一声。

"熠哥?郁唯祎?"身后忽然有人弱弱地喊他们,语气带着不确定,"我天!真的是你俩啊,我刚才瞅了半天都没敢认。"

突然冒出的男人抱着一个小朋友,看到他俩,男人兴奋地把孩子交给身旁的老婆,用力抱了下蒋熠:"可有几年没见了,听胖子说你年前才从英国回来,是不是终于觉悟还是咱国内好啦?回来了好,多给咱国内建设添砖加瓦,薅资本主义的羊毛。"

蒋熠余光看到郁唯祎别过头，不置可否地扯唇。

"你现在在哪儿上班？这里吗？我咋记得胖子说过你人在东浦。"见蒋熠点头，冯川开启话匣子，"那离咱家里很近啊，都一个省，怎么同学聚会都不来？校花也是，年年邀请年年没见过人。过年时老班来我们的同学聚会，还问起你俩，说挺后悔那时候找熠哥谈话的，说要不是他让你叫家长，估计你俩也不会……"

他猛然住口，记起之前隐约听过的两人已经分手的传闻，尴尬地挠挠头："嗨，瞧我说这干吗，你俩怎么来这边啦？"

郁唯祎蓦然怔住，满脑子都是冯川那句"让蒋熠叫家长"。

所以，那次她迄今不知道缘由的训话，其实是宁可错杀不可放过的班主任真的以为他俩走得近，气势汹汹地准备找他们算账，而蒋熠不知道用什么方式替她挡住了班主任的问责。

郁唯祎缓慢地扭过头，看向蒋熠，男人依然一副天塌下来我自岿然的慵懒模样，轻描淡写地用旅游带过。

她垂眸，缓缓闭了闭眼。

一直到离开超市，两人都静默无言。

雨下得比来时更凶，打在大半边肩膀都暴露在伞外的男人身上，他一手拎着购物袋，习惯性地走在她左边，用手里的伞和身子为她遮挡着风雨。

上车，郁唯祎恍惚地看着窗外，在蜿蜒下滑的雨雾里默默消化蒋熠又一次只做不说的隐瞒。

他不告诉她，无非是害怕影响她高考，她懂，也正是因为知道他在某些方面对她异乎寻常的柔软，郁唯祎才惊觉自己一直以来坚持的所谓自尊真够浑蛋。

她有骄傲，他就没有了吗？

这个她从十八岁爱到二十五岁的男人，何曾不是用他自己的方式爱着她，把所有的坚硬乖戾对准别人，独独留给她温柔的怀抱。

郁唯祎缓缓闭下眼，终于第一次决定放下自己所谓的自尊，对他说——

对不起,我当初不该放手丢下你,我们还有机会可以重来一次吗?

却在此时,蒋熠的电话响了。

醒目的来电备注在屏幕上闪烁,刺眼且突兀,郁唯祎不小心瞥见的一瞬,本能躲闪,想要即刻消失。

蒋熠伸手按灭。仿佛察觉到她的不安,他手掌不由分说地拽住她,在她冰凉的五指间强势而温柔地紧了紧。

郁唯祎触到男人温热的掌心,无可替代的安全感和勇气无声滋长。

"我……"她终于再次鼓足勇气,却在刚说出第一个字时,手机又振动了。

窗外的雨恍若蔓延到了车内,莫名湿冷,郁唯祎的身子不受控地开始紧绷。

前方红灯闪烁,蒋熠皱了下眉,隐忍着不耐烦,接通后,不等对方说话,直接丢下一句"我在开车",调静音扔到储物盒,转头看她:"你刚准备说什么?"

郁唯祎对上他一如年少时炽烈的目光,眼底有很轻很轻的紧张,不明显,被克制的期待小心隐藏。那些需要天时地利人和的契机才能说出口的话,忽然就没了合适的时机。

她故作轻松地一笑:"我们去哪儿?"说完,她垂眸偏头,强迫自己不去看男人眼底一闪而过的失落。

身旁定定看她的目光如有实质,在漫长的红绿灯前氤氲起伏。

男人指尖握着方向盘,缓缓地收紧,仿佛在独自收拾起不好的情绪。

须臾,他开口:"东浦。"

郁唯祎一怔,下意识想要回眸看他,努力按捺住,封存的记忆在此刻漏进一缕撕开黑暗的亮光,轻轻抚平方才作痛的旧疾。

然而,当他们回到民宿,自欺欺人的郁唯祎准备回房拿行李,却看到蒋熠的手机再次闪烁——同样的备注,同样的号码。

似乎不达目的不罢休。

男人脚步一慢,不到一秒的迟疑。

郁唯祎还是发现了，瞬间清醒，一路镜花水月的欢喜顷刻破碎，没敢看他接下来的动作，她强装无事地疾步躲进房间。

蒋熠脸上蒙着一层不耐烦。

一直等到郁唯祎关上门，蒋熠下楼去她不会看见的僻静角落，才点开数个未接来电回拨回去。

翁晴的声音从耳机里传来："我还以为你眼里早都没了我这个妈。"

蒋熠嗓音压得低，仿佛没有听出他妈妈克制的怒火，平静且冷淡地回道："有没有你不都是我妈，血缘关系在那儿放着，我总不能剥皮削骨换了这身血。"

翁晴气得差点儿把手机摔了："你想气死我是不是？我上辈子造了什么孽，遇到你爸这个混账东西，又生出你这么一白眼狼。"

蒋熠不为所动："你想骂什么大可以发微信骂，不用给我打电话，也省得我一句话不如你意就是火上浇油。"

翁晴压着火，深知这两年性情越发乖张的儿子翅膀已彻底长硬，继续吵下去只会直接挂她电话，于是微微放缓声音："我看到你们那个节目了。"

蒋熠皱眉，反应了会儿，才记起他今天刚上过热搜，不置可否。

"这种节目，哗众取宠毫无道德底线，你吃饱了撑的吗，上这种节目？还是和前任一起，传出去你以后还怎么结婚？"翁晴说着说着，音量又不自觉高了起来，呷口茶平息，"我之前给你介绍那么多好姑娘，你连见都不见就是搁这儿等我的是吗？我明确告诉你，你和那个小姑娘不合适就是不合适！"

"合不合适不是你说了算。"蒋熠嗓音愈冷，"我喜欢才是唯一的衡量标准。"

翁晴捏着手机的指甲泛白，许久，她从牙缝里挤出一句威胁的话："你要还当我是你妈，就知道只要有我在，我就不可能答应你们结婚。"

"你不答应是你的事，我办婚礼时不请你就行了。"蒋熠无所谓地一耸肩，在听到翁晴"砰"一声砸了东西后，嗓音冷了冷，"妈，我曾经因为你的欺骗，妥协过一次，放手过一次，这次，哪怕是死，我也绝不可能再让她离开我。

"看在我还愿意喊你一声妈的分儿上,别再阻拦我,兴许你还能看着我和她办婚礼。"

雨声渐渐低了下来,天边晕染着不明显的霞光,石阶被洗得干净,蒋熠漫不经心地站在屋檐下,手机揣进兜,和摄像借了支烟,点燃。

猩红烟头在指尖明灭,模糊地映出男人野性成熟的脸,他懒散地吸了口,缓缓吐出,缭绕的烟雾消散在蒙蒙细雨中。

郁唯祎魂不守舍地躺在床上,犹如等待行刑的死囚。

门口放着早已收拾好的行李,如果没有刚才的电话,他们现在应该已经在去东浦的高速公路上。

可现在,郁唯祎不确定,连下一站目的地都知道的蒋熠,是否还能和她一起继续这趟旅程。

雨声在窗外淅淅沥沥,搅得人心里一阵烦乱。

不知过了多久,小鱼从她怀里挣脱,对着碧空如洗的窗外"喵"了一声。

郁唯祎睁开眼。

耳畔安静,没了扰人的雨声,寂静得令人不安。

出卧室之前,她握着门把深呼吸,做好足够的心理准备,把最坏的猜想在脑海里全过了一遍,才敢打开门。

外面比她想象中的更安静,蒋熠房间空旷,箱子连人一同消失,不知所终。

郁唯祎心脏蓦地一空,她茫然无措地朝四周看去,凄惶如荒野被遗弃的孤魂,她这才真切地意识到,真正面临时,所有的心理准备都是徒劳。

所以,该来的总会来,阻碍不会因为他们分开三年就有所消弭,童话故事也不总都以完美为结局。

他们,还是没能抵得过现实。

成人礼的宣誓仪式结束以后,蒋熠把郁唯祎挡在身后,长身防御,冷淡地看着不该出现的翁晴:"你怎么过来了?"

"你这孩子,这么重要的活动我不过来谁过来?指望你爸啊?"翁晴责备地看他一眼,语气柔和,"我和你同桌聊两句,你先站一旁,别走,我一会儿还有事和你说。"

蒋熠置若罔闻,转身拉着郁唯祎就走。他停在翁晴几米之外,微弯腰直视郁唯祎,嗓音温柔却略带强硬:"你先回教室。"

说完,不等她拒绝,他便按着她的肩膀把她往教学楼推。

郁唯祎只好隔着他冲翁晴礼貌道别,没走几步,她不放心地回过头,远远看到蒋熠和翁晴对立站着,长身桀骜,眉宇间的冰冷盖过暖阳。

时节已是立夏,春末夏初的天连风都是温柔的,她却莫名感到蒋熠从骨子里透出的沁凉,像山中密林遮蔽处因低温而快速凝结的冰。

紧接着,阳光缓缓下沉,直到所有自由的风都被封闭在寒冰深处。

郁唯祎心脏没来由地一紧,心不在焉地回到教室做题,笔尖在草稿纸上无意识地写画,许久,她低头一看,满纸凌乱的字。

那天之后,蒋熠看上去一切正常,不迟到不早退,每天用功学习,晚自习陪郁唯祎在教室待到临近熄灯,而后避开人群送她回家。他甚至比以前来校还要早,却不是直接进教室。郁唯祎每天会在那条长长的小径前遇到等着她的少年,两人安静地走过清晨空无一人的窄巷,紧接着一个向前,一个驻足,他懒懒散散地绕着周围商铺游荡一圈,这才进校。

他们之间什么都没变,又好像有些东西在无声生长。

后来知晓真相的郁唯祎,无数次揣测蒋熠当时是在以何种煎熬且不舍的受虐心理陪着自己,可她能回想起来的,依然只有少年永远看似不正经的痞气。

他盯着她发呆的时间更长,又在她察觉时不着痕迹地移开,只是会在她偶尔给他讲题的短暂时间里,正大光明地泄露几分。男生一双深黑的眼静静地定格在她脸上,眸光里似乎有晦暗难明的炽烈,明显没有在听。

蝉鸣酝酿着开始聒噪人耳时,他们迎来高考。

蒋熠送她去考场。繁茂的香樟树在他们身后投下幽远的浓荫,盖住了少年灰暗的影子，也将与它们一同疯狂生长的心动悄悄隐藏。

他们在教学楼前分开，如每天清晨那般，一个向左，一个向右。

郁唯祎攥着笔袋，总觉得身后有比骄阳还炽热的眼神。她鬼使神差地想要扭头再看他一眼时，少年嗓音在她身后忽然响起。

"郁唯祎。"他像是从来没离开，一直跟着她，眼底是浓到无法分辨的情绪，"加油，好好考。"

郁唯祎用力点点头，朝他浅笑的小脸坚定："你也是，我们都加油。"

他喉结动了动。

他抿唇，眸光离她更近了些，很轻且郑重地说："不管结果如何，我都会在你身后等着你，只要你回头，就能看到我。"

郁唯祎呼吸轻轻一乱。她看到蒋熠说完这句话，又痞气地冲她一挑眉，熟悉的笑意冲淡了刚才略显沉重的气氛，他叮嘱她上楼。

行至二楼走廊，她顺着护栏往下看，少年依然站在她离开时的位置，目光穿过空旷而狭长的距离，一动不动地看着她。

郁唯祎和他挥挥手，催他赶紧去考场。

无人知晓的漫长静默，唯有烈阳记录着一道久久驻足的身影。

两天考试眨眼结束。

郁唯祎正常发挥，如果浦大的分数线与往年持平，她应该能上一个不错的专业。

考完英语的那天下午，她出考场，还没下楼就远远看到在花园前等她的蒋熠。她脚步一轻，迫不及待地加快步伐去找他，小脸盈着笑。

彼时满心欢喜的郁唯祎，无论如何都不会想到迎接她的将是一场闷雷。

时间回到命运第一次和他们开玩笑的分水岭。送走郁唯祎的蒋熠走到翁晴面前，看着几个月都不见一次的挂名亲妈，不耐烦地问："你要说什么事？"

"出国手续给你办好了，你班主任那边我也说过了，没什么事这段时间你就在家好好练英语。"翁晴摘下墨镜，一句话轻描淡写地定了他的未来，"我新找了一个外教教你，省得出去后连饭都不知道怎么吃。"

蒋熠眉峰皱起,眸光瞬冷,倔强道:"我说过,我不出国。"

"你不想就不想?你怎么那么大权利,我来是通知你,不是征求你的意见。"翁晴一把拽住要离开无声对抗的叛逆儿子,强调,"这件事没有商量的余地,你爸也是这样想的。"

蒋熠讥讽:"你俩连日子都过不到一起,怎么就能在我这儿达成统一战线?"

翁晴一噎。她把墨镜收进包里,仰头看着如今高她一头还多的儿子,嗓音尖锐得能磨成针:"你不要以为我不知道你为什么不想出国,我前两天见你班主任了,挺能耐啊,把所有责任都揽自己身上。你是不是觉得你自己和你爸一样特爷们儿?我呸,都是废物,心思全都用在不该用的地方。"

蒋熠漠然退后,表情冰冷:"你要吵找他吵去,别搞连坐。"

翁晴深呼吸,缓慢地吐出一口浊气,用一句万能不变的"我当初真是瞎了眼嫁给你爸"强行扼住自己的怒火。

她朝蒋熠走近,嗓音微微放得柔和:"妈刚才不该把你和你爸做比较,你比他强,重情有担当。不过有一点你还是比不上你爸,你爸他能赚钱,你现在能干什么?留在国内上一个不入流的大学,毕业后直接接手家里的公司,然后被人背地里瞧不起吗?不是妈寒碜你,公司现在招个前台都是211毕业,你别说211,普通一本你考得上吗?"

蒋熠沉着眸,棱角分明的下颌绷紧,须臾,他冷声道:"我管别人怎么看我?公司是你和我爸的,不是我的。"

"我和你爸就你一个儿子,不给你给谁?"翁晴恨铁不成钢地戳他脑门儿,"你爸自己开的小破公司爱给给你,我管不着,但我辛辛苦苦经营的公司是当初和他离婚时说好只留给你的,他休想反悔从我手里分走一毛钱!"

翁晴叹了声气,怔怔看他的眼微红:"妈这么要强,怎么就养出你这么一个不争气的孩子?你说你不在乎别人怎么看你,那那个小姑娘呢?妈可是听你们班主任说了,她次次考年级第一,搁全市都能排前几名,已经一只脚迈进名校大门了。你光说喜欢人家,你拿什么喜欢?拿你不上台面的成绩和吊儿郎当的性子吗?"

蒋熠的眼神顷刻暗了暗,剑眉皱成川字,难得地沉默。

"听妈的话,出国留学,趁大学四年抓紧时间缩小你俩的差距。"翁晴看出蒋熠听进她的话,趁热打铁,"真喜欢在哪儿上大学都一样,现在交通这么发达,回来一趟也就是买张机票的事。你要真相信自己对她的感情,就出去好好学习,毕业了回来堂堂正正地站人身边,才配得上人小姑娘是不是?"

年少的自尊心总是脆弱又骄傲的,不容许有人瞧不起自己,更不相信自己没有资格站在喜欢的人旁边。

当蒋熠用一种残忍而悲凉的方式提前结束自己的高中生活时,在高考结束的那天下午,他看到了从教学楼出来欣喜奔向他的少女。

他轻轻垂眸,极缓地眨了下眼,第一次体会到万箭穿心也不过如此的痛。

他知道,是时候摊牌了。

比起郁唯祎可能会从别人口中知晓这件事时的受伤,他宁愿自己亲口告诉她,让这利剑先从他心口穿过,再刺到她心里。

少女微喘着气在他面前停下,小脸闪着光,掩藏不住的欢欣。

"你考得怎么样?"郁唯祎极力控制着语速,不想让自己看上去那么迫不及待,"等答案出来了我们可以先一起估下分,然后看能报哪些学校,东浦的大学有你喜欢的吗?不喜欢的话周边……"

"郁唯祎。"男生打断了她,眼神有一瞬闪躲,被微垂的睫毛遮挡。

郁唯祎应了一声,睁大眼疑惑地看他,眼底的笑尚未散去。

一向洒脱随性的蒋熠,第一次有些艰难地轻声开口:"我可能……没法和你一起去同一个城市了。"

郁唯祎一时没反应过来,以为蒋熠是没考好,忙安慰:"不用非得去一个地方呀,我刚就想说周边城市也可以,只要离得没那么……"

她忙刹住嘴,把差点儿脱口而出的心里话咽回去。

怎么这么不矜持?

郁唯祎脸颊发烫，怕蒋熠看出来，欲盖弥彰地找补："我就想说咱们省好学校还是很多的，你别灰心。"眼神窘迫地往四周乱飘。

蒋熠一动不动地看着她，黑眸浓得深暗，似有隐忍的通红，没有笑。

她的心不安地往下坠了坠。

蒋熠闭了闭眼，嗓音极哑："我要出国了。"

出国？

郁唯祎缓慢地抬起头，身体和大脑一同陷入僵滞，好像听懂了蒋熠说的话，又好像什么都没听懂。

高考结束后的狂欢充斥着整个校园，有人欢笑，有人痛哭。傍晚的小城极美，火烧云的晚霞似乎一路从天边烧到了地面，热浪滚烫，刺人眼睛，郁唯祎感觉到眼底几近克制不住的酸涩，却分不清它到底因何涌出。

"解——放——啦——"

一撕两半的试卷被风吹到脚边，郁唯祎的青春在这一刻画上休止符。

非她本意，非她想要。原来高考从不是真正意义上的解脱，成年后各奔东西的长大才叫真正的残酷——他们要面对离别，真正的离别。

相隔万里的距离从此横亘在他们之间。

天南海北。

几秒空白和不知所措的茫然后，郁唯祎终于找回嗓音，挤出一个僵硬的笑："恭喜啊。"

蒋熠的黑眸彻底暗了下去。

他按住她的肩膀，俯身逼近，隐忍许久的炽烈再也压制不住："恭喜？郁唯祎，你知道我在说什么吗？你知道出国……"

"我知道。"她避开他的目光，将克制的眼泪都敛在了睫毛下。

看到自己泛黄的帆布鞋，她脚尖猛地往后一缩，挣开蒋熠，而后冷静地开口，用最理智的自己面对残酷，让脆弱不安的自己躲在角落："出国很好，比留在国内好，那什么……我没带手机，我得先回去给我爸妈打电话，我先走了。"

她转身,仿佛没有听见蒋熠跟上来的脚步,横冲直撞地穿过人群,到最后越走越快,几乎是一路奔跑回小区。

进家,反锁门,郁唯祎浑浑噩噩地把自己摔到狭窄的床上,忍了一路的眼泪"啪嗒啪嗒"地掉了下来。

出国?多么遥远又陌生的字眼,郁唯祎直到此刻才终于明白这俩字到底意味着什么。

半小时前,她还满怀欣喜地憧憬着两人的未来,每一种她设想的可能里都有蒋熠,他们不一定非得去同一个城市,只要离得不算特别远,她都非常高兴。她甚至计划好了,今天晚上帮他估完分后,就把所有他能够着的好学校和专业列出来,按照城市分好,让他等成绩出来选一个自己喜欢的。

可现在,这一切都不需要了。

郁唯祎把脸埋入枕头里,彻底伪装不下去的脆弱大滴大滴地濡湿枕巾。

手机在桌上嗡嗡振动,片刻又转为刺耳的电话铃声。郁唯祎没法再继续无视下去,起身捞过手机,看到是爸妈打来的电话,慌忙擦去眼泪,端起早上剩下的凉水猛灌了几口,清清嗓子,这才接听。

"嗯,考完了,考得还行,难度和模考差不多,妈,要没其他事我先挂了,晚上班里聚餐……嗯,我知道,拜拜。"

逼仄的单人房装满一天酷热的暑气,郁唯祎却丝毫感觉不到热。

她直挺挺地躺在床上,恍如一具被抽干精气神儿的死尸,满脑子只剩下一句清晰回响的绝望宣判——"我要出国了。"

他要去与她隔着万里江水的大洋彼岸。

不是简单的出省,更不是还同属一个时区的一南一北,而是与她昼夜颠倒、两人即将面临的环境天差地别的陌生国度。

谁能告诉她该怎么办?

他喜欢她吗?她不知道。

那她呢?

郁唯祎苦涩地闭上眼。

年少的感情总是懵懂又炽烈，视线交错时的小鹿乱撞，强装镇定的慌乱躲避，想隐藏却总忍不住在人群中搜寻他的目光，朝露晚霜与他走在一起时的怦然心动。

他明明什么都没对她说过，却好像什么都写在了他的眼睛里。

一如她掩饰也无法阻挡生息的心思。

郁唯祎不知道自己这样躺了多久，直到饥肠辘辘的身体发起抗议，她才下床拆开一袋面包，机械地往嘴里塞。

咽不下，她就就着水一口一口地逼自己进食，仿佛这样就可以填满心底塌陷的空缺。

被刻意遗忘的手机早已调成静音，时不时闪烁的消息提醒在黑暗里格外刺目。

郁唯祎吃完两袋面包，微微活了过来，终于从恢复精神的体力里寻出半点勇气去看手机。

蛋卷儿：【祎祎，快出来玩呀，丹姐带你去逛花花世界！】

蛋卷儿：【考完了就不要管那么多啦，开心最重要！定位发你啊，你想来随时来，我今晚通宵。】

群聊里，王海和伍杉几个人也在热情高涨地聊天。

小胖儿：【哈哈哈，我王小胖终于解脱了！以后我天天窝老班办公室门口玩游戏，看他还敢不敢凶我。】

伍杉再也不用做五三：【幼稚不幼稚，有本事学学我，当着教导主任的面撕试卷，他还笑眯眯地帮我捡起来。】

冯川：【我咋看到的是教导主任追着你让你捡垃圾？】

小胖儿：【哈哈哈，这反转差点吓死我了，五三，你真厌！】

……

小胖儿：【兄弟姐妹们，为响应五三诗人的号召，我特此组织一场无纪律无老师的毕业旅行，不要998不要888只要188，你们就能跟着小胖儿去看星辰大海，坐着豪华敞篷超跑玩沙滩露营，来不来来不来？】

……

蒋熠:【下楼。】

郁唯祎指尖一颤,在一众不断置前的消息里一眼就看到被挤到屏幕最下的蒋熠的对话框,时间显示下午六点一刻。

她本能地飞快下床,看向窗外,繁茂的香樟树遮盖了人的视野,楼下漆黑,什么都没看到。

墙上指针指向晚上十点五十分。

郁唯祎不知道蒋熠是否还在,甚至完全忘记了自己现在的状态根本不适合见他,下意识奔向卫生间,用最快的速度洗掉脸上黏湿的汗水和泪痕。她胡乱扎起头发,打开门。

楼道闪着微弱的月光。

年久失修的灯泡早已罢工。

踏下楼梯之前,郁唯祎迟疑了几秒,漆黑一团的夜色仿佛未知的世界,遮蔽着两人混混沌沌的未来。郁唯祎缓缓深呼吸,一咬牙,打开手机照明。

没走几步,忽然有动静。

她本能地绷紧身子,扬起手机正要朝前照去,就被一只温热的手攥住。

"郁唯祎,你再不出来我要被蚊子吸成干尸了。"熟悉的气息靠近,呼吸只离她咫尺,昏暗的光在他们周身迷乱,映出男生幽深的双眸。

郁唯祎对上他勾人心魄的眼,呼吸没来由地一窒:"你、你怎么没走?"

一开口,她才发觉自己嗓子还是哑的,窘迫地偏过头,却被他按住。

男生眼底有灼热的光,一只手温柔捧起她的脸,指腹轻缓地擦着她红肿的眼睛,嗓音低沉却坚定:"郁唯祎,我说过,不管何时,只要你回头,我都会在。"

说完,他垂下手,抱住她,掌心包裹着她的长发,把她的脸按在他心口。

郁唯祎听到少年剧烈的心跳声。

如惊蛰春雷,和她自己的一同撞进她血液里,只隔着一层单薄却踏实的胸膛。

眼泪无法抑制地再次涌了出来。

郁唯祎不是一个爱哭的人，甚至比大多数女生都坚强，从小到大掉眼泪的次数屈指可数，一直被家人忽视的她也以为自己早已练出一颗独立冷漠的金刚心。

可当被蒋熠抱在怀里的一瞬，她忍耐许久的情绪顷刻崩塌，掺着一池狼藉而无法理清的情愫。

郁唯祎在这一刻，悲喜相通地感受到了蒋熠心底巨大的无能为力。

她忽然就意识到，也许他根本就不想出国，也许他那段时间拼了命地用功正是为了留在国内——只是他根本没有选择的权利。

成年送给郁唯祎的第一份礼物，就是学会离别。

与之不可分割的，就是学会接受。

郁唯祎缓缓逼回眼泪，抬起手，很轻地拍拍蒋熠的肩膀。

02

风穿过空荡荡的走廊。

郁唯祎清醒回神，第一次没能在镜头前控制住自己的情绪，失魂落魄地不知道在原地僵了多久，这才机械地准备回房拿行李告别。

身后忽然传来脚步声。

她倏地回头，脸上无法掩藏的期待被本能反应出卖，看到楼下从外走进的男人，心底就涌上了失而复得的巨大欢喜。

他没走，他还在……

蒋熠逆光站立，凝视她的双眸勾着抹痞笑，拿出手机。

"咔嚓——"镜头将姑娘这一刻尚未收敛的惊喜定格。

郁唯祎若无其事地瞪他一眼，转身准备回房，还没到门口，就被他拽住手。

"郁唯祎。"男人将她圈在墙角，眼底狡黠的自得简直快要溢了出来，"你刚才是不是以为我走了？嗯？是不是？"

郁唯祎看着此刻的蒋熠就像看一条出去疯了一圈，而后叼着骨头回家和主人炫耀的傻狗子。她想笑，又怕他知道自己被说中，嘴硬地否认："想多了，我以为离家出走的小鱼回来了。"

正窝在窗台思考猫生的小鱼脊背一凉，总感觉有人在背后说它坏话，支棱着耳朵朝门口看去，影影绰绰地看到地上挨得极近的两个身影，了然顿悟，扭过头继续思考单身猫生。

蒋熠一挑眉，伸手捏住她的脸："口是心非。"

郁唯祎被他捏着两边脸颊，嘴唇被迫翘起，感觉自己就像植物大战僵尸里的豌豆射手，塞点豆子就能往外发射。

她没好气地掰开他手，嘴上说着"才没有"，却被抑制不住上扬的嘴角泄露了心思。

这会儿离近了，蒋熠才看到她眼圈泛着清浅的微红，瞬间知晓她刚才有多难过。收起玩笑，他温柔地轻抚上她的眼，语气是从未有过的正经："郁唯祎，我之前和你说的那句话，长期有效。"

郁唯祎疑惑看他，一时没反应过来。

"不管何时，只要你回头，我一直都在。"

男人的嗓音一如七年前的那个夏夜温柔坚定，眉宇间的青涩被时光褪去，不曾有丝毫改变的感情却沉淀出男人足够强大的成熟。

他依然是他，那个把嚣张和乖戾留给别人，倾其所有的炽烈都只给她的蒋熠。

但好像，比起三年前，他也有了足够保护她的盔甲。

郁唯祎眼睛一红，飞快低头敛了敛鼻尖的酸涩，仰头冲他一笑，"嗯"了一声。

结束这站之前，小鱼不大高兴地蜷在猫窝里，不满自己刚攻下的领土又要拱手让人。

郁唯祎为难："我们带着它跑来跑去是不是不太好？"

旅途才进行一半，接下来势必还有好几次短途车程，而小鱼明显不是很适应这种搬家方式，每次离开和到新环境对它无疑都是一种折腾。

郁唯祎担心又自责，开始反省自己之前一厢情愿地带它走是不是一个不负责任的决定。

蒋熠点点头,心想:是不好,太黏人,老和我抢老婆。

郁唯祎并不知道蒋熠的真实想法,见他附和,叹了口气,强忍着不舍和小鱼告别。

她还没酝酿好怎么说,却见蒋熠直接把猫房子拎起来,交给了节目组。

郁唯祎小声说:"你是不是无情了点?"

无情?蒋熠一勾唇,爽快承认:"我的感情都留给一个人了,当然无情。"

郁唯祎眼泪都快出来了,被这句话直接送走,哭笑不得地瞪他一眼。她压下不合时宜的欢喜,不舍地目送小鱼被带走。

如果可以,她很想一直养着它,很想很想。

"会再见的。"蒋熠仿佛猜出了她的想法,揉揉她的头,把久久不愿离去的姑娘塞到车上,俯身给她系上安全带,"相信我,很快。"

郁唯祎只当他在哄她,忍着失落轻"嗯"了一声。

车子驶离青檀镇,没走高速,而是沿着省道一路向东。

雨后的天色美如油画,雾气缭绕的山在远处巍峨入云,晚霞与之延绵交接,一条若隐若现的半弧投射出赤橙黄绿的斑斓。

看到出了彩虹,郁唯祎惊喜得忙拿起手机准备拍下来,面部识别没成功,她随手输入自己的生日密码,解锁的一瞬,蓦地一呆。

这是一个完全陌生的界面——她不小心拿了蒋熠的手机。

郁唯祎用最快的速度锁屏放回原位并换成自己的,强装镇定地拍照,心却跳得厉害。她用余光偷偷看了蒋熠一眼,见他在专注开车,好像没发现,悄然舒了口气。

两人还在一起时,他的手机密码就是她的生日,包括支付密码和社交软件也都与她有关,即使郁唯祎从来没有用到过,与她相隔万里的蒋熠依然把所有密码都写在了备忘录里,发给她,给她足够的安全感。

郁唯祎不知道他是这么多年用惯了懒得改,还是最近碰巧换了回来,

111

但这一刻看着窗外美不胜收的彩虹，觉得自己的心情好像更美了。

车子驶过大片空旷的道路，天色渐暗。

她降下车窗，咸湿的风从窗外涌进，隐约带着海的气息，有些熟悉。

郁唯祎蓦地一愣。

遥远的地平线和天水一色的沙滩开始离近，让人一时间分不清是真实，还是海市蜃楼。

"兄弟姐妹们，我们新沙一中最青春的旅行团成团喽，我就是你们最厉害的导游小胖儿，来来来，自行选座，都别客气。"高考结束后的第三天，迫不及待出去撒野的王海组织了一场毕业旅行。

文丹乐这次特意起了大早，兴冲冲地以为自己能和闺密坐一起，不想刚上车，就看到来得比她还早的蒋熠坐在郁唯祎旁边，他的长腿蜷在狭窄的座位前，自带贵气的气场给人一种这片座位被他承包了的错觉。

她不怕死地走过去，还没说话，就被蒋熠看了一眼，到嘴边的"蒋草，换个位呗"瞬间被咽了回去。

等等，最近是不是有个传闻说蒋熠要出国了？那还这么浑蛋！

文丹乐气势重新上来，心疼地摸摸郁唯祎的头："那个，蒋草，换个位呗。"

"不换。"

好嚣张！跟她家狗撒完尿圈地盘警告入侵者的眼神一模一样！

文丹乐气势减了一半，强撑："上次就是你挨着祎祎坐的，轮也该轮到我了吧。"

男生眸光微暗，搭在腿上的手无声绷紧，轻轻看一眼背对他的姑娘，嗓音低哑："你以后还有机会。"

郁唯祎听到这句话，心里再次一酸，本就不敢与他对视的目光看向窗外，长发遮掩着已经泛红的眼眶。

文丹乐站在走道上，把两人的小动作看了个一清二楚，叹了口气，走向后排："不换就不换吧，那你照顾好她。"

一路的热闹与他们无关。

郁唯祎失神地看着窗外，不曾回眸。男生幽深的目光灼烧着她的后背，恍若千钧重，她心底有同样燃烧的烈阳，却不敢付之于口。

于是只好往心底藏得更深，最好连自己都能骗过。

郁唯祎苦涩地闭上眼，空间逼仄，她被笼罩在熟悉的气息中，连续两天失眠的后遗症在此刻上头，眼皮沉重地往下垂了垂。

她竟睡了过去。

郁唯祎醒来时，车上只剩下她和蒋熠。

男生的姿势如雕塑，被睡着后的她靠着肩膀，长腿半收，坐姿因着空间的局限明显有些不舒服，却依然一动不动地保持着给她当人形靠枕。日光从遮阳不佳的窗帘照进来，被男生挡在她额头的手掌拦截，圈出了一小片静谧的暗影。

郁唯祎心脏一疼，假装熟睡地换了个姿势，头转到自己的车座，过了会儿，才睁开眼。

蒋熠正活动着僵硬的胳膊，看到她睡醒，什么都没说，拎起两人的包。

两人一前一后下车。

咸湿的海风远远吹来，黄昏笼罩着波光粼粼的海面，水天一色，同学们赤足奔跑在沙滩上，扬起细沙，留下一地欢笑。

"校花，你醒了啊，熠哥说你考试太累了，没让我们喊你。"王海支着一烧烤架，正有模有样地烤串，"校花，你喜欢吃啥？辣的还是不辣的？我给你烤。"

郁唯祎摆摆手，示意自己不饿。

"祎祎，快来。"文丹乐站在远处和她招手，大长腿被连体泳衣勾勒得笔直，在暮色下涂着一层蜜蜡般的光。

王海捂着鼻子，眼睛就没离开过那双腿："真看不出来蛋卷儿身材这么好，要是校花也能穿比基尼就好了……"

"砰！"

王海怒骂："哪个孙子砸我！"

扭头,他看到身边只有蒋熠,秒变乖巧:"熠哥,咋啦?"

"烤煳了。"

王海这才闻到一股煳味儿,手忙脚乱地翻面,余光瞥见蒋熠一直盯着远处,五官蒙着一层罕有的柔和。他奇怪地顺着蒋熠的视线看去,却只看到包裹严实的郁唯祎和一双蜜色的大长腿。

不能再看了!不然会失血过多身亡!

晚上篝火晚会。

烧烤摊关门大吉的前"老板"王海摇身一变,换了身白衬衫和西装短裤,拿起根玉米当话筒,走到舞台中央,客串主持人点名大家表演节目。

众人围成一个圈,中间是照亮夜空的火焰,木材的燃烧声淹没在同学们的欢笑里。篝火旺盛,在郁唯祎眼前模糊却又分明地映出对面一道身影。他深黑的双眸定定看着她,眼底是璀璨的光。

郁唯祎低头,借着夜色挡住脸上的情绪,不敢让他看见自己此刻无法遮掩的脆弱。

舞台上的表演还在继续。

"刚才我模仿的老班训人像不像?像就掌声热烈点!我再给大家演一段教导主任骂人的首发模仿秀,保证你们都没看过!"

掌声混着笑闹在她耳畔遥遥离远,有人唱歌,有人跳舞,热闹得像黑色玻璃罩中的世界,看不见听不着。

"接下来,我有一个很重要的事要宣布。"王海抠着玉米粒,有些紧张地挠挠脑袋,冲着郁唯祎的方向憨憨一笑,"校花,有句话我很早很早就想和你说了……"

"嗡——"一声不合时宜的调音,盖过王海的声音。

众人齐刷刷扭头,看清喧宾夺主的对象时,惊讶得张大嘴。

蒋熠坐在沙滩上,怀里抱着一把吉他,星光勾勒出少年清俊的眉目。他不曾离开的目光深深看着郁唯祎,眉宇间的轻狂转为柔和。

他手指拨弦调好音,嗓音在夜色里清晰地传入郁唯祎耳中:"《我的宣言》,送给我喜欢的姑娘。"

尖叫声四起。

伴着兴奋的起哄,大家集体拥向这一刻失声的郁唯祎,又在蒋熠抬眸一扫后迅速变得安静。

文丹乐晃着郁唯祎的胳膊止不住地低声尖叫,找出手机,开始录像。

"只知道是时候拿着鲜花,将心爱预留在盟誓之下……身份也是时候,期待变化,恩准我用承诺,除掉牵挂……"

男生变声期过后的声线低沉干净,骨节修长的手娴熟地弹奏吉他,应和着余音绕梁的歌声,粤语天然地自带深情氛围,又因着男生独特音色多了一丝无与伦比的演绎,他眼底的炽烈美过月色,惊艳了所有人。

从不曾为他人驻足的少年,如今收起一身的桀骜,用那双藏着期待的眼看着她,在对她表白。

清醒过来的郁唯祎死死咬着唇,不敢哭出声。

十八岁的郁唯祎,遇到了自己唯一心动的少年,骄傲又脆弱的自尊心交织着无法掩饰的心动,在她心底纠缠肆虐。

她有多喜欢他,就有多清晰地看见自己与他之间无法逾越的鸿沟。

那些旁人无从得知只有自己清楚的自卑,那些只能靠优异的成绩和故作清高的外表来强撑的骄傲,实则都在掩盖她心底不堪一击的脆弱。

他们之间隔着万里迢迢,不只是地理上的差距。

可是,为什么在知晓所有的不合适,明知前路险阻未知茫然时,她依然,依然,想要和这个人在一起?

理智让人克制心动,心动却又让人失去理智。

郁唯祎缓缓压下眼底的水雾,看到男生放下吉他,在众人的尖叫声中朝她走来,冷静顷刻灰飞烟灭。

"郁唯祎。"蒋熠弯腰深深看着她,一只手轻轻撩起她被风吹乱的长发,眼底有她从未见过的紧张,"原谅我的自私,我只想让你当我女朋友。"

说完,他微一偏头,温柔的唇擦过她耳畔,蜻蜓点水的吻。

虔诚且灼热。

那天晚上，他们在海边坐了一夜。

把所有人的激动心情提到顶峰的蒋熠撩完就走，他牵起明显僵住的郁唯祎，径直去往远离人群的海边。

海浪轻轻拍打着礁石，明月高悬，他脱下外套披在她身上，一只手与她十指交握。

"你现在没有反悔的机会了。"少年痞气地看着她，牵着她的手又紧了紧，像是生怕她跑掉。

郁唯祎失笑，她本来就没打算反悔。

两人靠在一起，不舍地享受着终于可以在一起的独处时光，无人提及终将要面临的离别。

从夜深到日出。

朝阳跃出海平面的那一瞬，蒋熠吻上她的无名指，垂眸看她的眼极深："郁唯祎，你应该知道，我不只是想和你谈恋爱吧？"

郁唯祎一怔，说实话，她真不知道。

蒋熠挫败地"啧"了一声，咬了下她手指："我在你眼里难道长得很花心？"

郁唯祎想了想，诚实点头："我第一次见你，觉得你很像一只孔雀。"

"孔雀？"蒋少爷挑了下眉。

这什么和事实严重不符的形容？他不该是凶狠一些的动物？

郁唯祎笑了笑："因为长得好看，随时随地都在开屏吸引人注意。"

"我都长这么帅了，还需要开屏？学霸，你是不是高考一结束知识都还给老师了？人物形象分析不到位。"

郁唯祎笑起来："那你说怎么形容。"

蒋熠一扬唇，手指把玩着她的一绺长发："确定恋爱关系后的第一步，是给对方起一个专属昵称，我在你眼里是什么样，你就给我怎么备注。"

郁唯祎默了默，因为缺乏想象力试图蒙混过关："我觉得孔雀就挺符合你的，好看。"

蒋熠说:"我不要好看,你好看就够了。"

郁唯祎被挑剔的男朋友按头起昵称,不亚于写议论文时立论的纠结模样。

过了几秒,她想抄作业:"那你先让我看看你的。"

蒋熠倒很大方,坦荡荡地解锁手机给她看置顶的备注。

郁唯祎被映入眼帘的"小天鹅"仨字惊到了:"我哪里像鹅?是脖子太长吗?"

"哪里都很像。"蒋熠捏捏她的脸,眼底是一如初见少女时的惊艳,"皮肤、气质、身材,都很像白天鹅。"

感觉好像在夸她,但又总觉得不是那个味儿。

郁唯祎思来想去,只能归结于她在老家看到的大白鹅太多了,叫声太难听,以至于一听到"鹅"字就会自动带入这种形象,着实无法和蒋熠口中优雅高贵的白天鹅联想到一起。

郁唯祎作业抄了个寂寞,正绞尽脑汁,忽然有了想法,摸出手机,把蒋熠的备注改为"银狐犬"。

蒋熠腹诽:直接沦落到狗,还不如孔雀呢!

郁唯祎和他解释:"蛋卷儿家养了一条这样的狗,白白的,很可爱,给我看过照片,感觉和你有点像。"

和狗长得像,确定是在夸他?自恋的蒋少爷要不是看在这是自己女朋友的分儿上,真的会直接翻脸。再想到郁唯祎很喜欢的一个天团也是人均像狗,他这才稍微平衡。

"我怀疑你是因为我长得像狗才喜欢我。"蒋熠绷着张老子天下最帅的俊脸,勉为其难地接受。

郁唯祎乐了:"我有毛病吗?那我为什么不直接喜欢狗去?"

"又不冲突。"蒋熠挑眉,趁她笑时又轻轻咬了下她的手指,把陈年老醋翻了出来,"文丹乐来找你聊天,你们不总在说什么柯基柴犬,嚷嚷着可爱吗?"

郁唯祎眼睛大睁:"有这种事?"

117

她想了许久，才记起是几个月前文丹乐最喜欢的组合回归，跑来和她分享，失笑道："是蛋卷儿喜欢，我又不追星，只是纯粹欣赏。"

"路人粉也是粉。"蒋熠酸溜溜的一句话给郁唯祎定了性，还敲敲她的头，"以后只粉我。"

郁唯祎笑着点点头："其实我没那么喜欢狗，狗太黏人，我比较喜欢猫。"

正黏黏糊糊玩着郁唯祎手的蒋熠闻言，立刻正襟危坐，捡起往日玩世不恭的校霸形象："嗯，那还可以，高冷，像我。"

"扑哧……"郁唯祎对蒋熠最大的误解就是曾经真的以为他很高冷，每天生人勿近地专注自己的世界，靠长得好看服众，不说话就有一堆跟班自愿替他守江山。

看来连他自己都有误解。

朝阳穿透云层，落满一望无际的海面。

两人无声沉默，清楚地知道离别不会因为他们的假装无视就不存在，所以除了用尽所有的时间和对方在一起，别无他法。

郁唯祎感觉到蒋熠牵着她的手紧了紧，反握住他，十指交缠。

他回过头，黑眸在晨曦里清亮，低声承诺："郁唯祎，等我回来。"

郁唯祎用力点点头。

蒋熠微垂了下眼，目光落在少女娇艳的唇上，克制着，轻轻吻了下她的额头。

郁唯祎的心从海边一直狂跳到回露营地。

和她住一起的文丹乐迷迷糊糊地翻了个身，睡意蒙眬中看到她，文丹乐一骨碌坐起来，兴奋尖叫："啊啊啊，祎祎，我嗑到真的了！你俩真的在一起了啊！蒋草真绝了，直接强上，谁能顶得住？"

郁唯祎快被文丹乐摇成了不倒翁，耳朵发烫，强装淡定地提醒文丹乐小声点，别吵到人。

"快说，你俩消失了一晚上都干了什么？"文丹乐压低嗓音，不怀好意地扫扫她。

郁唯祎看着文丹乐暧昧的神情，用脚指头也能猜到她在想什么，哭笑不得地瞥她一眼："想啥呢，你不睡觉了？"

"睡什么觉啊，我要听八卦！"文丹乐眼睛都亮了。

郁唯祎腹诽：好奇心是人类进步的原动力，也适用于八卦。

她诚实道："什么都没干。"

"真什么都没干？蒋草敢当着我们的面偷亲你，私下里却这么怂？不应该啊。"文丹乐作为离得最近的吃瓜群众，有幸目睹到蒋熠看似耳语实则亲吻的小动作，激动程度不亚于追星时嗑到别人都没看见的一手糖，"你不知道昨晚坐你对面的人都疯了，后悔没第一时间转移阵地。不过最伤心的还属王海，你俩走了后，那家伙伤心得，一米九的人了还哭得像个孩子，抱着一堆空酒瓶要去和蒋熠拼命，说自己错信了兄弟还爱错了人，当然没能成功。"

文丹乐一边绘声绘色地演绎，一边找出手机，给郁唯祎看昨晚她录的视频："哈哈哈，十几个人对着他一个人拍，我朋友圈和QQ空间全被他个酒鬼刷屏了，估计今天他酒醒后会恨死我们。"

屏幕上，喝得脸红脖子粗的王海跪在沙滩上，一手拎着一酒瓶，干号："呜呜呜，我失恋了……我最好的兄弟抢了我女神，我要不找他决斗还能算男人吗？呜呜呜，我不算，我不是男人，我打不过他……"

郁唯祎看了没几秒钟就尴尬得不行，想钻进屏幕把王海最后表白时大声喊的自己名字手动打码。

"没想到王海在一中混了三年，最后用这种方式出名，啧啧，真是踩着校草校花的恋爱上位的投机分子。"文丹乐收起手机，趴在已经躺下准备补觉的郁唯祎旁边，暧昧地眨眨眼，"哎，祎祎，真什么都没干？亲亲都没有？"

郁唯祎感觉自己继续点头下去好像就相当于变相承认了蒋熠不行，但这的确是事实。

"我天，蒋草不行啊。"文丹乐说，"你知道你转到我们学校之前大家都喊蒋草什么吗？一中最野的男人，行事作风特别野。有一次我们和三中打比赛，对方故意犯规扯到他的球衣，他直接把球衣扯下来撕烂，然后只穿着黑色背心打完了下半场，力挽狂澜转败为胜。当时所有女孩都疯了，那肌肉那身材比例，看得我都嫉妒了。"

郁唯祎想象着少年在球场上的样子。

她有一些后悔。自己遇见他的时间太晚，动心也太晚，错过了与他相识后本可以珍藏的那么多时光。

"想想一个狂得连教导主任都不放眼里的校霸，在你面前居然这么尿……哎哟，我不行了，我要被蒋少爷还有纯洁的一面给笑死了。"

郁唯祎的耳朵又开始发烫。

面上有多淡定，心里就有多甜，她岔开话题："他以前干过什么事？为什么感觉大家都很怕他？"

她想了解以前的蒋熠，想知道她眼里一点都不凶的男孩子在外人眼中的模样。

"因为厉害呗，他没什么帅哥包袱，用男生的话说就是人格魅力强。"文丹乐耸肩，"大家喊他校霸其实多少有点儿开玩笑，蒋草除了脾气不太好以外，其实和校霸沾不上边，准确来说，他是干掉上一届校霸的男人。我们高一开学没多久，就有高年级的学生来我们班，强制我们每人加入学生会，还得交会费，他不交，当场训得那群人从此再也没敢来过我们班。类似这种大家都知道不对但不敢反抗的事情，就他敢出头，虽然方式暴力了点，但男生嘛，崇拜的不都是比自己厉害的？"

郁唯祎在文丹乐的描述中渐渐拼凑出以前的蒋熠，心里一点都没有之前极其讨厌男孩子打架的反感，反而觉得很酷。

唔，果然人都是有双重标准的。

后来，听着听着不小心睡着的郁唯祎做了个梦，梦里蒋熠拽着她的手，带她进房间。

"郁唯祎，我马上要出国了，你居然还和别的女生待一起，应该陪着我。"

"能不能睡完觉再陪？我真的好困。"她已经好几天没睡好觉了，眼睛都睁不开。

03

暮色笼罩着一如毕业那年清澈的深海。

郁唯祎光脚踩在沙滩上，心情被水天一色的霞光晒得愉悦。蒋熠在不远处调整基本完工的帐篷，长身染着一层柔和的光。

她看清两人晚上的露营地，蒙了："就一个？那你睡哪儿？"

蒋熠抬眸，眼神里写着明知故问："和你一起。"

年少在这儿做过的第一个关于他的梦，故地重游时竟然成真了。

因着蒋熠这句话，郁唯祎晚饭都吃得不香。

制造了一个深水炸弹的罪魁祸首依然淡定，许是看穿了她的外强中干，他意味深长地挑眉："这么怕和我一起睡？你是不相信我，还是不相信你自己？"

郁唯祎腹诽：这是相不相信的问题？流氓。

"没害怕，你想多了。"

"我怎么觉得想多的是你？"蒋熠轻轻勾唇，"你眼睛里还挺期待的。"

郁唯祎手一顿，下意识要避开和他的对视，又强装镇定地迎上去："那你眼神还挺不好的。"

很快夜深。

郁唯祎做好足够的心理建设，进去后，才发现外表看上去一体的帐篷其实内里空间很大，两室一厅的分区，中间有隔挡，和分开睡没什么区别。

她脸一红，敢情真的是自己想多了。

郁唯祎随意选了一间，钻进卡通的保暖睡袋，摸到两侧毛茸茸的装饰，不禁失笑。

哪里长大了，分明还和以前一样幼稚，总喜欢买一些华而不实的东西。

蒋熠比她进来得稍晚，帘子隔在两人中间，影影绰绰地映出模糊的动作，细微的窸窣声却被放大。

郁唯祎放平呼吸，克制着夜色里极易被出卖的心跳。

他躺下了。

他翻了个身。

他一只手好像搭在了一旁。

两人还在一起时，蒋熠睡觉有个不自知的小习惯，不平躺，半边身子都抱着习惯侧睡的她，一只手把她圈在怀中。

"郁唯祎。"

郁唯祎被突然出声的蒋熠打断了胡思乱想，应了一声："怎么了？"

薄薄一层帘子阻挡不住男人嗓音中的痞气："我总感觉你在偷看我。"

她很轻很轻地把头从蒋熠的方向转回来，对着头顶的纱窗："你今天眼神不是一般的不好。没看你，在看星星。"

"是吗？"他丝毫没有被揶揄的羞惭，反而变本加厉，"想夸我可以直接点，不用这么曲折。"

她不该说他没长大，明明脸皮比以前还厚，自恋得让人无所适从。

"这么多星星，哪颗是你？"

"当然是离你最近的那一颗。"

郁唯祎一愣。她听到原本与她隔着距离的嗓音忽然离近，低沉得像在她耳边，扭过头，看到中间的帘子不知何时被蒋熠收了起来，男人侧躺在与她同款的情侣睡袋里，深黑的眼一眨不眨地看着她，亮如星辰。

果然是离她最近的那颗星……

郁唯祎心跳有一瞬不受控的加速："谁让你过来的？"

"我怕你害怕。"

郁唯祎失笑，很快忍住，抬手把得寸进尺靠近的蒋熠往那边推："我不怕。"

"那我害怕怎么办？"

男人比她重，她推了半天纹丝不动，忽然感觉到他温热的呼吸沿她耳畔擦过，浑身倏地一软，用最大的自制力抵挡住流氓攻击，她抓起头顶一个毛绒玩偶塞给他:"这个陪你,你就不怕了。"

蒋熠拿起玩偶,借着月光打量了几眼,"啧"了一声:"郁唯祎,你好长情,这个玩偶是大一时文丹乐送你的吧?你一直留到现在。"

"所以,你其实根本没忘了我。"

他说最后一句话时,用手掰过她的脸,逼她直视。

郁唯祎没想到他还记得两人第一次在别墅见面时那场不愉快的对话。

那天晚上,久未相见的俩倔强鬼不甘示弱地对峙了好久,最终脸皮没他厚的郁唯祎最先败下阵,逃回卧室之前慌不择言地说:"别那么自恋,要不是这个节目,我都不记得你了。"

现在想想,那句话真的挺伤人的。

郁唯祎心里后悔,嘴上又不知如何服软,于是第一次没再像往常那般口是心非地否认。她很轻地"嗯"了一声,怕他骄傲,飞快放下帘子转过去,把整个脑袋藏进睡袋里,小声道:"我困了,睡觉。"

夜色安静下来,呢喃的海浪在远处伴着恋人们不舍地入睡。

许是最近与蒋熠朝夕相处,很长时间都没能梦见过他的郁唯祎做了一个很长很甜的梦,醒来,看到深爱的人就在自己身边,只觉世间最幸福的事也不过如此。

她小心翼翼地把脑袋转向蒋熠,身子没敢动,手指很轻地抚上他在隔帘上的剪影,描摹着男人俊朗的轮廓。

许久,她听到他忽然动了下,赶紧收回手。

"郁唯祎。"男人嗓音还带着刚睡醒的慵懒,低哑地撩拨着她的心,"你是不是醒了很久了?"

她下意识否认:"没,刚醒。"

"真的?"他卷起帘子,长身侧对着她,一双眼睛清亮,"那我怎么看到你在跳舞。"

"跳舞?"

蒋熠痞气地点点头,牵起她的手,脸颊贴着她掌心:"嗯,手指舞,在我脸上,跳了好久,把我吵醒了。"

郁唯祎腹诽：合着早都醒了，就是蔫儿坏地憋着。

她若无其事地掐了把男人手感甚好的脸掩饰心虚，紧接着就见他轻佻一笑："我昨晚听到你喊我名字了。"

郁唯祎一惊：我怎么不知道自己还有说梦话的毛病？

"你是不是幻听？"

蒋熠挑眉："不相信？我有录音。"

郁唯祎一呆，一时间不确定他是在诓自己，还是她真的没管住自己的嘴，想到昨晚做了关于他的梦，就越发有些底气不足。

她正想找个什么话题转移，身前忽然压下一道长影。

倾身靠近的男人眼睛一眨不眨地看着她，呼吸只离她咫尺："你不仅喊了我名字，还说，你很想我。"

郁唯祎彻底蒙了。被来自语言和身体的双重刺激夹击，她脑子乱成糨糊，极力克制着剧烈的心跳避开他："假的，你听错了。"

蒋熠轻轻勾唇："郁唯祎，你是不是忘了，我说过你心虚时会不敢看人眼睛。你昨晚是不是梦见我了，嗯？"

郁唯祎再次僵住了。

她没想到他连这都能猜到，努力绷着张强装镇定的脸试图否认，坐起身，决定逃为上策。

一阵胃痛却突然袭来。

"怎么了？"见她皱眉，蒋熠立刻坐起来。

郁唯祎摇摇头，习以为常地揉了两圈肚子，忍着疼起来收拾东西："就是起太快了，抽了下筋，没事。"

蒋熠半信半疑。

"真没事。"郁唯祎被他黑沉沉的目光盯着，故作轻松地一笑。

打发过经常小题大做的蒋少爷，郁唯祎这才趁他整理东西的空当，去车上找随身带的胃药。

她刚吃完，男人幽灵似的突然在背后出现，径直拿走她手里的药瓶，看清名称后，嗓音瞬冷："郁唯祎，你有胃病还天天喝咖啡，疯了吗？"

郁唯祎眸光闪躲："没天天喝，就加班时才会喝点。"

蒋熠懒得听她犟，把她往车里一塞，东西扔进后备厢，上车踩死油门。

自知理亏的郁唯祎乖乖闭上嘴，她知道这个时候自己说什么他都不会听，于是非常识时务地蜷在座位上，拿抱枕虚挡着肚子，按圈轻揉。

车子一路踩着车速上限朝东浦疾驰，进市区后，直奔最近的医院。

阔别三年的省城在他们眼前飞速掠过，和记忆里一样，又有些许不同。郁唯祎神情微黯，回过神后，车子已经在医院门口停下。蒋熠下车，绕到副驾驶位开车门，直接将她抱起。

郁唯祎急忙挣脱，反被他抱得更紧。

男人冷着一张脸提醒："别乱动，再动我就亲你。"

周围是熙熙攘攘的病人，身后还跟着好几个摄像，大庭广众之下被公主抱也就算了，再亲……她相信蒋熠干得出这种事。

人在威胁下，不得不低头。

郁唯祎乖巧地拽拽他的衣服，放软声音："我真没事，老毛病了，吃点药就能好，没必要来医院。"

蒋熠淡淡地说："嗯，做完检查。"

郁唯祎扶额，得，白商量了。

等她被蒋熠大动干戈地送去做检查，出来时，他已经办好住院手续，不由分说把她安置在病床上："下午有个这方面的专家坐诊，我约好了，等他来了再给你看看。"

郁唯祎目瞪口呆，想说自己真没严重到得住院还找专家看的地步，但看他不容置喙的模样，她只好听话，躺在床上无所事事地看电脑。

蒋熠拿着她的检查报告单，剑眉紧蹙，拿出手机拍了张照后放好，坐回去，他低头按着手机，不知道在忙什么。

过了会儿，他问："饿不饿？我点个外卖。"

郁唯祎点头："一个芝士鸡肉帕尼尼，一杯冰美式……"

脱口的一瞬，她想给自己一巴掌，慌忙低头装死。

"郁唯祎,你是不是非等到把自己拖成胃溃疡才长教训?"蒋熠嗓音冷到了极点,掰过她的脸,往常慵懒的黑眸此刻只剩下了严肃,"从现在开始戒咖啡,再喝一次就受惩罚——认真的惩罚。"

郁唯祎疯了,对一个习惯靠咖啡提神续命的加班狗来说,戒咖啡无异于要她命。

"能不能不戒?我可以少喝,我保证。"郁唯祎难得服软地和他商量,"我对咖啡其实已经免疫了,少喝一点点真的没事,但不喝我会犯困,它就是我的命——"

话音未落,她忽觉气压骤降。

男人玩味地看着她,眼睛半眯,嘴角挂着抹嗤笑:"郁唯祎,你的命难道不该是我?"

郁唯祎虽然不想承认,她遇到蒋熠之前更是一度以为这世界上没有谁真离不开谁——但他说的却是事实。

咖啡于她不过是心理依赖,反复戒断后总能戒掉,而蒋熠,则是她生理与心理兼具的双重上瘾。

郁唯祎真不想让他知道自己其实就是这么没出息地深爱着他,但被男人洞悉一切的目光盯着,又因为着实理亏站在有史以来的道理至低点,她只好微垂眸避开他的眼,垂死挣扎:"不同性质,没法比较。"

蒋熠冷笑:"要我还是要咖啡?"

郁唯祎腹诽:就没有都要的选择吗?为什么总降低生物链等级和其他奇奇怪怪的东西比?像狗也就算了,现在连没有生命力的静物都不放过。

"你。"许久,她飞快地低声说,嗓音含混不清。

"嗯?再说一遍,我没听清。"他凑到她眼前,眼底笑得狡黠。

郁唯祎没好气地瞥他一眼,表示好话不说二遍。

他慢悠悠地直起身,不慌不忙地转着手机,笑得欠揍:"不说也没关系,我录下来了。"

郁唯祎心里飘过一句"王八蛋",以为最过分也不过如此,却没想到让她更招架不住的还在后面。

"以后再想喝咖啡，找我，我给你'续命'。"

郁唯祎本能觉出这好像不是什么好话，看到蒋熠意味深长地轻轻扫了眼她的唇，耳朵一热，转身背过去。

不让喝就不让喝，干吗和他扯在一起，搞得跟她馋的其实是他的身子似的。

身后响起男人微沉的嗓音："要不是今天犯病，你还打算瞒我多久？"

她微顿："没瞒你，又不是什么大事，已经调理得差不多了。"

蒋熠冷笑。

上学时就这样，不把自己的身体当回事，都这么大了依然毫不吸取教训。别人的身体是热玛吉素颜霜水光针，到她这是铜墙铁壁金刚石。

"怎么弄的？"

郁唯祎手指一紧，若无其事道："有几次忘了吃饭。"

话刚落，她就感觉到身后极具压迫的目光一动不动地盯着她，似在判断她这句话的可信度有多高。

许久，目光远去，郁唯祎紧绷的身子这才放松。

临近中午，郁唯祎打开电脑赶个工作，文档打开没几分钟，咖啡瘾上来，偷偷瞄了眼侧对着她同样在看电脑的男人，摸到手机，飞速点进软件下单。

她给外卖员留言：【送到不用打电话，直接放住院部一楼楼道，丢失我负责。】

大写的感叹号在备注里一溜飘红，恨不得手动加粗的急躁跃然纸上，郁唯祎真的是从没有像今天这么卑微过。

她鬼鬼祟祟下完单，放下手机，不动声色地继续看电脑。

大约二十分钟后，郁唯祎余光瞄了一眼屏幕上马上送达的外卖，合上电脑，镇定自若地把手机塞进口袋，从病床上下来："我去个洗手间。"

蒋熠跟她起来，似笑非笑地看她："用不用我送你？"

"不用。"郁唯祎拒绝得极快，说完，又欲盖弥彰地补了句，"我去女厕所,你跟着干吗?"

"怕你偷吃。"蒋熠在她耳边低语。

郁唯祎瞬间没胃口了,凶巴巴地瞪他一眼,疾步出门。

她出去后假装往卫生间的方向走了几步,发现蒋熠没跟来,便加快步伐直奔楼梯间。

三楼、二楼、一楼,远远看到挂在门把手上的咖啡外卖袋,姑娘眉目都生动起来,拿到的一瞬,迫不及待地撕开吸管,刚插进去——

"郁唯祎,偷吃的感觉爽吗?"

郁唯祎呛到了。她回头看到鬼影似的突然出现的男人,掩耳盗铃地火速把咖啡藏在身后:"那个,你怎么出来了?"

蒋熠下台阶,一只手慢条斯理地伸向她后腰,将她抵上墙,倏然逼近的五官要多痞有多痞:"和你一样,偷吃。"

郁唯祎疑惑。

下一秒,她就感觉到男人指尖撩起她的长发,呼吸若有似无地蹭着她的耳垂:"郁唯祎,这里没有跟拍,我如果对你耍流氓,不就是偷吃?"

蒋熠说完,舌尖轻佻地沿她耳垂一扫。

郁唯祎浑身蓦地一软,不敢直视他,脸几近羞红:"耳麦会收音!"

蒋熠无所谓地扬眉,指尖沿着她下颔游走,揉捻着她红透的耳朵:"郁唯祎,别考验一个流氓的道德底线,嗯?"

郁唯祎极力克制着魂儿都被勾走的轻颤,点头。

蒋熠这才放开她,在她不敢反抗的抓狂表情里把咖啡扔进垃圾桶:"知道惩罚是什么了吗?再有下次,我保证比这次更过分。"

郁唯祎屁巴巴地点头,只觉得刚才的卑微不值一提,而且卑微有什么用,还不是什么也没吃到!

她还反被调戏了……

郁唯祎回到病房,微信小群已经弹出数条消息。

郭芩:【啊,小唯姐,你俩刚才干了什么?!我们光听对话都疯了!嗷嗷,你前男友真的"好鲨"!】

艾比：【真的！蒋熠就是我心里的完美男友！你不知道他刚才支开摄像时有多 Man（男人）！呜呜呜，我好想按头你俩复合！我要当你俩的第一个 CP 粉！】

辛晴：【我早都是了，哈哈哈，你俩的化学反应真的好强，给我锁死！】

郁唯祎耳朵瞬红。

自从上次王美丽发错消息后，其他几个下属就特意拉了个小群当着她面天天嗑糖，她面上古井无波，心里却一阵抓狂。

这她以后还有什么威严？

她没好气地用余光戳一眼罪魁祸首，瞌睡全无。

蒋熠提神醒脑的功能真是比一切咖啡都强。

下午两人看完医生，上课都没做过笔记的蒋少爷在手机上记了满满一页备忘录，每听到郁唯祎踩雷的一项就凉飕飕瞟她一眼。

郁唯祎心虚地往后坐了坐，第一次想在喜欢的人面前降低存在感。

办完出院手续，蒋熠收起手机，看她的目光似笑非笑，语气里却带着些许怒火："行啊，嗜冷嗜辣嗜咖啡，郁唯祎，看不出来你这几年胆子变得挺大啊。别人为了多活两年都带着护膝蹦迪，你倒好，哪种方式死得快专挑哪种，你是觉得自己和小鱼一样有九条命？"

郁唯祎抿紧嘴，摇头。

因为知道是自己的错，没敢还嘴。

蒋熠被这样的她看得火气倏灭，一点重话都不忍心再说出口。

姑娘长相清冷，是那种带点不食人间烟火的好看，有股遗世独立的倔强美，恍若漫天白雪傲立枝头的寒梅，凛冽得脱俗。

她就连性子也是如此，不会撒娇不会服软，清淡淡的疏离，哪怕知道是自己的错也甚少低头，顶多用那双清灵的眼带着歉意看他。可偏就是这样的郁唯祎，把蒋熠一颗心攥得再塞不下他人。

两人分开的这几年，想往蒋熠身上扑的女生不计其数，用王海的话说就是多得能组一女团选秀。

可蒋熠看见就烦，没有人比得上他心里的小仙女。

郁唯祎就是长残了变老了，他也爱着她。

真是被她吃得死死的。

蒋熠眸光软了下来，哪儿还舍得真生气。

回去路过一家超市，蒋熠把提前下好单的东西拿走，塞到车后座。

一直默默注视着他动作的姑娘忽然轻声说："我以后不会再吃那些东西了。"

"哪些？"蒋熠有些稀奇地看到她竟然主动认错，故意问。

"辣的凉的。"她顿了顿，又补充，"咖啡会戒，但你得给我时间。"

蒋熠挑眉，没答应也没直接拒绝，只是追问："真的不吃？"

郁唯祎点头，目光越过他肩膀，落在车后座上大包小包的养胃食材上，心里软得早就缴械投降。

她已经等到了愿意回头的他，不再需要靠那些刺激的食物麻痹自己。

"郁唯祎，你突然这么听话，我有些不适应。"蒋熠捏捏她的脸，意有所指地坏笑，"要不你还是偷吃吧，这样我也能偷吃。"

"想得美！"

郁唯祎扭过头，避开他又开始勾魂的眼，心跳乱了节奏。

蒋熠低笑，启动车子："你这种态度我适应多了。"

"看不出来你还有受虐倾向。"

"嗯。"他大方承认，偏头看她的眸光被暮色氤氲，温柔至极，"谁让我喜欢上了一个冷美人。"

郁唯祎无声红了耳朵。

她镇定自若地拿头发挡住，看着窗外街景，眼底的笑映上模糊的车窗玻璃。

天色渐暗。

两旁霓虹闪烁，城市笼罩在夕阳的余晖中，车水马龙，在她眼前映出一抹逐渐离近的熟悉招牌。

04

"Jingle bells jingle bells jingle all the way……"

那年圣诞，整个东浦都洋溢着浓浓的过节气氛，和蒋熠已经几近半年没见的郁唯祎终于等到他回国，一大早就坐快轨到机场，一动不动地盯着出站方向。

等待的时间尤其漫长。

以前隔着万里，虽思念但理智地清楚有地理的距离，当真的开启见面倒计时，她才知晓最后几小时的等待最为难熬——狐狸对小王子说，"你每天下午四点钟来，那么从三点钟起，我就开始感到幸福，时间越临近，我就越感到幸福。"

郁唯祎从前一个星期知道蒋熠要回国的那一刻起，就已经开始期待了。

远处传来喧嚣，是新抵达的航班乘客出来了，郁唯祎一眼就看到了人群中的蒋熠。少年个子瘦高，依然和以前一样穿得极少，裸露在外的脚踝清瘦，他一手拉箱疾步穿过人群，领子酷酷地立着，半挡住出国这半年瘦得越发分明的下颌。

蒋熠也明显找到了她，视线交错的一瞬，一直没什么表情的脸倏地柔软，嘴角弯起，熟视无睹地越过周遭频频朝他看来试图搭讪的女生。他第一个出来，把傻呆呆看着他笑的郁唯祎一把抱进怀里，他深吸了一口思念已久的女朋友气息："想我没？"

郁唯祎不好意思地轻轻点头。

之前一直隔着手机的男朋友突然变得真实，郁唯祎非常欣喜，也有些不知该如何回应的无措，她不像每天视频时表现的那般自然，只知道看着他笑。

许久，她眼底的心疼才终于从嘴里憋了出来："你瘦了。"

"嗯，一点点，想你想的。"对比自家女朋友的无所适从，蒋熠明显要淡定得多，旁若无人地在人来人往的机场把少女裹进敞开的外套里，低头蹭着她的脸，"你也瘦了，我现在看你就像开了美颜。"

郁唯祎反应慢了半拍。

意识到蒋熠又在夸她，脸一热，她很轻地回道："没你瘦得多。"她眼睛依旧一眨不眨地看着男生，心底的不真实感因着身前真切的体温，稍微踏实。

蒋熠把他的帽子戴到她头上。

眸光离得愈近，呼吸与她交错缠绕。

"郁唯祎，是不是还有些不相信？觉得我就像突然成精的电子宠物男友，是假的？"他嘴角上扬，双手抓着她两侧帽檐挡住她的脸，深深看着她，而后克制地贴上她的唇，"现在相信我是真的了吗？"

他柔软的嘴唇贴着她唇瓣，一点都没有少年平时棱角的坚硬。

郁唯祎的眼倏然大睁。

他轻轻动了动，沿她唇瓣温柔厮磨，浅尝辄止的一吻，不过数秒。

两人确定关系以来，最亲密的一次触碰也不过是在海边他亲了下她的额头，此外再无逾越。郁唯祎没谈过恋爱，不知道别人都几时牵的手几时接的吻，只是在文丹乐笑话他俩恋爱谈得像小学生时，隐约觉出蒋熠在她面前似乎尤其克制，与平时的轻狂散漫判若两人。

这会儿被他一亲，她非但没有意识到男朋友是真的，反而不真实感愈浓，好像连自己都成了幻象，灵魂和身体分离。

从机场到酒店的路上，郁唯祎帽子没敢再放下来过，耳朵在偷偷发烫。

蒋熠一直紧紧牵着她的手，哪怕上地铁也没放开。来去匆匆的行人在他们四周上车下车，她身前是少年用坚实的怀抱给她圈出来的一隅安静。郁唯祎第一次真切感受到了舍友说的和男朋友在一个城市恋爱的感觉。

真好呀。

她垂在一侧的手悄悄攥紧他的衣角。

蒋熠的酒店订在她学校附近。

冷冽的寒风被自动门隔绝，挂满装饰的圣诞树在大堂闪烁，酒店里放着轻快的圣诞快乐歌。两人去前台，负责办理入住的女生惊艳而暧昧地看了他们一眼，微笑道："您好，请出示您的身份证。"

郁唯祎脱口道："我不住这里。"

前台微愣，看一眼明明订的是双人房的出众男生，见他点头，礼貌地送上房卡。

走廊里光线昏暗，深色质地的长毯朝四处延伸，湮没了脚步声。因着前台那句问话，郁唯祎莫名心跳得有些厉害，不自觉地拽拽衣领，把被空调吹得微热的脖颈露出来透气。

蒋熠开门，插上房卡，把箱子随意往旁一丢，落锁。

郁唯祎心跳再次一乱，站在原地不知是该进还是该退时，就被他抵上了墙。

男生一只手护着她，微垂看她的眸光幽深，不同于之前收敛的炽热，指腹轻轻抚摸着她的唇："郁唯祎。"

郁唯祎被他喊得浑身酥软，看到男生眼底燃烧的温柔，强忍着颤音轻轻应了一声。

"我很想你。"话落，他吻了上来。

这一天是平安夜，下课的学生们和拒绝加班的白领都忙着过节，大街小巷人头攒动，东浦市中心的商业城将夜空染得斑斓，巨大的广告屏流光闪烁，巧笑倩兮的女明星亮起无名指上的钻戒，笑容映出旁边的广告词——愿得一人心，白首不相离。

郁唯祎被她深爱的少年抱在怀里拥吻，脑海里想到一辈子。

后来晚饭吃了什么，郁唯祎完全没印象，只记得他们进了附近的一家餐厅，满脑子都是刚才那个吻的郁唯祎不好意思看蒋熠，强装镇定地折着等位区送的用来抵钱的千纸鹤，反被他紧紧捂着手，说看她的时间都不够，怎么能把时间浪费在这上面。

她心里抑制不住的甜，到底是没再继续折下去。

后来结账，之前折的十数个粗糙的千纸鹤也被不差钱的蒋少爷买了个玻璃罐，以她做的东西怎么可以给别人的名义，郑重收了起来。

两人离开餐厅时，东浦下了入冬以来的第一场雪，不算大，零星地落在肩上，融进她和他的情侣围巾。

他们手牵着手走在霓虹闪烁的长街，随处可见洋溢着幸福笑容的情侣，可郁唯祎第一次固执地相信，自己就是整条街最幸福的女生。

两人一起逛夜市，买一堆小吃你一口我一口地分着吃，做一切他们分隔两国时渴望和恋人一起做的平凡事情，在洒满月光的地面上薄薄地留下彼此交叠的影子。

回去之前，蒋熠忽然停下，从口袋里拿出揣了一路的礼物，说道："圣诞快乐。"

郁唯祎一愣，懊恼道："我没给你准备。"

郁唯祎在恋爱这方面着实有些单细胞，不像别的女孩子一样喜欢浪漫和仪式感，她不仅毫无过节的意识，性子也要强，吃个饭都要和蒋熠AA，就连收礼物也会坚持礼尚往来的原则。

"谁说没有？"蒋熠痞气地一勾唇，从身后拿出那瓶玻璃罐，"这就是你送我的礼物。"

"这怎么能算？"

"怎么不算？"蒋熠把她抱进怀里，低头吻她，"你亲手折的比什么都有意义。"

郁唯祎被亲得有些喘不上气，脑子尚存一丝清醒，依然不肯收："不、不行，我不能总让你花钱。"

蒋熠稍使劲儿咬了下她的唇，知道自己爱着的姑娘自尊心有多强，他无奈让步："那你回头补一个给我——但得是你亲手做的，那些花钱买的体现不出来你对我的感情。"

郁唯祎哭笑不得："你的也是花钱买的呀。"

"不一样。"蒋熠单手环着她的细腰，吻得更深，许久才松开，"我除了你，只剩下钱。"

郁唯祎微微一怔。看到男生不正经却藏着真诚炽烈的笑眼，她回抱住他。

两人往学校的方向走，薄薄的雪不等铺实就融化了，在走到一个分岔口时，脚步同时一顿——酒店挨着浦大东门，郁唯祎的宿舍则临西，一左一右的反方向。

郁唯祎也不知道自己为何就停了下来，也许是因为她看到了蒋熠订的是双人房，也许她心底清楚自己从不后悔与他可能会发生的一切，也许她和他一样，想抓紧所有短暂的时间与对方在一起。

两人目光相碰，几秒沉寂，男生牵着她的手径直往西。

郁唯祎被迫跟上，默了默，不知该如何开口。

"郁唯祎。"他似乎猜到了她的想法，揉着她的脑袋，"别把我想得那么君子，我这人比你看到的要坏很多，我当然想让你留下来陪我，但现在还不是时候。"

他停下来，捂着她被冻得冰凉的脸，坏笑："你跟一个没有道德底线的流氓一起过夜，是在挑战他的禁欲极限。"

郁唯祎不好意思地抿唇："那你怎么不直接订单人房？"

"进可攻退可守呗，万一哪天我忍不住，想让你留下来陪我，还能在咱俩中间划一条三八线。"蒋熠半真半假地开玩笑，被她无奈地一扫，收起顽劣，"你不是说宿舍没暖气，白天复习时太冷，酒店有空调，你可以来这儿准备考试。"

彼时正值考试周，图书馆和自习室都人满为患，郁唯祎喜欢安静，更不喜与人争抢，索性就留在宿舍复习，期间因着宿舍太冷，随口和蒋熠抱怨过一次，没想到他却一直记得。

郁唯祎心里愈软，忽然记起一件很重要的事："你不回家吗？我们要到一月中才考完。"

蒋熠轻描淡写地点头："我订了一个月的住宿，陪你到考完试。"

郁唯祎眼睛大睁："天天住酒店吗？那多贵啊，你先回家，我考完试就去新沙找你。"

"不回。"蒋熠敲敲她的头，"钱能买来和你在一起的时间，你不知道我有多开心。"

那也不能天天住酒店烧钱啊……郁唯祎清楚，他是因为知道她寒假必须得回西覃，担心两人在他返校前再也见不上面，才会每分每秒地抓紧这段时间和她在一起。她压下眼角的湿润，认真地说："我和我爸妈说了，我寒假在这边还有兼职，年前再回去，你在新沙等着我。"

"不行，我想你想了半年，你把整个寒假留给我都不够，怎么还能让我提前走？要是觉得住酒店浪费钱，我就在你们学校附近买个房。"

郁唯祎被买个房跟买根葱一样随意的蒋少爷吓到了，问道："你哪儿来的钱买房？我们现在还是学生，花的都是爸妈的钱，应该少给他们添麻烦。"

蒋熠脚步一滞，把即将脱口的"他们能给我的也只有钱了"咽了回去："那等我毕业回来，在这边找个工作，赚到钱就先买个房，买在你们学校旁边。"

郁唯祎笑了起来，却摇摇头，满眼都是不舍得他太辛苦的心疼："我们这片房价太贵了，租房就可以。"

蒋熠哪儿舍得让自己心爱的姑娘和他挤出租屋，但看着她倔强的小脸，只好让步："行，就租一年，你要相信你男朋友赚钱的能力，最多一年，我们就能买房。"

郁唯祎笑着点头，欢快地跟上他的步伐。

听到蒋熠问她喜欢什么样的房子，她想了想，说："卧室大一些，有独立阳台，能晒到太阳，如果可以，我想养只小猫……"

"好，都听你的，还喜欢什么？"

"嗯——装修简单一点，北欧风的那种，看着干净……"

深冬凛冽的寒风吹过长街，掀起两人缠绕的衣角，飘飘洒洒的细雪落在他们的发梢，落在平坦的大道上抚平他们一步一步留下的深刻痕迹。

那时的他，也许脑海里和她想的一样，坚定地以为他们能走一辈子。

车子在餐厅门口停了下来。

刻骨铭心的回忆伴着熟悉的店名搅乱人的思绪，郁唯祎有片刻恍惚，想起七年前的那个晚上,她鬼使神差地回头,想看那家酒店还在不在,奈何隔着两条马路,什么都没看到。

服务员领着两人进包间,熟练地介绍叠千纸鹤可以抵折扣的优惠活动。

郁唯祎脱口道:"你们这个活动还在办啊?"

对方笑起来:"一看您就是我们的老顾客,前几年办过一段时间,后来高手太多,我们就取消了,最近重新开业,等位上菜有些慢,怕顾客等得着急就又推了出来。"

郁唯祎下意识看了眼蒋熠,没解释他们其实只在这里吃过一次饭——因为饭前发生的事太过铭心,所以连带着对这里也印象深刻。

吃完离开,郁唯祎手边忽然多了个东西,拿起来,才发现是一只千纸鹤。

"你折的?"她语气欣喜。

蒋熠"嗯"了一声。

"真好看。"郁唯祎爱不释手地来回翻看,不得不说蒋熠真的很有手工天赋,比她第一次折的好看多了。

"像你,当然好看。"

郁唯祎一蒙:"这不是千纸鹤?"怎么会像她?

"是小天鹅。"蒋熠强调,牵着她的手掀起一只翅膀。郁唯祎这才看到内里洋洋洒洒地写着"小天鹅"三个字,哭笑不得。

她小心翼翼地把这只独一无二的小天鹅放进兜里,一如多年前珍藏着她随手折的千纸鹤的蒋熠。

到了晚上的住宿地,从地下车库坐电梯上楼,郁唯祎这才意识到这站的住宿与之前完全不同,是一个高端的住宅区。

她跟在蒋熠身后进门,看到他竟然还知道大门密码,有些怀疑自己的同事是不是双标对待——同样是第一次参加节目,同样没有剧本,为什么蒋熠知道的信息就是比她多呢?

衬得她宛如一个傻白甜。

若有似无的香薰扑鼻,看清房间构造,郁唯祎微愣。

房子很美,极简的北欧风,与前两站一样空旷精致,却总给她一股说不上来的感觉，仿佛有人住过。

还萦绕着家的味道。

郁唯祎看到自己的行李箱已经被蒋熠放进一间卧室，她进房间把小心揣了一路的"小天鹅"放在床头柜上，环视一圈，拉开阳台的推拉门，坐在摇椅上。

头顶繁星闪烁。

极目远眺，似乎能看到浦大的标志性建筑——古朴厚重的图书馆在夜色里依旧灯火通明，城市的喧嚣隐入暗色，家家户户亮起人间烟火的微光。

郁唯祎想起他们以前幻想中的家。

如果他们没有分手，也许也会拥有这样一栋房子，离学校不远，饭后可以溜达着去校园散步，回家后，他洗澡，她在床上看书，偶尔他晚归回来，她端上一碗热气腾腾的面，给他留着一盏不灭的夜灯。

郁唯祎闭上眼，沉浸在此刻自欺欺人的想象中。

手机忽然振动。

被惊醒的郁唯祎起身找手机，她循声出门，这才发现是蒋熠遗忘在客厅的手机发出的声音。

她犹豫几秒，怕对方有急事，轻叩浴室的门。

热气扑面。

郁唯祎本能侧过头，余光看到蒋熠上身赤裸，只在腰间松松垮垮地系了条浴巾，湿漉漉的水珠沿着男人轮廓分明的线条下滑，足以媲美男模的好身材。

她可耻地发现自己竟然忍不住看了眼他的腹肌——虽然只有一秒，但还是被蒋熠发现了。

"郁唯祎。"他俯身看她，黑眸狡黠上扬，轻佻地压低声音，"看来昨晚上是我绅士了。"

郁唯祎回过神，小声说："你有电话。"

她把手机往他手里一塞，转身欲走，却被他拽住。

"你确定是我有电话而不是你想来看我洗澡？"蒋熠按亮屏幕，把没有未接来电提醒的手机界面放到她眼前,嘴角扬着抹痞笑。

郁唯祎还他一"我没这么无聊"的眼神。

她想起刚才找他手机时不小心按到了屏幕,估计是碰到挂断了,正要解释。

"再有电话你直接帮我接了就行,没接到就帮我回过去,反正我的手机密码你也知道。"

郁唯祎心中一惊:合着那天我拿错手机都被他看到了。

郁唯祎强装镇定地把蒋熠塞给她的手机还给他,关上浴室门。

十分钟后,门铃忽响。

郁唯祎诧异地打开门,看到外面站着一个西装革履的陌生男人,礼貌地问道:"您好,找谁?"

西装男明显也蒙了,飞快敛去眼底的惊艳,退后几步看了看门牌。确定自己没走错,他谨慎道:"请问,蒋总是在这儿吗?"

蒋总?

郁唯祎反应了几秒,记起来蒋熠回国后是在东浦工作,点点头。

西装男恍然大悟,看郁唯祎的表情越发不可言说,捏着手里的文件夹正进退两难时,看到蒋熠从浴室出来。

他来的是不是不是时候!

"蒋总,原来您在啊!"西装男一边脑电波狂搜"破坏老板好事该怎么挽救,在线等一个答案",一边火速把资料递给郁唯祎,脚底抹油走为上策,"那啥,资料我给您放这儿了哈,您有什么事发我微信,我就不打扰您二位了!"

说完,他顺手替还一脸蒙的郁唯祎关上门,兴奋地点开公司群。

Mr.A:【号外号外!咱老大居然有女人了!我刚奉命给他送资料时他刚从浴室出来!就裹了条浴巾!】

隔壁老谢:【真的假的?咱们招蜂引蝶、洁身自好的老大居然恋爱了?】

penny:【不一定,我记得咱老大好像参加了个什么真人秀,是和前任旅行啥的,前段时间那节目还上过一次热搜,估计这女孩是他前任吧,长

得好看吗？】

　　Mr.A：【好看！要真是前任那我理解咱老大为啥一直单身了，跟书里的小龙女似的，又美又仙！】

　　sherry：【有这么好看？你们男生就喜欢长得清纯的，五分也能夸十分。】

　　Mr.A：【没夸大！等节目播出你们就知道了！不好看我把我头拧下来给你们当球踢！】

　　……

　　群里热火朝天地开始讨论怎么把小A的头拧下来以及怎么踢才不血腥，无人把他说的夸奖当真。

　　然后，第二天，众人齐刷刷闭了嘴。

　　郁唯祎是被文丹乐的微信吵醒的。

　　看到墙上时钟指向十点半，她蒙了片刻，一度以为表坏了。

　　郁唯祎常年在早上六点起床，即使前一天熬夜也会在这个时间醒一次，平时需要靠褪黑素才能快速入眠的她已经近乎三年没有这么长时间地好好睡上一觉，中间一次没有醒过，甚至连蒋熠起床与否都不知道。

　　她拿过手机。

　　蛋卷儿：【啊啊啊，你们网站终于做回人了，网友们千呼万唤的先导片出来了！】

　　蛋卷儿：【你们节目实火，没做宣传都上了热搜，果然大家都爱怀旧杀啊，哦不是，旧爱重逢的狗血风。】

　　蛋卷儿：【意难平的过期糖最致命。】

　　郁唯祎没想到节目会这么快上线，深呼吸做了好久的心理建设，她这才点进网站。

　　开屏就是他们这档节目的海报，她和蒋熠的单人照在最边边角角的位置，小小的，不明显，绿叶衬红花地围着中间三组大海报的明星嘉宾。

　　她很满意。

　　旁白、嘉宾介绍、熟悉的空镜头和后期套路，穿插几段观察室主持人和几个观察员捧场的镜头，先导片秉持着鲜橙一贯的节目风格，简洁明快，不拖泥带水地直接把下期看点都剪辑出来，吸引观众。

怕影响观感，郁唯祎没开弹幕，直接快进到有蒋熠的镜头。

此时进度条已接近尾声。

寥寥几句单人采访，几乎是刚介绍过姓名职业就跳转到了下一幕。综艺节目一贯如此，郁唯祎和蒋熠作为唯一的一对素人，其实就是来给人镶边的。

不喜出头的郁唯祎起初还挺庆幸当背景板，但这会儿真享受到"特殊待遇"，她却因为无法看到蒋熠的所有采访内容无奈又心塞，强行按捺住内心的好奇，快速跳过自己的镜头，指尖忽地一顿。

画面停留在她独自等在餐厅的那一幕。

镜头切换，移到餐厅外的长街。

马路一侧，熟悉的越野车与餐厅相隔不过数十米，男人坐在驾驶位，遥遥注视着靠窗的她。男人被光勾勒出精致的优越侧脸，安静不语地待了几分钟，而后打了个电话，驱车离开。

郁唯祎在心里骂了句"狗男人"。

看她被蒙在鼓里傻乎乎地等他有意思吗？还说什么有事，分明就是想看她多煎熬一会儿。

但看到下一幕时，郁唯祎闷着的火再也发不出来了。

"喵——"一群可爱得让人无力抵抗的萌宠，隔着镜头肆无忌惮地散发着魅力。模样最讨喜的小鱼窝在地上，用那双琉璃似的湛蓝眼珠瞥了蒋熠一眼，高贵又冷艳，紧接着就被他抱了起来。

"嚯，看不出来你挺重啊，小胖子。"

小鱼明显不喜欢这个称呼，昂着头"喵呜"了一声，转过小脑袋。

被打马赛克的猫舍老板似乎已经与蒋熠很熟，送他出门，叮嘱几句后和小鱼告别："到新家要乖哦，听你爸爸的话。"

爸爸……郁唯祎的脸木了木，想起自己天天追着小鱼自称它妈，刚泛红的眼角瞬间眼泪蒸发。

别人是谈恋爱附赠撸猫，她是为了撸猫白送吃回头草的前女友。

直到此时，郁唯祎终于理解在送走小鱼时蒋熠对她说的那句"会再见的"，鼻尖再度一酸，没出息地红了眼。

她按按眼角，正要继续往下看，蒋熠和她的镜头却到此戛然而止，开始播放片尾广告。

郁唯祎第一次有股冲动，想现在就冲回公司，利用职务之便把蒋熠的所有素材都偷偷拿到手，看这个不说话喜欢直接干的男人到底还瞒了她多少。

最后被理智压着才作罢。

她重新点开视频，饮鸩止渴地返回去把蒋熠的所有镜头又看了一遍。

这次开了弹幕。

【啊啊啊，终于开播了！我天，这小哥哥好帅！别复合了，你看看其他姑娘叭！我准备好了！】

【长这么帅说自己不是明星，我不信。】

【+1，这两人颜值都这么高，说不是来蹭热度的十八线新人谁信啊？坐等后面两人出道打脸。】

……

先导片播出以后，因为郁唯祎和蒋熠远超网友预期的高颜值，短暂地让大家兴奋了一下，但并没有掀起太大的浪花，有人嗑他们的颜，也有人先入为主地认为他们参加节目就是为了走红，后者占多数。

郁唯祎并不在意，翻来覆去地继续看只有蒋熠的镜头，心里感动，又夹着只有自己知道的小吃醋。

她酸不溜丢地看着屏幕里什么都没做就极其撩人的男人，不得不承认，蒋熠生就一张立体上镜的脸，头骨优越，皮相上乘，就连身材都好得让一群网友嚷嚷着馋他身子，扛住了跟拍多次不走心的死亡拍摄角度。

她把进度条拉到蒋熠出场和两人不曾正面的同框，偷偷截了个屏。

快进时，郁唯祎偶尔能扫到其他几组嘉宾的镜头。节目组保留了她当时的嘉宾提议，请到的几组前任都各有特点且极具代表性。

一对是20世纪末家喻户晓的荧幕情侣，合作过好几部热门电视剧，被网友亲切称为"最甜荧幕情侣"，当年因戏生情谈过恋爱，轰动一时，后各自结婚又离婚，早已淡出娱乐圈，在节目组的牵线下才有了这场阔别十数年的见面。

另一对则是网友看着长大的童星，幼年时一起演了部儿童电视剧，播出时万人空巷，被网友戏称为自己的童年。

最后一对，就是和郁唯祎他们闹过不愉快的周奇俊和柳卿卿。周奇俊在这个节目大概立的"千帆过尽仍爱初恋"的人设，和柳卿卿刚见面，居然就羞涩地红了脸，手脚尴尬得不知道该往哪儿放。一众被他演技欺骗的粉丝吵嚷着"呜呜呜，我家哥哥真的太单纯了"在弹幕上划过。

郁唯祎把蒋熠那短短几分钟的镜头看到第五遍时，忽然反应过来：哎，我傻了吗？为什么要隔着手机看他？我现在不正和他住一起？

郁唯祎飞快下床，对着镜子理理头发，拉开门。

外面安静，蒋熠房间门关着，不知道人在不在。

她轻叩门，没有回应。

郁唯祎现在已经没那么慌了，镇定地去厨房倒水，经过餐厅时看到冰箱上贴的便利贴——【我去公司，中午等我回来吃饭，早饭在厨房，记得加热。】她无声地弯了弯唇。

将便利贴和昨晚的"小天鹅"放一起，郁唯祎热完粥，感觉不太好喝，勉强喝了半碗，正要把剩下的倒掉，门从外打开。

蒋熠看到她倒粥的动作，顿了顿，把手里的外卖放桌上："你这是吃的早饭还是午饭？"

郁唯祎羞惭："早饭。"

唉，真是学坏容易学好难，想当初两人上学时，都是她喊喜欢睡懒觉的蒋熠快起来，现在完全反了过来，他都忙完工作了，她才刚起床。

蒋熠意味深长地看她："这可不像你风格，你是昨晚因为和我一起睡没睡好？"

郁唯祎反驳："不是，是这次的床比较舒服。"

话刚落,她就见他轻轻勾了勾唇,嘴角带着抹意味不明的深笑。

"那你还吃得下吗?"蒋熠嘴上征求她意见,给她盛汤的动作却诚实。

郁唯祎点点头:"早上的粥不太好喝,我没吃多少。"

蒋熠说:"看到了,谢谢提醒,我下次争取让你满意。"

郁唯祎疑惑:干吗让我满意?我嘴又没那么刁。

"不用,换家外卖店就行。"

"换不了。"蒋熠慢悠悠把汤碗放她面前,"终身会员制,必须得吃这家。"

郁唯祎更不解了:这什么霸王条款,饭做得不好吃还强迫人在那儿订餐,有没有把12315放眼里?

"那家店叫什么?我打电话投诉一下。"郁唯祎边说边解锁手机。她输到"3"时,男人嗓音懒洋洋地轻飘入耳。

"蒋氏私房菜,就服务一个人。"

郁唯祎手指悬在空中,再按不下去了。

她先是红了脸,紧接着红了耳朵,再后知后觉想起自己刚才当着蒋熠的面把他熬的养胃粥都倒进了垃圾桶。郁唯祎小脸呆滞,无地自容地想当场找个洞钻进去。

她生无可恋地捂脸,弱弱地说:"那啥……谢了啊,早知道是你做的,我就是撑死也不会……"

"不会怎么?"蒋熠挑眉,笑得揶揄。

郁唯祎声音越来越小:"不会……当着你的面倒掉。"

郁唯祎坐立不安地吃完午饭,食不知味,为避免更多的尴尬,飞快冲进厨房消灭"罪证"。

出门前,她拎着自己倒掉的粥,恨不得藏在包里,里三层外三层地套了好几个垃圾袋,确定不会露出痕迹再次伤害到蒋熠的心,才镇定地跟上他。

蒋熠看着她扔掉,忽然不慌不忙地问:"你是不是分错类了?"

"嗯?没错呀,是厨余垃圾。"

"可我觉得是可回收物。"蒋熠牵起她的手,过马路。

郁唯祎反射弧足足绕了一刻钟,才想明白蒋熠这句话的弯弯绕绕。

他在说,他的心意曾经被她丢掉过,但他可以再回收一下,重新完整无缺地再把心给她。

郁唯祎眼睛顷刻泛了酸。

初秋和煦的风吹过两人并肩前行的身影,长长的影子在地上交叠,他牵着她的手去地铁站,一如几年前他飞越万里来东浦找她的样子,恍若彼此缺席的这三年他们从未分开过。

郁唯祎闭了闭眼,小心地扯着他的衣角,心底荒芜三年的空白长出酥酥痒痒的嫩芽。

两人进地铁,蒋熠站在她身后,错她半身距离,一只手拉着扶手,长身慵懒地虚虚护着她。

旁边一个个子娇小的女生正在低头玩手机,因着身高优势,郁唯祎目光下落时不可避免地瞥见了她的屏幕,虽然立刻收了回来,但还是看清了她的手机界面。

女生正在看他们节目新鲜出炉的先导片,好巧不巧刚好播到她和蒋熠那部分。

太尴尬了。

郁唯祎想往旁边藏一藏,刚动,整个人正好撞进与女生挨着的蒋熠怀里。她后背紧紧贴着他,浑身骤然一僵。

男人从后面附上她耳畔,声音暗哑:"郁唯祎,别动。"

郁唯祎僵着脖子点点头,恨不能原地变成雕塑。

地铁播放到站提示音,女生抬头看停靠指示牌,收回视线时,因着旁边两人过于惹眼的外貌忍不住多看了几眼,顿时瞳孔大睁,她紧接着飙了句:"我天!"这是看到活的了吗?

郁唯祎想躲已经来不及了。

地铁靠站,鱼贯而入的乘客拥上来,郁唯祎被迫钉在原地,与瞪着"探照灯"瞅她的姑娘肩膀挨肩膀。

女生兴奋地喊道:"郁唯祎?你是郁唯祎吧?"

郁唯祎矢口否认:"你认错人了。"

姑娘狐疑,瞅瞅她,又瞅瞅她身旁长相出众的蒋熠,坚定道:"没有,我刚看了你俩的视频,你俩比视频里好看多了,能和你们合个影吗?"

郁唯祎觉得他们又不是明星,正要婉拒,蒋熠大方地点点头,一只手揽过她,对已经打开自拍模式的姑娘说:"你有看我们节目?"

"当然。"姑娘拍照表白两不误,"我是你的新晋粉丝,你在节目里的出场真的好帅,我没想到你本人居然更帅,我可不可以单独和你再拍一张呀?"

郁唯祎闻言默默低下头,准备转身腾地方,却被蒋熠拽住:"不好意思,我不接受唯粉。"

姑娘和郁唯祎都是一愣。

咳,强迫人嗑 CP 吗?

"啊……那行吧。"姑娘有点小遗憾,看蒋熠的表情却越发星星眼,"那你加油哦,我会支持你们的。"

蒋熠一扬眉:"谢谢。"

收获了 CP 粉的祝福,蒋熠明显心情很好,郁唯祎余光瞥见他弯起的薄唇,忍了忍笑。

"我想问问,你真的有个孩子吗?"姑娘凑到郁唯祎跟前,小声问。

郁唯祎莫名其妙:"什么孩子?"

"就节目里蒋熠说的呀,网上都在讨论你是不是想找他当接盘侠……"话音未落,女生自知失言,忙解释,"不是我说的哈,我只是看到有人这样猜测。"

蒋熠瞬间沉了脸。

他摸出手机,一目十行地扫过热评,眉眼间的戾气几乎冲进屏幕。

【女生是不是结过婚啊?怎么说有孩子?该不会是离婚了又想找前任当接盘侠吧?】

【嚯嚯嚯,真牛!有孩子了还来参加节目,果然钱给到位了,什么牛

鬼蛇神都能请到。】

……

蒋熠额头青筋暴跳,愤怒又自责。

他当时怎么就嘴贱地开了那样一个玩笑!

郁唯祎大致翻了翻,被突然涌来的恶评弄得也有些蒙。

真人秀极易放大人的一举一动,加上后期为了增加悬念感,并没有把小鱼剪进去,蒋熠那句无心之话无疑是激起了千层浪。

郁唯祎明白这件事纯属意外,很快恢复镇定,反过来安慰蒋熠:"没事,剪辑的问题,等第一期正片出来就不会这样了。"

蒋熠已经在编辑微博:"那句话是我说的,我应该解释。"

郁唯祎按住他的手:"没必要,他们只是逞一时口舌之快,解释了反而会被他们说成是炒作的。"

蒋熠眸光愈沉,这什么狗屁不通的逻辑!合着怎么着都会被骂?

脾气不好的蒋少爷向来不吃哑巴亏,更何况受伤的是他自己都不舍得伤害的姑娘,他拿开郁唯祎的手,放在掌心里轻轻紧了紧,而后继续编辑。

发送之前,他忽然记起一件事,返回去重新看了遍视频,脸色一点点变得冷戾。

郁唯祎是在下车时才看到蒋熠发的那条澄清微博。

时隔三年,再次看到他的名字出现在自己的特别关注里,他依然用着以前的昵称,郁唯祎心脏一颤。

是唯一的yi:【有孩子,我俩的,下一期记得放我俩孩子的镜头,前因后果也交代一下。@《分手旅行》官博】

我俩的我俩的……

郁唯祎心神彻底乱成一团,脑海中反复循环着这仨字,上电梯时差点儿一脚踩空。

蒋熠扶住她,以为她是因为网上恶评才这样,越发愧疚:"是我的错,我们不录了。"

"嗯？"郁唯祎回过神，"什么不录了？"

"不录节目了。"他揉揉她的头，不舍得她再遭受一丁点的伤害。

郁唯祎明白过来，安慰地笑了下，摇头："会赔钱。"

"那就赔。"蒋熠轻描淡写地说，在他眼里，多少钱都比不上郁唯祎。

"马上都录完了，没必要。"她看他一眼，默默扎心，"而且前面该说的不该说的你都没少说，也改变不了什么。"

唔，谁说改变不了，蒋熠把停留在微信界面的手机锁屏，和郁唯祎一起走出地铁。

外面已是东浦大道。

下午四点的阳光暖暖穿过香樟树，喧嚣与风声齐飞，商铺林立，市中心最繁华的商圈永远人群如潮。

空白三年的时光在此刻飞速倒退，伴随着重新踏上的熟悉街景，逆流回溯至两人热恋的时候。他牵着她的手，和她逛街、看展，走过浦大他们每次见面必来且待过最久的自习室，经过她项目调研时他陪她东跑西跑采访路人的街头。

黄昏在他们身后悄然离远，月色洒下清辉，东浦市中心夜空被烟花表演前的喧嚣淹没。

郁唯祎呼吸蓦地一窒。

人群几乎挤得毫无空隙，她被蒋熠牢牢护在身前。

她偏头看他，耳畔远远传来烟花盛放前的倒计时，男人一如多年前炽烈的浓情映入她的双眸，垂在身侧的手被拥挤的人群遮挡，肆无忌惮地缠上她掌心，无名指与她纠缠交错。

郁唯祎鼻子一酸，眼泪汹涌而出。

EP 4
宜·重圆

01

"祎祎,你自己一个人可以吗?真的不用告诉蒋草吗?我怎么这么不放心你,要不我现在也买张票把你送过去吧。"

东浦机场,温暖如春的大厅将寒风隔绝在外,四季鲜明的温差在此模糊,来送郁唯祎的文丹乐陪她站在国际航班入口,不放心地看着她。

郁唯祎摆摆手,表示自己可以。

文丹乐依然有些不放心:"恋爱真让人上头,我现在看你都有些想不起来你以前不食烟火的样子了。那句话怎么说来着?近墨者黑,不不,是夫妻相,蒋草这野风真够厉害,把你心里的小火苗都烧起来了,以前是冰,现在是火。啧啧,我谈了这么多恋爱都没超过半年的,你俩愣是从伦敦到东浦坚持了这么久,一坚持还是三年。"

郁唯祎笑起来,脑海中浮现出男生俊朗的眉目,清冷的脸就不自觉生动起来:"因为很值得呀。"

闻言,文丹乐耸肩。

是挺值的,都能让一个冷静理智的乖学生做出漂洋过海去看心上人这种事,而且还靠的是日日省吃俭用又兼职打工才和奖学金一起攒下的钱。

在文丹乐看来，郁唯祎哪儿都好，漂亮专一善良上进，那么多追她的人她看都不看一眼，一直坚定地等着蒋熠，简直完美女友。只是唯一的缺点就是太要强了，不肯接受恋人和朋友对她心甘情愿的付出。每次蒋熠送了她什么带她吃了什么，她都会力所能及地在下一次还回去，然后在他走以后努力兼职赚钱，宁愿吃得差用得差苦着自己。

这样想想，她应该很早很早就想去英国找蒋熠了，而不是因为囊中羞涩只能无奈地等着不让她去的蒋熠回国。

"行吧，蒋草要知道你突然去找他，不定多开心。"文丹乐抱抱她，"去吧，记得时刻和我保持联系。"

郁唯祎点点头。

她正要走，文丹乐又叫住她："但你下飞机总得和蒋草说一声吧？得让他提前去接你，不然你迷路了怎么办？"

郁唯祎笑着摇摇头。

不会的，从他住的地方到机场的那段路，她已经跟着蒋熠在心里走了无数遍，每次他回国找她，一路和她传着视频，那些从未见过，却因着他的存在而变得有温度的陌生建筑，早已烂熟于心。

郁唯祎希冀踏上这条双向奔赴的远路已很久，也清楚蒋熠那句"这种事还是男孩子做比较好"不只是因为不舍得她长途受累，还因为顾及着不想她花钱——少年唯一柔软的心思都花在了她身上，一直在用这种看似随意的方式小心呵护着她骄傲的自尊心。

她懂，所以假装听话，等到自己觉得终于合适的契机，拿出所有积攒的糖果，和他一样千里奔赴送给自己朝思暮想的恋人。

郁唯祎坐在飞机上时，看到蒋熠给她发的微信。

小狗子呀：【做了个梦。】

小狗子呀：【梦见你抱着我撒娇，喊我老公，真甜。】

小狗子呀：【醒来才发现是梦，早知道多睡一会儿了。】

郁唯祎无声弯眸。

郁唯祎：【那你再睡一会儿，说不定就能看到我了。】

小狗子呀：【睡了，没连上那个梦。】

蒋熠又发来视频邀请。

郁唯祎慌忙挂断，打字：在外面，不方便视频。

小狗子呀：【嗯？在哪儿？】

郁唯祎下意识想说自己在上课，一想蒋熠有她课表，硬着头皮撒谎，用一早和文丹乐商量好的借口回复他。

郁唯祎：【我在街上做问卷调查，今晚上去找蛋卷儿。】

两人基本上每天都会在她睡前视频，除非考试周和特殊情况，从未有超过一天不联系。

担心惊喜暴露的郁唯祎和文丹乐对过"供词"，等到国内时间二十二点左右，给蒋熠发了张以前在文丹乐宿舍拍的合照。为闺密两肋插刀的文丹乐又冒着被蒋少爷拉入黑名单的风险，厚脸皮私聊他说借他女朋友一晚。

外面云层黑暗，城市湮没在穿透夜色的亮光中，明暗闪烁，一片接一片地从她脚下飞逝。

离地三万英尺的异国上空，郁唯祎心底想到即将见到的少年，喜不自胜。

那是她第一次出国，启程前临近元旦，抵达时即将跨年。

整整二十余小时的航程，她一点都不困，转机等待的漫长时光都被想要见他的欣喜填满。当郁唯祎拉着箱子走出机场，一个人走在陌生又莫名亲切的城市，操着一口略微紧张的英文上出租车，抵达蒋熠住的公寓——却看到少年拉着箱子准备出门。

四目相对的一刹那，她看到蒋熠黑眸倏然大睁，骤缩的瞳孔映出溢于言表的惊喜，然后他扔下箱子，一把将她紧紧抱了起来。

郁唯祎双脚离地，骤然悬空的姿势使得她下意识攀上他的脖颈，她笑着搂紧他，脑海中闪过飞机落地前的十几秒，巨大的失重感攫取着她心脏，使得她想念的心越发焦灼。

原来，他每一次回国找她，都经历着这样煎熬与雀跃并存的心情。

"乖，你再晚来十分钟，可能就见不到我了。"男生眸光深黑，炽热地映出她身影，吻上她，"我们差一点儿就错过了。"

彼时的郁唯祎还不清楚，就在她攒钱筹划着这场毕业前最后一次跨越千里的见面时，蒋熠也在偷偷策划着一个她毫不知情的惊喜。她沉沦在蒋熠的热吻中，从小到大因着各种枷锁被桎梏的灵魂此刻随自由的风轻飘，脑海里只有一个想法：真好，我们没有错过。

这是不是意味着，我们一辈子都可以这样在一起？

这个念头在郁唯祎心底生根发芽，烈风是助力，浓情是养料，汲取着少年给她的每一分爱葳蕤疯长，冲破她故作冷情高姿的外壳，开出连理枝，和他形成世上最深最深的羁绊。

她不会再爱上其他人了，这个世上也不会再有人和蒋熠一样，爱她如唯一。

郁唯祎紧紧回抱住心爱的恋人，耳畔似乎有善意的起哄，频繁的脚步声经过又离远，她第一次勇敢地在异国他乡吻着自己思念已久的恋人，顾不上害羞。

松开时，蒋熠眼里有几近克制不住的情绪："带你去个地方。"

郁唯祎和他上车。

爱情教长途跋涉的人精神抖擞，也教一宿未睡的人神清目明。蒋熠坐在她右手边，车子开得快且平稳，偶尔遇到红绿灯，他停下来，一边牵着她的手放他腿上，紧紧握着，一边扣着她脖颈，接一个短暂缠绵的吻。

古老的英式建筑沿窄街隐入月色，浓郁的夜空俯瞰着年轻肆意的恋人。她爱的少年像夜间出没的吸血鬼，带她这个懵懂的人类进入悠久神秘的陌生世界。

郁唯祎看到璀璨的天使灯和长明的光，红色巴士载着异国风情的俊男美女，泰晤士河的水流穿过城市延绵过她脚下，伦敦眼将无数恋人许下的誓言镌刻在夜空。

那些她无法参与的少年在这个城市生活过的点滴，那些她只能隔着屏幕与少年同游的景色，一一成了真。

蒋熠拉着她的手下车，跟上比肩继踵的人流。

那天晚上，郁唯祎第一次亲历盛大的跨年烟火秀，璀璨的光芒将夜空染得斑斓。蒋熠从身后把她高高抱起，在喧嚣弥漫的倒计时声中和她一起抬眸。

"Ten, nine, eight……three, two, one——"整点报时的钟声敲响，悠远地回荡在人耳边，音乐混着此起彼伏的新年祝福，烟花绽放。

她低头看向蒋熠，少年微微弯起的黑眸也正一眨不眨地看着她，流光溢彩的烟花在他们耳畔发出巨大的爆破声，每一次绽开都用尽了毕生的绚烂，像她小时候喜欢却只能远远看着的爆米花。

没人给她买过的糖果，蒋熠一一帮她实现了。

郁唯祎鼻子有些泛酸，忙揉了揉，收回视线，仰头看着火树银花的夜空。

她在看烟火，他在看她。

临近结束，蒋熠把她放下来，一只手故作随意地伸进口袋，低头抿了抿唇，而后喊了她一声。

"郁唯祎。"男生嗓音依旧慵懒，不自觉蹭下鼻子的小动作却出卖了他掩藏的紧张，"有个深思熟虑但还不够完美的婚，想先和你求一下。"

郁唯祎大脑一片空白，心里好像还嗡嗡地残留着烟花的声响，卷着蒋熠那句话继续燃放，噼里啪啦地堵住了她的嗓子。

她怀疑自己是不是被烟花炸得感官出问题了，不然为什么除了鼻尖酸涩，什么话都说不出来。

少年牵起她的手，摸到她的无名指，垂眸看她的眼深如星河："我刚过了二十二岁生日，换一种说法就是我现在已经到了法定结婚年龄，可以合法地向你求婚。"

郁唯祎艰难地从嗓子眼发出一个声音。

蒋熠没听清，牢牢攥着她的手，以为她长时间的沉默是无声的拒绝，第一次有些凶狠地吻她，像圈食的小野兽："没有不答应这个选项。

"郁唯祎，我之前和你说的那句，我不只是想和你谈恋爱，一直都是真的。

"我想和你结婚,当你的唯一合法伴侣,把你的名字和我的放在同一个户口本上,死了也买一块坟墓葬一起的那种。"

郁唯祎忍了很久的眼泪扑簌落下,被蒋熠温柔吻干。

她看着少年深黑炽烈的眼,手指感觉到他一直握在掌心想给她戴又不敢的烙印,点点头,哑着嗓子笑道:"好。"

无人知晓羞于表达的郁唯祎其实有多爱蒋熠,爱到被她父母三令五申不准大学谈恋爱也倔强地坚持了下来,爱到明知前路可能撞得头破血流也要一往直前。

从不曾忤逆父母的郁唯祎更是在来之前和曾慧玲大吵了一架,只因为她没有听从他们命她毕业后回西覃的要求,而是在东浦找了实习。

不会不答应,除了他,郁唯祎这辈子都没考虑过和其他人在一起。

午夜后的城市极美。

郁唯祎被蒋熠紧紧抱在怀里,无名指上的戒指与他碰撞纠缠,懊恼刚才忘记把烟花秀拍下来。

"没事,明年我们再来,以后你想去哪儿我们就去哪儿,世界各地的烟花秀我们都可以去看,一年轮一个。"

"那多花钱呀,东浦明年也会办烟花秀了,我们在东浦就能看。"

"好。"男生亲吻着她,"我投了一些简历,已经有公司约我面试,顺利的话,毕业就能回去实习。"

"真的吗?"郁唯祎欣喜。

"当然。"他痞气地一挑眉,"也不看看我是谁男朋友,嗯,未婚夫。"

他说完,诱哄她:"戒指都收了,喊声老公?"

郁唯祎顿时红了脸,不好意思。

"祎祎,乖,喊声老公……"

伦敦上空的夜晚寒冷而璀璨,男生蛊惑的嗓音镌刻入她心底,此后三年无数次在她耳畔轻声回响,搅她心神、诱她下坠,醒来才空觉是梦。

彼时炽烈坚定的他们,无论如何都不会想到,那场约定好的回到东浦一起看烟花秀的愿望，再也没能实现。

后来的郁唯祎，无数次做梦梦见蒋熠吻着她让她喊他老公，她笑着答应，喊出口的一瞬，身前人却消失不见，她惊慌失措地站在空无一人的房间，抓着他衣角的掌心只余空荡荡的风。她抓起手机，赤足奔跑在浓雾的长街，冲进机场，要去伦敦见他，可那些明明订过的机票和明明能解锁却怎么都输入不了密码的手机，一次次地拖着她的步伐，让她崩溃无助。

她哭着追赶离去的飞机，一遍遍地喊："求求你，等等我……"

求求你，让我去找我的爱人。

我曾经把他弄丢了。

你站在原地等我好不好，你回头看我一眼好不好？这世界上最爱我的人曾被我亲手放开，漫漫前路，单行的航班是我唯一的希望。求求你，等等我，让我去找我的爱人。

我想对他说，我后悔了。

我再也不要因着他人的阻挠放开我爱的人，我想放下所有脆弱的骄傲奔跑回去找他，对他喊一声——老公。

郁唯祎从梦中惊醒，脸上一片冰凉。

寂冷的月光穿过窗帘，一如伦敦那年他陪她度过的夜。

只是此时她身畔却空无一人。

她再也睡不着，开始失眠。

下床，找出手机，郁唯祎翻出一张张被她保存的聊天记录，那些翻看过无数遍、早已烂熟于心的合照，男生宠溺又流氓的情话，自虐而清晰地刺激着她的泪腺，屏幕在水渍里模糊，映出骗她说不能回国，实际上却在偷偷策划准备飞回去向她求婚给她个惊喜的男生小心思——做梦梦见你抱着我撒娇，喊我老公，真甜。

她坐在与伦敦时差八小时的西覃出租屋，死死咬着唇，温热的眼泪滴落在曾被他亲手戴上戒指的无名指上。

她终于愿意喊他最想听的称呼了。

可他不见了。

她用最伤人的谎言,赶走了曾替她遮挡阴影的光。

02

"砰——"夜空亮如白昼,烟花流光四溢。

恍若置身伦敦那年的跨年夜。

郁唯祎极缓地眨了下眼,周遭是此起彼伏的尖叫声,璀璨的烟火将东浦的夜空切割得斑斓,年轻的情侣们仰着头,卿卿我我地彼此依偎。

她面前是和梦里一样温柔的男人。

郁唯祎觉得自己大概又是在做梦。

她悄然滑落的眼泪被蒋熠轻柔擦干,他轻轻捏着她的脸,眸光浓情:"虽然晚了三年,但感情和人都没有缺席。"

因着这句话,郁唯祎终于确定自己回到了现实,强行忍住的眼泪又不听话地开始汹涌。她飞快拿手挡住,收拾好情绪换上笑容,带点鼻音地重重"嗯"了一声。

烟花表演持续了半个小时。

郁唯祎的心也一点点地变得踏实,小心而贪恋地轻蹭着他的掌心,将不再怯懦的自己勇敢交予他。

那趟单向直行无法返程的人生航班,为她停下了。

人潮散场。

两人沿着热闹的长街散步回去,路过一家网红饮料店,郁唯祎被勾起咖啡瘾,拽拽蒋熠,冲他轻轻眨了眨眼。

蒋少爷明知故问:"郁唯祎,你这是在和我撒娇吗?"

郁唯祎不好意思地摸摸鼻子,算是承认。

他一本正经地"啧"了一声:"这点撒娇就想换一杯奶茶?不够。"

郁唯祎小声说:"是咖啡。"

她话刚落音,蒋熠眸光深了几许,俯身逼近:"想喝咖啡不用撒娇,接受惩罚就行。"

郁唯祎心说：我就是怕你乱来才撒娇的啊。

她微后仰避开男人太过撩人的危险气息，绞尽脑汁地开始想别的女孩子都是怎么撒娇的，灵机一动，手指缠上他的衣角："小哥哥——"

话刚出口，郁唯祎自己先起了一身的鸡皮疙瘩，想来杯清肠茶去油腻。

蒋熠眼底的笑愈浓："就这？"

郁唯祎一愣："这还不够？"

她怀疑蒋熠是在坐地起价，以前她没撒过娇时喊他一声"阿熠"都高兴得不得了，现在仗着有镜头她脸皮没他厚，得寸进尺。

郁唯祎是个有骨气的人。

即使下定决心拴住回头草，也不可能突然从倔强刺猬变娇滴滴的小公主，自然不可能为了一杯咖啡一而再再而三地降低自己的底线。

她转身就走。

背影要多洒脱有多洒脱。

没走两步，她又转回来，站在跟着她的蒋熠面前，抠着手指，一双眼飘飘忽忽地看他："熠哥哥——"

蒋熠身后的尾巴几乎快翘到了天上，弯腰把耳朵凑近她，坏笑："你说什么？我没听清。"

郁唯祎瞪他一眼，哼哼唧唧地提高声音，又小声喊了一遍。

"唔，怎么回事？还是听不见。"蒋熠故作正经地揉揉耳朵，摸出手机，"刚才烟花太炸，耳朵有些失聪，你把你说的话发语音给我，我转成文字。"

郁唯祎飞快踮脚，揪住他耳朵凑近凶巴巴地喊了声"熠哥哥"，而后松开，背影干脆利落地写着"老娘不陪你玩了"。

蒋熠勾着唇，不慌不忙地迈步，点进微信。

郁唯祎手机响。

【"-"请求添加你为好友。】

她心尖蓦地一颤，低垂的眉眼不自觉染了欢喜，克制地敛了敛，她扭过头看了眼数米之外慵懒看她的男人。

月色氤氲着他幽深的眸光，他低头打字。

-:【想喝咖啡也不是不行,晚上给我留门。】

郁唯祎:【我们节目是积极健康向上的正能量节目,不允许十五禁的内容出现。】

-:【你怎么知道会出现十五禁的内容?】

-:【说不定其实是十八禁。】

郁唯祎:【想都不要想。】

-:【明明你也在想。】

-:【郁唯祎,承认吧,你这几天其实一直在期待着我当禽兽。】

郁唯祎贝齿一紧,在心里骂了句流氓。

-:【你现在是不是正在骂我禽兽不如?】

狗子成精了?她下意识回头看他,被他隔着人群送了一记只有她能看懂的暧昧目光。

郁唯祎脸一红,反应过来自己又上了他的当,佯装凶巴巴地瞪他一眼,收回视线,长发遮盖着忍不住弯起的嘴角。

郁唯祎:【你想多了,没骂你。】

-:【那我怎么鼻子老痒?难道你在想我?】

-:【啧,我只不过就这会儿离你稍微远了一点,就开始想我了?】

郁唯祎心底飘过一长段省略号,对蒋少爷的自恋早已见惯不怪,木着张小脸回他一表情包,悄悄改了备注。

两人站在东浦繁华的商业街,静止三年的对话框在此刻终于连上羁绊,那些无法当着镜头表达的缠缠绕绕的心思,就这样一页一页地填满空白。

郁唯祎拿到一杯热咖啡,撕开吸管,趁着蒋熠还没过来,飞快地喝了一大口,刚咽下,修长的手攥住她手腕,低头咬住她刚用过的吸管。

郁唯祎呛到了。

"这就受不了了?惩罚还没开始。"蒋熠依然紧紧握着她拿咖啡的手,咬着吸管的喉结滚动,性感至极。

郁唯祎耳朵发烫,生怕他下一秒真的当着镜头做点什么不合时宜的事,慌忙把咖啡塞他手里,极力保持镇定:"我就尝个味儿,剩下的都给你。"

不想平时毫无原则的蒋少爷这会儿却和她上纲上线:"一口也是破戒,惩罚不能免,不过可以轻一点。"

轻一点?

多轻?把咬耳朵换成捏耳朵那种程度吗?

郁唯祎还在疑惑,蒋熠伸出手,在她额头屈指一弹。

"哐——"毫无防备的郁唯祎没忍住,捂着额头,哀怨地蹙起眉,"这还叫轻?!"

蒋熠嘴角的笑越发愉悦,拿开她的手,略施薄惩又给个甜枣地给她温柔地揉着,呼吸蹭过她耳畔:"郁唯祎,你刚才的表情,真的很失望哪。"

说完,他伸手在她耳朵上轻轻一捏,浑不惮的流氓和假绅士融合得恰到好处。他直起身牵起她,嘴里哼着首听不真切的歌。

郁唯祎隐约听出熟悉的粤语音调——"恩准我用承诺除掉牵挂,俗世想动摇我,我怕什么,听清楚,同生共死好吗……"

她无声上扬的嘴角弯成了月牙。

两人回去后,郁唯祎才知道蒋熠发的那条澄清微博又引起了热议。

【啊啊啊,这是我第一次见和节目组硬刚的素人,太 Man 了!我单方面宣布这个男人是我的了!我要爱上他了,啊啊啊!】

【中国好前任,哦不,是余情未了的前任!这条微博发得我居然现在就想嗑糖了!】

【唯熠入股不亏啊!悄悄说句我今天在东浦偶遇到了真人,真人颜值巨高!比屏幕里还好看!站人群里会发光的那种,啊啊啊!嘻嘻,我还要了合照。不过编导小姐姐提醒我不能剧透啦,我只能隐晦地和你们透露句这两人超般配超值得嗑!】

……

顷刻反转的评论完全出乎郁唯祎预料。

也许是蒋熠那条不留情面的微博起到了作用,后期紧急制作了一期新视频上线,多出的内容里不仅有她先抵达别墅后和小鱼互动的全部片段,还欲盖弥彰地加了蒋熠和其他嘉宾的镜头,做成会员专享的视频收割热度。

郁唯祎平静地揉揉眉心,对节目组的操作早已见惯不怪,只在反复刷着蒋熠对她的维护时,脸色有些许不易察觉的微红。迟疑片刻,她点开置顶的对话框。

郁唯祎:【谢谢。】

他秒回。

熠狗子:【口头谢谢就免了,以身相许我可以考虑一下。】

郁唯祎在被窝里红了脸。

郁唯祎:【想得美。】

熠狗子:【我不仅想得美,还能实现。】

熠狗子:【门给我留了吗?】

郁唯祎:【那你做个梦会实现得快一点。】

她发完,许久没收到回信。

郁唯祎疑惑地把脑袋从被窝里钻出来,屏气凝神想悄悄听下蒋熠在隔壁的动静,奈何这次的房间隔音太好,什么都没听见。

睡了?

两人以前在一起时,蒋熠永远是后挂电话秒回信息最后一条消息一定是他发的那个人,这会儿突然玩消失,郁唯祎有些不争气地发现自己竟然已经开始不适应。

她烦躁地抓抓头,一个习惯的养成需要三年,摧毁它却只需要一秒。

她明明已经习惯了每天无法找他聊天的日子……

屋外有轻响。

郁唯祎下意识抬头,看向没有反锁的门,支棱起来的耳朵藏着欢喜,以为蒋熠要过来找她。等了一会儿,声音却从屋里面传来。

扭过头的一瞬,郁唯祎蒙了。

不回她消息的男人正站在她卧室外的阳台上,屈指轻叩着玻璃,另一只手在上面寥寥画了几下,看动作,像是只简笔画的小天鹅。

郁唯祎下床,从里面打开门,难以置信地看着他:"你怎么过来的?"

"走过来的。"他痞气地一勾唇，没进去，拉着她在阳台坐下，"这里没有摄像。"

郁唯祎这才发现两人的阳台居然相通。

所以，他这是特意翻阳台找她做梦来了吗？

果然，蒋熠懒洋洋地把下巴支在她肩上，从后面抱着她，轻蹭："好了，现在可以做梦了。"

郁唯祎失笑。被他头发蹭得脸颊有些痒，她忍不住偏了偏头。

蒋熠和她额头相抵："怎么梦里也这么不乖？"

郁唯祎心想：啧，还玩上瘾了。

两人安静地坐着看繁星璀璨的夜空，无人说话打扰此刻缱绻的静谧，垂在一侧的两手十指交握。

直到郁唯祎先抵挡不住瞌睡，头一点一点地往下掉，被男人温柔接住。

第二天，郁唯祎在自己的卧室里醒来，盯着头顶的天花板，她反应了几秒，而后猛地钻进被窝，检查衣服。

呼——都在都在，一颗扣子都没少。

发现自己涌上来的第一念头竟是有点点遗憾，郁唯祎生无可恋地扶额。

走出房间，发现蒋熠已经出门工作，郁唯祎喝着专属的蒋氏养胃粥，看到微信小群再次被近水楼台的嗑糖同事刷屏。

郭芩：【嗷嗷嗷，小唯姐，你知道你昨晚怎么回去的吗？！被蒋熠抱回去的！呜呜呜，他好温柔！我的少女心都跟着沦陷了！】

艾比：【又是被塞狗粮的一天！后期小哥已经加班加点地根据网友反馈找准你俩的剪辑风格了！就往甜虐这方面剪！蒋熠昨晚送你回房不舍得走，一直默默看着你睡真的太戳我了！呜呜呜，怎么会有这么好的男人！】

郁唯祎呛到了。

她故作淡定地吃完饭，准备刷碗，门铃忽响。

打开门的瞬间，她猛地一僵。

"小姑娘，你家大人没教过你，有长辈过来要先请她进门坐下吗？"

时隔三年，保养精致的女人依然雍容华贵，不露声色地看着她，一双漂亮却锐利的眼隐在了墨镜下。

郁唯祎深呼吸，迈开还有些僵硬的腿，请她进门。

翁晴站在门口环视一圈，走到沙发落座，墨镜后的目光打量着郁唯祎，而后落在她端过来的茶杯上："放那儿吧，我不喝茶。"

郁唯祎放下茶杯，坐在她对面，后背微微绷紧。

翁晴一动不动地看着她，嘴角扬起抹弧度，意味不明："你长大了。"

郁唯祎扯了扯唇，没搭腔。

"我来就是告诉你，你和阿熠不合适，趁早结束对彼此都好。"翁晴说完，优雅起身，"行了，就这事，我走了。"

郁唯祎垂在一侧的手掐进了掌心，面上却依旧镇定自若——该来的总会来，她心里比谁都清楚阻碍的存在，也知晓三年的时光根本不可能改变一个思维僵化的人对她的看法。

不过，阻碍还在又怎么了？她早已不是当年那个可以任人摆布的怯懦的小姑娘，更不可能再因为他人阻挠就随便放手，诚如翁晴所言，她长大了。

如今羽翼丰满的郁唯祎，有足够的勇敢无视阻碍，改变自己人生前行的方向。

"抱歉，阿姨。"郁唯祎拦在翁晴面前，平静地看她，语气不卑不亢，"我和蒋熠都没觉得我俩有什么不合适，我尊重您提意见的权利，但我不会接受您的丝毫建议。"

说完，她礼貌颔首，拉开门："我也说完了，您可以走了。"

翁晴隐在墨镜后的双眸紧紧盯着郁唯祎，没动。

郁唯祎姿态坦然，与她对视的目光平静且毫不退缩，清丽五官比起三年前褪去了青涩和婴儿肥。时间是最好的成长利器，现在站在翁晴面前的姑娘，不仅毫无当年懵懂单纯的怯弱，而且有了和蒋熠一样叛逆的眼神，历经生活的阅历和成熟女人的干练在她身上根深入骨，教翁晴不得不收起来之前的轻视。

"这话是阿熠教你的？"

郁唯祎很轻地一扯唇:"在您眼里,是不是觉得只有蒋熠才会对您说不?"

她往前轻轻站了站,平日里应对各种难缠客户练出的气场无形散了开来,一字一顿地说:"我曾经因为无知听信过您的话,离开蒋熠和他分手,那是我迄今都不能原谅自己的错误,我没法弥补我们分开的过往,但我会用自己下半辈子的所有时间给他一个家,一直到死。"

翁晴目光变得锐利起来,摘下墨镜,审视地度量着面前气场已经隐隐能给人压迫感的姑娘。

03

郁唯祎这辈子受过的所有磨难,都不及她大学生活即将结束的那一年。

那年开春,距离蒋熠回国还有不到三个月,郁唯祎搞定毕业论文,正满怀憧憬地准备找工作,家里的噩耗一件接一件。

先是一直卧病在床的爷爷病情突然加重,被送进医院时已经无力回天,她爸着急赶回老家奔丧的途中,被人撞伤,肇事者逃逸无法追责,公司也以不能按时复工为名开除了她爸,家里忽然少了一个劳动力,所有重担都压在了曾慧玲身上。

曾慧玲节俭,不舍得花钱,在老家请了一个邻居帮忙照顾郁国伟,就独自一人回西覃打双份工赚医药费。一次晕倒,她被同事送到医院,才知晓自己身体罹患癌症,已是晚期。

郁唯祎一夜之间被迫长大,以这种残忍却根本无暇伤悲的方式提前结束大学生活,她从东浦去了西覃,家里所有的钱和她以前攒的奖学金都交给了医院,依然不够撑过烧钱的化疗费一个星期。

郁唯祎把自己分成了三瓣使,接兼职打零工,以各种她能想到的来钱最快的方式拼命赚钱,从护工那儿学会照顾人的基本手法后,就笨拙地自己照顾曾慧玲。

医院大概是这个世界上承载痛苦最多的地方,即使入夜也不曾安静,病痛带来的呻吟和陪床的梦呓此起彼伏，无法安眠的郁唯祎就抱着电脑坐在小小的折叠床上，一边守着曾慧玲，一边给人翻译文件。

蒋熠从伦敦飞来找她时，什么话都没说，只一语不发地紧紧拽着她径直去缴费窗口。

郁唯祎看到他拿出的银行卡，抓住他的手，缓慢地摇头："我不能用你的钱。"

"郁唯祎，都什么时候了你还分你的我的？"上飞机之前，蒋熠一想到自己放在心尖上疼的姑娘正瞒着他把自己当铁人使，一肚子焦躁和心疼就转为了无处发泄的闷火。可这会儿真见到她，那些气了一路觉得她和自己生分，把他当外人看的无名火，都再也发不出来，只余心疼。

他放缓声音，把郁唯祎轻轻抱进怀里，像捧着一个脆弱而珍重的瓷瓶，指尖小心地摩挲着姑娘瘦得突兀的蝴蝶骨："郁唯祎，你不想用我的钱，可这些钱能救阿姨的命，命和自尊心，你想选哪个？"

郁唯祎忍了多日的眼泪在这句话里决堤，无声而汹涌地浸湿蒋熠的肩膀，盖过她心底撕裂的饮泣。

如果所有的自尊心能换回曾慧玲的命，她愿意下半辈子活成一个没有自尊的人。

可事实是，人的自尊心和命，永远不是想选哪个就能选哪个。

郁唯祎看到蒋熠眼底的心疼，闭了闭眼，没再拒绝："好，我给你打欠条。"

那张工工整整写着借款人和还款日期的欠条，被蒋熠接过去后，背着她直接撕了个稀碎。他若无其事地放进兜里，用这种方式小心翼翼地维护着郁唯祎仅剩的自尊心。

郁唯祎疲惫地靠在他肩上，问道："你不回去吗？"

"不用。"蒋熠往下沉了沉肩，让她靠得舒服点，"那边的事情都解决完了，我下午找个房产中介，在这边租个房，和你一起照顾咱妈。"

郁唯祎心里轻轻一颤，直起身，歉意地看着蒋熠："对不起，我现在还不能和我妈说我们的事。"

"我知道,干吗说对不起,傻不傻?"蒋熠痞气地一弯眉,刮了下她的鼻子,霸道地重新把她揽进怀中,"反正你这辈子都是我的人了,跑不掉,什么时候说都没关系。"

郁唯祎眼睛又红了起来,轻轻点头。

蒋熠温柔地拍着她的后背,小声问:"困不困?睡会儿吧,一会儿我喊你。"

郁唯祎眼皮子开始打架,连日劳累的睡眠不足在终于可以短暂依靠的熟悉怀抱里变本加厉地袭来,她强撑着站起身:"我该回去了,护工阿姨下午得去照顾其他病人。"

"那再请一个。"蒋熠心疼地拽住她,"钱的事你不用担心,我有。"

郁唯祎摇摇头:"没事,我妈也不习惯别人照顾,我自己能搞定。"

蒋熠看到郁唯祎眼底的红血丝,心里疼得愈紧,按住她:"郁唯祎,你是人不是神,什么事都你自己干,你没想过你病倒了谁照顾阿姨?听话,就再请一个护工,白天你可以腾出时间休息一会儿。"

郁唯祎无奈地掰开他的手:"护工很贵的,我不能再花你的钱了,你能帮我垫付医药费已经帮了我很大的忙。"

"谁说让你白花?"蒋熠捧起她的脸,在她嘴角落下一个温柔的吻,"以后以身相许还我。"

最终,没能拗过蒋熠的郁唯祎给原先的护工阿姨加了点钱,白天阿姨照顾,晚上她替班。因为蒋熠的到来,被一系列重担压得几近喘不过气的郁唯祎终于短暂地缓了口气。

可好景不长。

曾慧玲的病再次恶化,从死神手里抢回时日不多的命以后,坚持要出院。

郁唯祎强忍着眼泪,求她不要在医生放弃之前就先自己丧失信心。

瘦成皮包骨头的女人静静看着郁唯祎,缓缓开口:"祎祎,明知道这些钱是在往火坑里扔,为什么还要这样做?妈不能死了还给你留一堆债务。"

郁唯祎鼻头一酸，勉强挤出一丝笑来："可只要您活着，我就还有妈。"

曾慧玲一怔。她闭上眼，两行浊泪沿干枯灰暗的脸无声下滑，没入遮掩着光头的线帽。

"祎祎，人这辈子注定只能一个人走到头，不管是父母、爱人还是孩子，都随时可能和你告别。"曾慧玲艰难地伸出手，被郁唯祎连忙握住，"妈这辈子命不好，生了你，没让你过上什么好日子，下辈子争取投个好胎，当个男孩。"

郁唯祎眼底酸涩更甚，把泪水逼回去，摇摇头："我不要当男孩，当女生就很好。您应该说要嫁个好婆家，不会重男轻女。"

曾慧玲牵了牵唇，像是在笑，眼里有晶莹的微光，不明显。她近乎雕塑似的直直看着郁唯祎，须臾，用力抓着郁唯祎的手："祎祎，妈没法亲眼看着你结婚了，听妈的话，结婚前一定要擦亮眼睛，婆家太强势的不能嫁。你这性子，嫁过去会吃亏。"

郁唯祎眼泪瞬间夺眶而出，死死咬着唇，不敢抬头，怕被妈妈看出来。

许久后，她背过身飞快擦了把脸，故作轻松地挤出微笑："您说的什么话？您还要亲眼看着我穿婚纱办婚礼，您不会有事的。"

"傻孩子。"曾慧玲手指很轻地动了动，似是想抬起摸摸她。

郁唯祎把脸贴上曾慧玲的掌心，摸着曾慧玲被针扎得几无完肤的手背，心里在淌血。

"你这性子，像我，太要强，碰上你奶奶那样事多看不起人的，嫁过去，是火坑，如果再摊上你爸那种懦弱的性格，那就是两个火坑了。你既要养孩子又得养'儿子'，天天疲于奔命为挣一点钱斤斤计较，什么体面啊涵养啊，你都顾不上，还得提防着婆家时不时给你难堪。女人最好的青春就会这样在柴米油盐里蹉跎过去。答应妈，那些对你不好看不起你的家庭，一定不能嫁，老公不争气，婆婆压着你一头的，更不能嫁。"

郁唯祎哽咽点头："我知道，我不会的。"

曾慧玲忽然用力抓着她坐起身，瞪大眼："和我保证，你不会。"

郁唯祎被这样的曾慧玲吓到了。

彼时的曾慧玲已经瘦得面目全非，脸颊凹陷、颧骨凸起，一张皮包骨头的脸几乎看不到肉，浑浊的眼珠被衬得越发分明，大得瘆人。

初夏灿烂的日光在屋外生机勃勃，照出翠绿的生命的颜色，屋内弥漫着一股灰败的腐朽的味道——那是病房里濒临死亡的气息，经年不散，已经渗透到每一寸墙砖。

郁唯祎心底弥漫着巨大惶恐悲戚的不安，只能拼命点头向曾慧玲保证。

曾慧玲这才缓缓躺回去，转过头，闭上眼："明天，明天就出院，我要回家。"

后来，经历过一系列更加措手不及的巨大伤痛的郁唯祎，在新沙冰冷孤寂的乡下，失魂地跪在灵堂守夜时，才终于想通那天回光返照的曾慧玲为何突然情绪激动，罕见的温情和一如既往的强势在她身上矛盾展现——知女莫若母的曾慧玲，也许早已隐约猜到一向听话的女儿瞒着她谈了恋爱，她无从得知女儿谈了个什么样的男朋友，只能通过郁唯祎突然借到钱的反常和只言片语，推测出对方大概是家境远远超过他们的富贵人家。

没人断言门户不对的婚姻一定不幸福，但曾慧玲用自己有限的婚姻经验，预见到郁唯祎如果坚持，以她宁死也要撞个头破血流的性格，注定会踏上一条艰辛的道路。

曾慧玲没有时间替女儿慢慢把关，更没有丰盈的家底给她撑腰，留给郁唯祎的除了风雨飘摇的家，就只剩下一地鸡毛的债务。所以，别无他法的曾慧玲只能在短暂地流露出母亲的温柔后，又恢复往常说一不二的强硬，逼郁唯祎保证绝不高攀。

从小到大一直没享受过多少母爱的郁唯祎想通这点，跪在夜风猎猎的灵堂，失控的眼泪湮没了缟衣。

那天，终是没能拗过曾慧玲的郁唯祎哭着答应了带曾慧玲回老家的要求，和护工阿姨交完班，她就去找了医生。

办完手续，郁唯祎看到蒋熠发的微信，说他家里有事得回去一趟。她没多想，回复完，本想和蒋熠打个电话说下出院的事，即将拨通时，又默默挂断。

蒋熠已经为她操心很多了，等他忙完再告诉他吧。

郁唯祎匆忙赶去医院附近的咖啡店，换衣服开始工作。

彼时已近中午，客人渐渐多了起来，临街靠窗的位置坐着一个优雅端庄的女人。她在手机上下的单，郁唯祎端着两杯咖啡给她送去时，蓦地一愣。

尽管四年未见，她还是一眼认出是蒋熠的妈妈。

女人摘下墨镜，冲她微微一笑："小姑娘，坐吧，我请你喝杯咖啡。"

郁唯祎局促地抿抿嘴："我、我还得工作。"

"无碍，我帮你给店长请了假，今天的旷工费算我的。"女人从钱夹里抽出十数张百元大钞，放在她面前，"这些够吗？"

郁唯祎把钱推回去，极力保持镇定："谢谢，不用，您找我什么事？"

翁晴审视地看着她，目光落在退回来的钱上，表情耐人寻味："我儿子跟着你从新沙跑到东浦，现在又从东浦跑到西覃，我总得过来看看，是个什么样的小姑娘把他迷得团团转。"

郁唯祎不安地绞着手，觉出来者不善。

长街的喧嚣被玻璃窗隔绝，不远处能看到身处市中心的医院大门，神色匆忙的人们走进又走出，经过旁边恢宏繁华的商业大厦，富庶与贫瘠在此处交错。郁唯祎下意识把工作服往下拽了拽，挡住洗得掉色的牛仔裤，绷紧后背看着面前雍容漂亮的女人。

"你和阿熠的事我都知道了。"女人搅拌着咖啡，姿势优雅，端起来轻啜了一口，蹙眉，面上带着不加掩饰的嫌弃。

她拿出纸巾擦擦嘴，手腕上的玉镯被光照得干净澄澈："前几天这孩子给我打了个电话，说要娶你，这我是不同意的，他想和谁谈恋爱想怎么谈我都不管，结婚这事是一定要听我的。这娶个姑娘进门不比随便买套房，不喜欢扔了便是，结婚是大事，哪能随随便便就娶个姑娘回家，这是对你的不负责，也是对我儿子的不负责。"

她抬起头，微微笑着看向郁唯祎："小姑娘，结婚不是你们以为的谈恋爱那么简单，结婚是两个门当户对的家庭结合，讲究的是势均力敌，不是扶贫，更不是单方面地吸男孩子家的血。我这是没生个女儿，我要是生个女儿，一定富养，教育她自给自足，而不是总想着找有钱人家的孩子当靠山。"

临近盛夏的西覃已经开始闷热，烈阳刺目，郁唯祎坐在咖啡馆里，浑身血液仿佛"轰"的一声陷入凝滞，如坠冰窟。

过了不知多久，她才找回自己的声音："我没花过蒋熠的钱。"

翁晴一笑，并未反驳："你知道阿熠在国外一年要花多少钱吗？"

她抬眸，环视了圈身处的咖啡馆，身子往后一靠，下巴轻抬："一个咖啡馆，他每年烧掉的钱足够支撑你现在工作地方一年的经营开支，而这些钱里，有不少都是他回来找你的交通费。你觉得自己没花过他的钱，可他和你谈恋爱想回来见你就回来见你，哪一项不是因为你才产生的开销？小姑娘，不靠男孩子可不是嘴上说说，是要有来有往平等互利的。"

郁唯祎长这么大，一直以为自己被父母教育得足够独立，可当翁晴用最客气的声音说着字字诛心的真相时，她竟然无从反驳。

她手指绞得发白，用尽所有力气维持着自己濒临崩溃的自尊心："阿姨，我会赚钱还你。"

翁晴笑了起来，眼神里有怜悯："为什么还我？阿熠花的是我和他爸的钱，他是我们唯一的儿子，花多少钱我都不会追究，反正那些钱都会留给他。"

她收起笑，脸色微冷："但我不希望他娶一个无底洞。"

郁唯祎所有的自尊心被这句话击穿，嘴唇被咬得出血，却毫无知觉。

"你还不知道他给你的那张银行卡哪儿来的吧？"翁晴杀人不见血的诛心还在继续，"那是我和他爸给他存的教育基金，本来是让他继续在国外读研用的，这小子不肯，没和我们商量就擅自回国，还把那笔钱都给了你。他前几天还背着你回过一趟家，把自己的限量版球鞋都卖掉了，准备帮你继续付钱。小姑娘，我不清楚你家人的情况，但多少也了解一场大病能搞得许多普通家庭倾家荡产，你靠着吸我们家的血维持你家人的生命，你觉得这对我们家公平吗?"

郁唯祎尝到嘴里的血腥味,缓慢地动了动,迟来的痛随着终于能恢复呼吸的大脑,悉数涌进她的五脏六腑。

她抬头,一字一顿地压下颤音,捡起破碎的自尊心:"我会还给您。"

"不用了。"翁晴轻描淡写地站起身,戴上墨镜,语气施舍如看路边的乞丐,"那点钱对你来说可能是天文数字,但对我们来说不过一辆车几个包。小姑娘挺可怜的,就当我送你的补偿,你是个聪明的孩子,知道以后该怎么做。"

她说完,正要走,手机忽振。

郁唯祎看到上面闪烁的"阿熠"俩字,一直隐忍的眼泪险些失控,她飞快转过头,心如刀绞。

"怎么了?没骗你,是临时有事又出了趟差,妈现在就回家,你先别走……又气我是不是?医生说了,我得这个病都是被你气的,你要想我多活几年,就老老实实在家给我待着,哪儿都别去……"

缥缥缈缈的声音越来越远,郁唯祎一动不动地保持着笔挺僵硬的坐姿,仿佛这样就可以掩盖自己几近崩塌的脆弱。她看着女人坐上车,金色的飞天女神车标在阳光下展翅欲飞,耀眼的光芒汇入车流。

她强撑的坚强再也伪装不下去,把脸埋入臂弯,泪水大滴大滴地灼烧桌面。

烈阳穿过邻桌的玻璃窗,在离她咫尺的地面落下温暖的柔和,余留她一人被笼罩在巨大的阴影里。

仿佛会如影随形伴她一辈子。

二十二岁的郁唯祎,在短短几个月的时间里,知道了人命脆弱,也知道了人心有高低贵贱,她从单纯的象牙塔被迫长大,一夜之间进入成人世界,真正成人的世界。

原来,这世上的无能为力不仅仅局限于生命,还包括人心。

可她没资格伤春悲秋。

沉重的债务压着她,曾慧玲的病和郁国伟的伤压着她,她每天醒来涌上脑海的第一个念头就是今天赚的钱还不够医药费的千分之一,又有什么资格因为旁人的只言片语在这里崩溃无助。

她已经没有自尊心了,她不能再失去自己的家。

郁唯祎狠狠搓把脸,起身去洗手间。

出来时,她看到蒋熠发来的微信。

小狗子呀:【吃饭了没?别又不吃东西。】

小狗子呀:【给我拍拍都吃的什么,要让我知道你趁我不在糊弄吃饭,回去后等着受惩罚吧。】

郁唯祎心脏狠狠一颤,拿着手机的指尖微微发抖。

镜子里映出她苍白至极的脸色,红肿的眼睛和染着血渍的唇难过不堪——那是一张任谁看到都不会开心的脸,从刻着贫苦基因的骨子里渗出生活的灰暗,和她深爱的星光熠熠的少年有着云泥之别。

郁唯祎缓缓闭了闭眼,再睁开时,眼底清明地掺着决绝,她狠下心关机。

一下午机械麻木地工作。

傍晚的西覃柔和而安静,浓郁的烟火气从家家户户点燃的炉灶弥漫开来,车水马龙的喧嚣从咫尺的角落穿行,映着夕阳都不愿温暖的一道黑影。

郁唯祎紧紧攥着手机,不敢看开机后铺满屏幕的消息提醒。

不知过了多久。

她才活动着已经僵硬的手指,点开微信。

小狗子呀:【又不看手机,打屁屁。】

小狗子呀:【乖乖等我,我明天早上就回去,明早想吃什么?我给你买。】

……

小狗子呀:【还没下班?】

熟悉的温柔从字里行间扑入眼帘,郁唯祎忍着眼泪打字:【手机下午没电了。】

几乎是刚发送,蒋熠的电话就打了进来。

郁唯祎仰起头,拼命逼回眼泪,这才按下接听:"喂。"

"嗓子怎么哑了?"

即使做好了全副伪装,郁唯祎还是低估了男生对她的细心程度。把手机拿远,她克制地清了清嗓子,违心撒谎:"下午客人太多了,忘了喝水。"

男生嗓音里是掩饰不住的心疼:"那我再给你买个杯子,你一起带着,提前接满水,这样就不会忘。"

郁唯祎鼻尖泛酸,咬着手指用力压下,故作冷淡道:"不用,我马上就走了。"

"走?"蒋熠愣住,"去哪儿?"

"回老家,我妈准备出院了,手续都办好了,你明天不用过来,我们今晚就走了。"

郁唯祎用不含任何情绪的音调讲完酝酿了一下午的决定。

听筒里传来一阵沉闷的摩擦声,像是急刹车。

"怎么这么突然?不是昨天还好好的吗?你说阿姨精神好了很多。祎祎,如果是因为钱的问题你不用担心,我有……"

"不是因为钱。"郁唯祎音量有一瞬不受控制的提高,眼泪瞬间掉了下来,因着少年直到此刻还替她考虑的温柔,她死死咬着手指,在近乎自虐的疼痛中恢复冷静,"你和我都知道,再多的钱也救不回来我妈的命,所以别再陪我白费力气了。你之前帮我垫付的钱我会尽快还你,你帮我买的其他东西我也会重新给你打个欠条,可能需要很长时间才能还上,但我不会赖账的,谢谢你肯帮我这么多,不说了,我该走了。"

说完,郁唯祎径直挂断。

一直含在眼眶里的眼泪随着她一口气说完而终于不再需要伪装的脆弱开始崩溃,来来往往的人群和高楼在她身后融入光鲜的城市,有人漠然又带着些惊诧的视线偶尔扫过她。郁唯祎第一次毫无形象地边走边哭,进医院之前,她狠狠擦干,把持续振动的手机按灭。

归巢的倦鸟掠过她头顶上空,飞向一天中最美的黄昏。

这城市与她如此格格不入。

郁唯祎带曾慧玲回了老家。

她没再接过蒋熠打来的电话，坐在灰墙斑驳的小院时，她一字一字地敲下泣血的话语，和蒋熠提了分手，发完，把他拉进了黑名单。

彼时七月初。

夏至已过的小镇极其闷热，夜空很美，却遥远得陌生，能听到聒噪的虫鸣和家禽的声音。

郁唯祎闭上眼，身子蜷成一团，温热的眼泪被夜风吹干，又周而复始地无声滑落，记不清这是最近自己第几次哭。

入睡后的小镇陷入安宁，她被绑在此后三年都不曾清醒的梦魇里，挣脱不得。

蒋熠后来找到她。

永远干净的少年第一次如此狼狈，深黑的眼熬得通红，一语不发地拽着她，把她扔到车上，踩死油门径直驶远。直到在僻静的路边停下，他拉开车后门上车，欺身上前。

他动作凶猛而炽烈，滚烫的胸膛压制着她意欲挣脱的身子，单手箍住她的手腕，吻上她。

郁唯祎在熟悉的吻中险些溃不成军，眼底泛起水雾，被她用力逼回。

她试图推开蒋熠，男生坚硬的肌肉却如铜墙，包裹着她，吻得更凶。

郁唯祎隐忍的眼泪在心底肆虐。

她强忍着，用力咬了下他的嘴，顷刻渗出的血腥味在两人唇齿间弥漫，换回的却是蒋熠越发激烈的动作。

他近乎疯狂地深深吻着她，眼底是从未如此鲜明的占有，往常清亮的眼此刻戾气十足。他短暂离开她的唇，哑着嗓子说了句"我不同意分手"，俯身咬开她的衣扣，一只手已经覆上她的腰。

郁唯祎眼泪流了下来，没入长发，滚烫地沾湿他的脸。

蒋熠瞬间惊醒，这才知道自己到底干了什么，倏然停下，他抱住身子微微发抖的郁唯祎，急切的嗓音无比自责："祎祎，对不起，我疯了，对不起对不起，乖，别再说气话，你知道我不可能同意你说分手。"

"不是气话。"郁唯祎狠心推开他，恢复冷静的脸冰冷漠然，避开男生希冀到不敢令她对视的眸光，"是认真的。"

蒋熠掰过她的脸，双眸赤红："郁唯祎，你看着我的眼睛，我不相信你短信里发的每一个字，你在撒谎。"

郁唯祎对上他的眼。

男生有一双极其好看的眼睛，勾人心魄，如世间最清澈的黑曜石，此刻却掺着点点斑驳，令人心碎。

那是她失联后，他发了疯似的找她留下的痕迹。

郁唯祎心底是不啻少年的巨大悲伤，却只能强撑着对上他的视线，一字一顿地开口："那你现在听好，我不爱你了，我们分手。"

最后一个字落下，郁唯祎第一次看到那双好看的眼黯了下去。

蒋熠手指紧紧抓着她，嗓音沙哑如低吼的小兽："我不信。"

"信不信都是事实。"郁唯祎像强撑的纸老虎，用尽所有的力气使自己看上去是认真的，透支着自己这辈子最违心的谎言。

两人在狭窄的车上无声对峙。

烈阳卷起窗外撕裂的蝉鸣，远处有车驶过，惊起栖息的鸟群，一地狼藉的灰尘，他们从没有像现在这般如仇人般逼视着对方，明明相爱却走上陌路。

许久，他抓着她的手按到自己的无名指上，骨子里轻狂桀骜的戾气第一次在她面前悉数展现："我不同意，郁唯祎，即使你不爱我，我也不可能放开你，你生是我的人，死是我的鬼，这辈子，你只能和我在一起。"

无名指上的对戒硌入她掌心，冰凉又滚烫，郁唯祎空白的手如被灼烧，拼命挣开，几近支撑不住的谎言在这一瞬险些崩塌："你不同意是你的事，只要有一个人提了分手，我们的恋爱关系就到此结束。"

她推门下车，不敢再停留一步。

男生喑哑至极的嗓音在她身后响起："郁唯祎，是不是只有我跪下你才肯相信我对你是真的？"

郁唯祎指尖一颤。

她缓缓闭了闭眼，没回头："蒋熠，别让我看不起你。"

热浪裹挟着灰尘席卷而至，郁唯祎眼睛被烫得酸涩，分不清是因为眼泪还是烈阳，也许兼而有之。

在近乎死一般安静的几秒空白后，他下车，站在她面前，语气冰冷得陌生："理由。"

蒋熠的手指捏着她下巴，逼她直视。

郁唯祎垂在一侧的手紧紧掐进掌心，迎上他眼底强行扼住悲伤的晦暗："因为我受够了你的任性和自我，我不想再陪着你慢慢长大，我需要的是一个比我强，能为我遮风挡雨的男朋友，而不是一个不食人间疾苦的纨绔少爷。"

这个瞬间，郁唯祎清楚地看到少年眼底永远熠熠闪耀的星辰破灭，黑眸黯如光芒尽失的陨石。

被她用最残忍的谎言践踏着最骄傲的自尊心的少年，终是对她失望了。

"郁唯祎，你别后悔。"

"我不会。"

男生放开她，浓得赤血的眸光一点点地从她身上收回，他当着她的面拽掉无名指上的戒指，扔进垃圾桶，头也不回地离开。

那天七月七日，小暑。

整个新沙闷如蒸笼，郁唯祎却浑身冷得发抖。

两人相恋的第四年零二十二天，有史以来第一次争吵，决绝又狠戾，没有人回头。

郁唯祎曾坚定地以为他们这辈子都会在一起。

他们熬过了万里迢迢的四年异国恋，父母古板守旧的思维没让她想过放弃，家境悬殊的巨大沟壑没让她想过退缩，可就在他们终于能够每天醒来都可以拥抱对方的时候，她亲手推开了他。

蒋熠说得对，她别后悔。

她终生都将活在无穷无尽的后悔之中，却绝不能回头，她身上背负着沉重得足以压垮整个家庭的债务，驱使着她只能闷头向前。

那天晚上，郁唯祎把家人安顿好后，跑向后山，万籁俱寂的深夜月光清亮，恍若少年看向她时温柔的眸光。她沿着没有尽头的田野疯狂奔跑，自由的风在她脚下飞驰，她想起蒋熠，眼泪大滴大滴地湮没在夜空。

黏湿的汗水贴在她身上，衣衫尽湿，呼吸早已变得刺痛，吸进肺里，带着血腥味。她不知自己跑了多久，仿佛不知疲倦，机械地要榨干自己身体的每一滴鲜血，直到这样死去。泪水糊湿了她的睫毛，又沿着脸颊流下，渗入她咬出血渍的薄唇。

到最后，分不清嘴里的苦涩到底是血还是泪。

后来很长一段时间，郁唯祎开始失眠。

真正的失眠。

她可以从早到晚手脚不停地麻利干活，一个人洗衣做饭照顾日渐奄奄一息的曾慧玲和性情大变、喜怒无常的郁国伟，她甚至还能抽出时间一并照顾无人搭理的奶奶。身体极度透支精神却持续亢奋，她感觉不到饿，也没有吃饭的欲望，她睡不着，也不想睡。

她自虐地享受着牺牲睡眠多出的时间疯狂工作，仿佛这样就不会再想起蒋熠。时间的确是最好的良药，让她除了在失控的梦境外，几乎都不会再在清醒时想念他，时间也同样带给她丰厚的酬劳和一身只有自己知晓的病痛，她不在乎，也不在意。

当她一个接一个地送走自己身边的亲人，郁唯祎已经清醒地意识到上天和她开了多么大的玩笑，用俗世的目光逼她用自己的爱情做交换，然后又残忍地夺走她所剩无几的亲情。

她甚至偶尔病态地想，不如去死。

外表正常的郁唯祎就像一只看似完好无损的苹果，其实内里早已腐烂——从蒋熠离开她的那天起，她就活成了没有灵魂的行尸走肉。

赚钱，汇入蒋熠的账号，是支撑郁唯祎那段时间活下去的唯一动力。

此后孑然一身生活的三年里，郁唯祎丧失了所有的生活技能，那些形成条件反射的娴熟动作犹如根植在她骨子里的隐疾,不显山不露水地蛰伏在那里,然后在她偶尔使用时瞬间迸发,提醒着她过往最不堪回首的痛苦回忆——她没有了家,也没有了这世界上唯一珍视她的恋人。

从此,这世上再没有一个爱她的人,只有一个孤儿郁唯祎。

曾照亮她世界的光,被她亲手熄灭。

04

漫长的空白。

郁唯祎不曾有丝毫退缩地直视着翁晴的眼,坦然且坚定。

女人在盯着她审视了足足一分钟后,收起墨镜,转身进屋:"还说他没教你,犟嘴的话都一样。"

她坐回沙发,端起茶杯轻啜,反客为主的从容姿态仿佛她才是这里的主人——这次,郁唯祎感觉到两人真正的交锋开始了。

须臾,女人优雅地开了口:"知道我为什么觉得你俩不合适吗?"

郁唯祎心说:这个问题的答案你三年前就告诉我了,何必重提?

"你是不是觉得我嫌贫爱富?"翁晴淡笑,对她的沉默并不奇怪,"那只是表面原因,我固然希望自己的儿子能娶一个家世好、和我们门当户对的姑娘,但也还没那么迂腐到为点钱就随便决定他一辈子的婚姻。"

她又不紧不慢地喝口茶,抬眸,眼底多了几分严肃:"你和阿熠本质上来说是同一类人,脾气太倔,执拗,只要自己认准的事十头牛都拉不回来,你们两个性子一样的人生活在一起,过不久。"

郁唯祎还是第一次听说两个人因为性格相像不适合结婚被拆散,一时间不知该如何吐槽:"性格互补的人也不见得能过得久。"

"那也比你们这种强。"翁晴斩钉截铁地打断,语气不容置喙。

郁唯祎被气笑:"您凭什么这样以为?是科学证明还是您自己的一家之言?如果所有的婚姻都能通过双方条件是否合适而决定要不要在一起,那人们还要感情做什么?到适婚年龄直接用大数据匹配一个各方面与自己最合适的人不就行了？"

翁晴不为所动："感情是感情，条件是条件，正确选择一个各方面都适合你的人，有助于你们在婚姻里走得更久。"

郁唯祎无语，认真地看她："您错了，决定两个人能否走得长远的不是因为各方面合适，而是因为彼此相爱。"

翁晴哼了一声："天真，你们现在爱得要死要活的，能坚持几年？等到你们没了感情，因为一点鸡毛蒜皮的小事都能大吵一架，那才有你们后悔的时候。"

郁唯祎静静地看着固执己见的女人，缓缓摇头。

她曾经也问过自己一个问题，她对蒋熠一直放不下究竟是因为爱，还是因为没能修成正果，如果当初两人顺顺利利地继续在一起，会在琐碎的婚姻生活里消磨对彼此的喜欢吗？

她在脑海里把两人可能发生的一切事情都过了一遍，发现结局都通往同一个终点——她爱他，爱到垂垂老矣、白发耄耋依然想要和他在一起，爱到不管贫穷疾病都想和他厮守终生。琐碎平凡的日常也好，大风大浪的磨难也罢，她爱这个人，想要这辈子和下辈子，以及所有带着记忆的来生都和他一同度过，人生漫长，却因着他的存在如白驹过隙，她更无比坚定地相信他对自己的爱。

"您刚才说过，我和蒋熠脾气都倔，认准的事别人都拉不回来。"郁唯祎眸光平静，语气温和却字若千钧，"准确地说，是我们认准的人，哪怕到死，也会爱着。"

翁晴端着茶杯的手一顿，抬眸看着眼神澄净的姑娘，第一次哑口无言。

许久，她放下杯子，嘴角牵起的弧度像在自嘲，又像在讥笑："热恋时谁都会这样想，结婚后可不一定。别觉得我不相信你俩的感情，我和阿熠他爸当初不比你们感情浅，可结果怎样？两个性子同样要强的人吵着吵着就成了仇人，我不希望阿熠重蹈我和他爸的覆辙。"

郁唯祎听到这里，终于明白翁晴毫无缘由地断言她和蒋熠过不长久到底是因何故了。

翁晴和曾慧玲一样,因为自己吃过婚姻的某种苦,所以关心则乱地希望自己的孩子能避开同一条弯路,简单粗暴地想要提前在他们身上扼杀同款婚姻的可能。

郁唯祎相信她们的出发点并无恶意,甚至是因为对他们的爱才激进地当了"恶人",可她们忘记了,这世界上从没有一模一样的性格,也不会有相处模式完全一样的同款婚姻。

她不是曾慧玲或翁晴,蒋熠也不是郁国伟和他爸。

"您和伯父分开的原因我理解,但我不接受您因为同样的理由分开我们。"郁唯祎缓缓开口,三年离别的时光不仅给了她足够成熟的能与翁晴平等对话的底气,也给了她学会反思自己性格开始慢慢改变的成长空间,"我不是您,蒋熠也不是伯父,我们会在不断试错中改变自己,包容对方,而不是什么都不做,等着对方被自己的利刺伤害。"

她和蒋熠就像两只同样带刺的小刺猬,初见面时被彼此同类的气场吸引,热恋时因为忘乎所以的爱而忽略了彼此与生俱来的尖刺,后来,他被她浑身竖起的利刺伤到,离开她。

郁唯祎在漫长的无穷无尽的后悔中终于开始反省,如果还能有机会与他再在一起,她不会再要这除了伤人一无是处的自尊心,她愿意放下过往所有故作姿态的骄傲,学着柔软,学着让步,学着和他一样对恋人的包容。

"这世上没有任何一种婚姻模式能直接套用,您觉得痛苦的婚姻,也许别人适合,而您觉得幸福的婚姻,其实并不适合我们。"

翁晴一滞,她紧紧盯着郁唯祎,在姑娘清澈坚定的眼神里缓慢地动了动眼,许久后,她说:"你很聪明。"

她放下茶杯,起身走人,即将走到门口时,停了下来。

"不用告诉阿熠我来过。"女人睥睨地一抬下巴,居高临下的姿态一如既往,"我被你说服,不代表对你的认可,只是因为我儿子。"

郁唯祎轻轻扬眉,不卑不亢地回她:"我尊敬您,也不是出于对您的喜欢,是因为您是他母亲。"

翁晴牵了牵唇:"伶牙俐齿。"

郁唯祎不置可否，回她一个同样不明显的淡笑，算是接受了这句褒贬各半的评价。

两个女人横亘三年且此生都不会做到友好相处的对立，因着对同一个男人的感情，在这一刻短暂地冰释前嫌。

翁晴拎着铂金包出门，行至门外，忽地停下，回身缓缓环视了一圈房子，而后看向郁唯祎："看你的样子，好像还不知道这套房是阿熠自己的。他当年创业成功赚到的第一笔钱，就在你学校附近买了这套房，那个时候他人还在国外，说的是以后都不会再回国，但我知道，这套房他是买给你的。"

郁唯祎瞳孔猛然一缩。

心跳和呼吸一同剧烈，嗡鸣地充斥着她的大脑，浑身血液瞬间僵住。

"好了，你俩的事我以后都不会再管，是好是坏都和我没什么关系。"翁晴说完这句话，情绪复杂地看了眼郁唯祎，一直固执己见的强势最终被母亲对儿子天然的母爱打败，做出让步。

郁唯祎机械地目送翁晴离开，关上门的刹那，刚才面对翁晴据理力争的镇定全然消失，她几乎是傻呆呆地怔在原地，克制而如梦方醒般地一点点用目光描摹着房子的每一寸砖瓦，视野逐渐模糊。

那些入住以来若有似无的熟悉感，那些能带给她家的安心的气息，在此刻终于找到了答案。

郁唯祎恍恍惚惚地回到卧室，看着与她梦想中一模一样的家。

"你是因为昨晚和我一起睡才没睡好？"

"不是，是这次的床比较舒服。"

此刻回想起蒋熠当时听到她这句话后意味深长的眼神，仿佛是在无声地挑逗——"你睡的是我的床，当然舒服了。"

郁唯祎心底充溢着巨大的自责。

他从没有想过放弃她，哪怕被她伤害，哪怕当初真的一走了之回了英国发狠说绝不回头，他也还是惦念着他们曾经描述过的未来，将她年少缥缈的幻想落地生根，给她安置了一个家。

晚上，蒋熠回来，一进门，就觉得气氛好像不太对。

桌上摆着四菜一汤，很丰盛。

郁唯祎穿着长裙，鲜见的亮色，长发没像往常那般干练地扎起，而是温柔地垂下来，清冷柔美。她冲他清甜一笑："你回来啦？"

蒋熠微微一怔。

两人分开的那三年，他曾无数次幻想过他们如果没有分手，而是顺利结婚后的样子，就和每一对平凡的夫妻一样，他下班回来，心爱的姑娘坐在沙发上，笑着奔到他怀里，搂着他脖颈，甜甜地喊"老公，你回来啦"。

蒋熠很轻地动了动喉结。

走近，他看了一眼桌上打开的红酒，轻轻挑眉笑了下，低头直视着姑娘秋水潋滟的双眸："郁唯祎，你该不会是想把我灌醉，然后对我做点什么吧？倒也不必这么麻烦，你知道，我对你的主动向来是求之不得。"

郁唯祎腹诽：能不能正经点？！

等节目结束，其他组的嘉宾都是客客气气友好展现教科书式的与前任的相处，他们俩可能会因为"开车"太多被打马赛克……想想都羞耻。

郁唯祎夹起一块藕，塞他嘴里："吃饭。"

蒋熠笑着捏捏姑娘红通通的耳朵，在她对面坐下。

接过郁唯祎倒给他的酒，他没动，只是好整以暇地微微笑着看她，似乎是要看她葫芦里卖的什么药。

郁唯祎若无其事地端起水杯，和他轻轻一碰："没下毒，喝吧。"

蒋熠勾唇："无缘无故做这么多好吃的，我很难不想歪。"

他抿了口酒，轻佻地扫她一眼："想了想，我除了身子能让你觊觎以外，似乎也没什么值得你花心思的了。"

"你对自己的定位还真是从没准确过。"

上学时觉得自己高冷，恋爱时总觉得她馋他身子，满是废料的脑袋里装着一天一句都能全年不重复的浑话，真难以想象这人在员工面前的正经模样。

郁唯祎清淡淡地睨他一眼，示意他闭嘴吃饭。

蒋少爷见好就收，面上不加掩饰的遗憾却分明写着"你都给我做饭吃了，居然不想占点我便宜回去"？

一顿饭吃完。

郁唯祎还是没能鼓起勇气和蒋熠说出她藏在心里很久的话，磨磨蹭蹭地跟在他身后，看他收拾完东西去洗手间，下意识跟了上去，却见他忽然停下。

"怎么了？"蒋熠暧昧地一勾唇，"还说不想睡我，都跟着我来洗澡了。"

说完，他大方地侧过身，邀请她进去。

郁唯祎回过神，觉得自己的脑子被男色蒙心了。

"我只是洗个手。"她强装镇定地拧开水龙头。

洗完，她顶着男人看破不说破的幽深目光出去，小脸瞬间一垮，尴尬扶额。啊啊啊，能不能争点气啊？是让她服软又不是让她勾引蒋熠，怎么跟要她命似的。

郁唯祎生无可恋地飘进卧室，发现让嘴硬惯了的自己认错，难度系数好像并不比勾引蒋熠低。

她揣着一兜乱糟糟的心思坐在阳台上降温，有一搭没一搭地喝着水。

月光清冷，浦大的中心教学楼亮着灯，在夜色里氤氲出模糊的轮廓。

郁唯祎有一瞬的出神，想起有一年蒋熠来找她，两人大半夜不睡觉，在操场上坐了一宿，还美其名曰看星星，她忍不住笑了起来。

那个时候是真傻，他们不舍得分开，就穷尽所有时间地黏在一起。看星星那次正好快过夏天了，浦大蚊子猖狂，她被蒋熠抱在怀里，腿上也盖着他的衣服，倒没什么感觉。结果第二天天一亮，她看到他身上被蚊子叮满了包，心疼又自责，给他涂花露水时，少年非让她在每一个蚊子包上都掐个十字，说要带点她的印章走。

她哭笑不得，依言照做。

处理那些胳膊小腿上的包时还没觉得有什么，后来他掀起短袖，牵着她手摸上他的腹肌，她顿时浑身都烧了起来。

彼时天刚蒙蒙亮，金色的晨曦在他们头顶轻轻摇曳，偌大的操场上就只有他们两个人。她心跳得厉害，第一次和少年有了接吻以外更加亲密的触碰，他同样剧烈的心跳紧紧贴着她，和她深吻，环抱着她的手克制地在她腰间流连。

郁唯祎悄无声息地红了耳朵，回想起两人曾在公众场合干过这么大胆的事，刚降下的体温变本加厉地升了上去，忙喝了口水。

"耳朵这么热，该不会是在做我的春梦？"

郁唯祎被呛到了。

男人不知何时来到了阳台，刚洗完澡的淡香飘入她的鼻尖，清冽得撩人。他一只手拍着她的背给她顺气，另一只手则捏着她耳朵，恶作剧地揉捻，仿佛玩上了瘾。

郁唯祎浑身越发烫，捉住他的手："是是是，在做关于你的梦，白日梦。"

"梦见什么？"蒋熠把她圈进怀里，"和我讲讲，说不定现在就能实现。"

郁唯祎一噎，哪儿好意思真告诉他自己刚才在回味两人的吻，试图转移话题："不记得了，大概就是上学时的事。你怎么还带了酒过来？没喝够啊？"

蒋熠玩味地看她，捏着她的脸："郁唯祎，你还是直接承认吧，你的撒谎水平……啧，实在是惨不忍睹。"

郁唯祎狡辩："是真的，就梦见我们在上学，什么都没做。"

"什么都没做？"他眸光微深，呼吸若有似无地蹭着她的鼻尖，低笑，"那就是什么都做了。"

郁唯祎无言以对。

两人安静地坐了一会儿，蒋熠松开她，倒了杯酒，深黑的眸光穿过透明的高脚杯，映在她眼底："我会梦见你。"

"梦见我什么？"郁唯祎心里一颤。

"你知道。"他深深看着她，眼底情绪炽浓而带着微微的不正经，"还能梦见什么？我们一起做过的那些事呗。"

郁唯祎差点儿掉落的眼泪瞬间憋了回去，难受也不是，笑也不是，轻轻嗔他一眼。

蒋熠笑着抱她，把酒杯放她手里，就着她的手时不时喝一口。

郁唯祎盯着被红酒染色的酒杯，轻轻压了压嗓音里的颤意，使自己听上去尽量没那么失控："我也会梦见，梦见你在伦敦，说不回来了。"

蒋熠一怔。

他掰过姑娘的脸，看到她挤出一个假装无事的笑，历来隐忍的清眸藏着万千不曾说出口的情思。

蒋熠心里也跟着她疼，温柔地捏捏她脸："梦是反的。"

郁唯祎眼睛有些泛酸，忙转过头，重重地"嗯"了一声："和我讲讲你在国外的事吧。"

"怎么突然想问这个？"

郁唯祎沉默了一瞬，回眸定定看着他，第一次，那些在心里想过无数遍，却因着她别扭的性格不好意思问出口的问题，就这样自然而然地说了出来："我想知道你那几年怎么过的。"

两人分手后，她从文丹乐那里听说他回了英国，退出了所有与她有关的交集圈。

郁唯祎从此再也没有了他的消息，她很想他，却不敢和任何人提起他。

清醒时，她可以控制自己感情，靠没完没了的工作麻痹自己，可每当半夜失控的梦境一次次被他填满，她醒来，那些白日隐藏的思念就越发无处躲藏。她想他想得发疯，于是只能如自己不耻的偷窥狂般看他的微博和微信，可他把所有过往的状态都设为了仅自己可见，三年来没更新过一次。

她知道蒋熠的日子一定不比自己好过，而这些磨难都拜她所赐——当翁晴今天告诉她蒋熠在国外创业的那些年，拒绝了父母所有的经济援助，把自己折磨得人不人鬼不鬼才熬到创业成功。

她从没有像此刻这般后悔。

后悔和他分手，后悔当初为了自己一无是处的自尊心离开他，后悔自己用最残忍的谎言，把她最爱的人踩在地上狠狠践踏。

她爱的少年本是世间最自由随性的风,如今却为她伤人伤己的谎言惹了一身泥泞。

郁唯祎颤着嗓音问:"是不是很苦?"

蒋熠温柔地摸着她发红的眼圈,摇摇头:"不苦。"

郁唯祎嘴角瘪了瘪,强忍着眼泪:"骗子。"

蒋熠笑起来:"嗯,很苦,需要你很多很多次的以身相许才能补偿。"

郁唯祎眼底的泪被逼了回去,她笑不出来,只能用湿润的眼睛轻轻瞪他:"别闹。"

"没闹。"他把她抱进怀里,掌心柔软地贴上她的眼睛,挡住她不想被人看见的脆弱,"都过去了。"

郁唯祎眼泪流了下来。

极其轻描淡写的四个字,无人知晓的各种辛酸却被他一笔带过。

郁唯祎止住眼泪,拿开他的手,定定地看他:"我想听真话。"

蒋熠沉默了几秒,看到姑娘被泪水洗得清澈见底的眼,色泽略浅的漂亮瞳仁固执地映出他的身影,很轻地揉了揉她的头。

说不苦自然是假的,开始创业时还好,心高气傲的他踌躇满志,面对风投的一次次拒绝还能做到坦然镇定。但后来身上的钱日益捉襟见肘,他卖掉了自己所有的奢侈品、跑车和绝版手办,依然没能支撑太长时间,最难时身上穷得只剩下十英镑,折合人民币不到一百块钱。为了省钱,蒋熠学会了一袋泡面分三次吃,老干妈吃完兑点温水又能撑小半月。濒临走投无路之际,他有想过用爸妈给他的资金,可当收到郁唯祎还他钱的消息提醒,那些苦瞬间变得不值一提。

男人是什么时候学会长大的?

爱上一个女人,以及,这个女人离开他时。

蒋熠那个时候就想,不管自己能不能闯出名头,日后回来找郁唯祎复合时,自己也算问心无愧——他愿意放下所有的骄傲求她回头,也愿意放下自己所有的少爷脾气成为她想要的那个人。

只要她还爱着他。

蒋熠轻轻擦去她脸上的泪,揽她入怀:"还好,比起在家时是稍微苦了点,但也没么差。赚钱的方式有很多,有段时间闲着没事,就抱着吉他去街上唱歌,国外很流行这种街头艺术。你知道,我人长得帅,歌也唱得好听,基本上唱不了一会儿就有不少人给我投钱,还有人邀我合影,啧,便宜他们了,那些歌本来只想唱给一个人听的……"

郁唯祎的眼泪在眼眶里打转,她死死咬着唇,怕他看到。

他从小到大都没吃过苦,面子看得比命都重要,却放下骄傲在街头卖艺,可想而知他当时的处境有多难……

一夜长大的从来都不只有她郁唯祎,还有被她谎言伤到的蒋熠。

她想告诉他,她根本不在乎他能赚多少钱,也不在乎是不是少爷脾气,她有的是耐心和时间陪他慢慢成长,哪怕他一辈子在她面前是小孩子也没关系——可如今都没必要了。

她爱的少年,终究成为能为她遮风挡雨的男人。

虽然他变成什么样她都爱,可看着根本没必要经受这一切折磨的蒋熠,郁唯祎心里依然生疼,噬骨钻心。

蒋熠平静得像在谈论别人的事:"有一次,有人请我去当模特,我到了之后准备换衣服,一个男人突然走过来要我当着他的面换,还对我动手动脚,我当时就发飙了,一把拎起他往沙发上一扔,正要走,结果他从兜里掏出一张银行卡……"

郁唯祎眼泪倏地一滞:"你接了?"

蒋熠一挑眉:"我当然接了。"

郁唯祎心里顿时打翻了一镇江的老陈醋,五味杂陈。

"那,后来呢?"郁唯祎嗓音微微发颤,藏着不敢让蒋熠看出来的难过。

"后来?我当然是把那张卡扔给他,推门一走了之。"蒋熠笑着捏捏她的鼻子,嘴角痞气地上扬,"区区几万块钱就想买走小爷的服务,瞧不起谁呢,爷只给一个姑娘服务。"

郁唯祎回过神来:啊啊啊,讨厌死了啊!

蒋熠笑着把眼睛和耳朵都变通红的姑娘揽进怀里:"等出门我才想通,

那个设计师大概是把我当成了同类。"

"同类?"郁唯祎诧异。

虽然他对自己的认知总存在些许偏差,但有一句话没说错,他真挺男人的,是那种很野生很撩的纯阳刚式性感。

蒋熠摸摸鼻子:"我那段时间换了款沐浴露,有奶香。"

他没说全,不只是那段时间,他在英国无法见到她的九百多个日日夜夜,没有一天不在想她。两人已经分手,他再也不能像以前一样每天和她视频,于是只好凭借记忆买了她的同款沐浴液,饮鸩止渴地以解相思——可那些明明熟悉的味道用在他身上,怎么闻却都不是她。

后来,他有一次在街上遇到一姑娘,觉得她身上的气息与郁唯祎极其相似,他像个变态似的偷偷跟了那姑娘两条街。最后,那姑娘停下来,用中文和他打招呼:"你想要我联系方式直接说呀,我在校友会上见过你。"

他没走,而是因着后半句话,问了句更加奇怪的问题:"你用的什么牌子的洗发水?"

姑娘以发他链接为由要加他微信,被他拒绝,恼羞成怒:"那你干吗一直跟着我!"

他不能说,否则就彻底坐实了自己是变态。

那天下午,觉得自己被羞辱的姑娘气得想告他骚扰,后来看他道歉的态度诚恳,这才看脸原谅了他。

他沿着长长的街区一家一家地寻找,从天亮走到月升,才集齐了那款牌子的所有洗发水,可依然都不是。

他在试过了郁唯祎用过的所有洗发水和沐浴液以后,终于迟缓地意识到,她留在他心底的气息,没有任何东西能替代。

郁唯祎忍了很长时间的眼泪掉了下来。

她回身抱住蒋熠,哽咽的嗓音最终在月色里泣不成声:"对不起……我后悔了。"

对不起,我后悔了,从和你分开的那一刻起,我无时无刻不在后悔,如今我攒够了所有能给你的糖,你还愿意要我吗?

他抬起她的脸，替她擦去眼泪，微垂着看她的眸光深如星辰："没有对不起，是我的错，我不该相信你的谎话。

　　"郁唯祎，真正该后悔的人，是我。"

　　说完，他温柔地冲她一笑，熟悉的气息里掺着炽烈，他目光落在她的唇上，很近。

　　月光穿过浓郁的夜空，映下水一般的柔和。

　　两人的呼吸渐热，在夜色里克制地轻轻靠近。

　　"嘭——"不远处忽然传来一声响，郁唯祎瞬间惊醒，手忙脚乱地坐直身体，这才看到两人的摄像不知何时跟了过来，正在找角度拍摄。

　　郁唯祎甭提多尴尬，捂着发烫的脸转过头，掩耳盗铃地假装自己不在。

　　蒋熠遗憾至极，试图贿赂："哥，你微信多少？我转你个红包，麻烦你先去拍会儿别处，谢谢。"

　　郁唯祎一愣。

　　摄像老师忍着笑摆摆手，尽职尽责地要拍他俩的亲密互动。

　　郁唯祎把搞事情的蒋熠轰出屋子："困了，快睡。"

　　男人站在她门口，磨磨蹭蹭地不肯离开："真不考虑一下我的服务？我五星水准，把你哄睡就走。"

　　郁唯祎说："你看着我我睡不着。"

　　"那我不看你。"他得寸进尺，"我抱着你睡，眼睛看天花板。"

　　郁唯祎心说：那咱俩今晚上都甭想睡了。

　　她沉默了半秒钟，踮起脚，凑近蒋熠的脸飞快地蹭了一下，赏他一个蜻蜓点水的贴面礼作补偿。

　　蒋熠眼底染上笑，拉住撩完就走的姑娘，在她头上轻轻一吻："晚安。"

　　"晚安。"

　　关上门去浴室，镜子里映出一张眸光含情的脸，郁唯祎不争气地揉揉头，把水温调低，浇灭一身被蒋熠撩拨的滚烫。

　　躺下后翻来覆去地睡不着，她紧接着就看到微信。

熠狗子：【睡不着。】

熠狗子：【应该抱着你一起失眠。】

郁唯祎把红透的脸藏进被窝，和隔着道墙同样失眠的蒋熠聊天，仿佛回到不曾分开的热恋期，有说不完的话和语言也无法传递的浓情，即使后来眼睛已经困得睁不开，也不舍得挂断。

翌日，两人告别东浦，启程去最后一站。

离开之前，工作人员麻利地拆掉摄像机，房间又恢复到他们来时的空旷。郁唯祎下意识看一眼蒋熠，心里极其不舍。

她面前是蒋熠为她准备的家，郁唯祎恨不得现在就杀青，然后一直陪他留在这里。

蒋熠并不知道郁唯祎已经和翁晴见过面，他拍拍她的头，和她上车，懒散的模样和往常一样漫不经心。

郁唯祎隔着车窗再次深深地看了一眼小区，收回视线，手机忽振。

蛋卷儿：【祎祎，你和你家蒋草真红了！第一期节目播出还没半小时，就有粉丝给你俩建了超话，名字起得笑死我了，叫"祎喵熠狗"，哈哈哈，太形象了！你快去看！论狗这方面你家蒋草从来没输过！】

郁唯祎戴上耳机，趁蒋熠开车悄悄点开视频，依然直接快进到只有他一个人的镜头，这才知道文丹乐说的是什么意思。

男人坐在沙发上，趁她不在拿零食诱哄小鱼："小鱼，叫爸爸，你叫爸爸这些就都给你吃。"

小鱼瞪着一双无辜的蓝眼睛，心有余而力不足，嘴里"喵呜喵呜"地说着无人翻译的喵星语，上爪子努力去够。

"啧，怎么不乖。"蒋熠伸长胳膊，眼看小鱼快够着就把东西拿远，一边继续诱哄它，一边留意着楼上。直到看见郁唯祎下楼，他才假装无事地站起身。

郁唯祎看到这儿，满脑子只剩下一个想法：都说狗的智商约等于四岁的儿童，蒋熠，有三岁吗？

她表示深刻怀疑。

【啊啊啊，三刷！开始上头！熠狗是什么神仙前任！都分手三年了居然还记得祎喵喵不喜欢吹头发，特意给她准备了吹风机！啊啊啊，还傲娇地骗她说是节目组准备的！】

【唯熠是真的！只有爱过才会有这种别别扭扭的表现！嗷嗷嗷，这男人好狗好野，我好爱！两人大半夜都睡不着这部分可太真实了！】

【呜呜呜，唯熠实在是上头了，又甜又虐，最真实的感情配绝美神颜，呜呜呜，入坑了！快给我复合！】

郁唯祎悄然红了耳朵，被彻底反转的评论和远比之前密集的弹幕弄得脸红。以一己之力将分手综艺变成恋爱综艺的蒋熠，人格魅力比起上学时只增不减，给她招了不少"情敌"。

她若无其事地合上手机，看到车子驶出高速，带有"西覃"字样的路标扑面而来。

郁唯祎微微一怔，这才意识到两人回到了这趟旅程最初起始的地方。车子在他们第一天约好的餐厅前停下，蒋熠给她拉开车门，伸出手，郁唯祎没有丝毫迟疑地把手放在他掌心，和他进餐厅。

依然是上次的服务员接待的他们。

"蒋先生，您一个星期前预约的位置已经给您留好了，请跟我来。"服务员引着他们来到临窗的位置，璀璨的吊灯映得大理石柔和，和之前一样的位置，只不过，现在的她不再是一个人。

他们绕过兜兜转转一大圈的磕绊，终于再次回到原点。

庆幸的是，以后都不会再有离别。

EP 5
宜·相爱

01

《分手旅行》接近尾声，郁唯祎在心里悄悄许下一个愿望：等节目录制结束，我要和这个从十八岁爱到二十五岁的男人结婚。

他们之间已经浪费了太多无谓的时光，余生可以合法同居的每一天，她都想与他一同度过，迫不及待地想要这一天可以尽早开始。

车子忽然在前方停下，郁唯祎被打断思绪，疑惑地看到几个同事过来。

"小唯姐。"郭芩趴在窗户边，和她眨眨眼，"明天是录制的最后一天了，需要你们先分开一下，各自思考一下最终决定。"

郭芩说完，俏皮地压低嗓音："虽然我们都已经知道结果，但该走的流程还是得走一下的嘛。"

郁唯祎点点头，和蒋熠下车。

她换到驾驶位上时，站在她车外的男人没立即走，而是弯下腰靠近车窗，在她头上眷恋地揉了一把。

郁唯祎同样不舍地看着他："一会儿你到了给我发个微信。"

蒋熠点头，嘴角扬着抹坏笑："文字、语音，还是照片？三个都要也没问题，等我洗完澡还可以视频。"

郁唯祎木着脸，对试图用美色诱惑她的男人"义正词严"道："文字就行。"

蒋熠遗憾地一挑眉："行吧，那我把文字放我照片上。"

郁唯祎腹诽：合着当年修图练那么好就是为了今天有用武之地？

郁唯祎嗔他一眼，启动车子，忽然瞥见副驾驶上放着出来时蒋熠披在她身上的衣服，忙踩下刹车："你的外套……"

"放你那儿。"他从敞开的车窗靠近，掰过她的脸，借着衣服的遮挡，在她额头落下温柔的一个吻，"反正过两天就能都和你的衣服放一起。"

郁唯祎心里漫上无法抑制的甜，空缺三年的黑洞在此刻被无声填满。怕蒋熠这个自恋鬼看出来又骄傲，她努力压下翘起的嘴角，装得淡定地"嗯"了一声。

晚上回到出租屋，等待着节目组装摄像机的空当，郁唯祎把那件外套洗干净，拿到阳台晾晒，夜晚柔和的风吹起她的长发，也吹得男生轻薄的衣服轻轻摇曳。

这个瞬间，郁唯祎在西覃漂泊三年居无定所的心，第一次有了家的感觉。

洗完澡，她看到蒋熠发来的一张图片。

蒋少爷仗着照片只有郁唯祎能看，非常蒋氏风格地发了张半身照，轮廓分明的腹肌和人鱼线映在屏幕上。

郁唯祎红着耳朵在心里说了句"流氓"，身子和手机同时藏进被窝，把蒋熠发她的照片翻来覆去看了好几遍，悄悄按下保存。

夜色笼罩着安宁的城市，朝夕相处许久的恋人第一次离别，思念比分离时还要来得更凶。到最后，凌晨三点的西覃为早起工作的人们亮起细微的光，两人才恋恋不舍地互道晚安。

郁唯祎睁着一点都不困的眼，恨不得一觉醒来就已是节目录制结束。

她躺在床上，辗转难眠，短短九天的同居生活早已让她习惯每天晚上都能在睡前见到他，这会儿孤家寡人地躺在逼仄的出租屋，许久未骚扰她的失眠就变本加厉。

郁唯祎开始一点点往上翻两人的聊天记录。

她脸红耳热地从头到尾重温完,点进蒋熠的朋友圈。

五分钟前。

与她互道晚安却同样失眠的男人,发了张西覃的夜景,寥寥几字的配文——【想直接跳过这一天。】

三年没在她朋友圈出现过的熟悉昵称,以及那些在两人分手后被蒋熠设为仅自己可见的过往状态,如封存泛黄的老照片,一一涌向郁唯祎。

她看到小桥流水的青砖石瓦,她戴着少年的棒球帽停在祠堂前,同行的伙伴被他裁掉,冬日稀薄的光映出她身后颀长的少年影子;她看到他们一起走向大人世界的成人礼,她攥着裙摆无所适从,回眸的一瞬,被他手里的相机偷拍定格。

她看到毕业旅行篝火摇曳的沙滩,遥远的灯塔在远处指引着未知的方向,她低下头刻意避开他的视线,长发闯入他的镜头;她看到东浦挂满装饰的圣诞树,几年一遇的初雪落在她身上,她牵着他的手朝前走去,被他拍下当时流行的男友视角图。

她看到自己踩着浦大铺满一地的银杏叶,少年身影映在她笑着看他的双眸中,看到古老的英式建筑和大本钟,历史古韵的教堂在她面前恢宏展现,新沙、东浦、西覃、青檀、伦敦……那些他陪她一起走过的,所有城市。

他过往所有的记录,主角只有她。

郁唯祎无声红了眼。

那些初时并不觉特殊,如今在空白三年的沉淀后,突然就有了历久弥新意义的过往,让郁唯祎在此刻蓦然想通了这趟旅程潜藏的男人心思。

他在带她重走他们认识以来只有彼此才知晓的经历,努力弥补这三年两人生疏的空白。

郁唯祎缓慢地压下眼底的水雾,呼啸涌来的记忆和她心底的酸涩轻轻纠缠,一张张翻到最后。许久,她返回到蒋熠最新的那条朋友圈,点了个赞,按下保存。

而后,她发表,配了相同的文字。

评论区瞬间沸腾。

郁唯祎看到飙涨的小红点,没管,正要关手机,置顶的微信忽亮。

熠狗子:【版权费明晚和我结算一下。】

郁唯祎:【你不是睡了?】

熠狗子:【被在我心里跑来跑去的姑娘吵醒了。】

郁唯祎:【不跑了,睡吧。】

熠狗子:【亲一下就睡。】

两个从头到尾都没睡着的人这么一折腾,等真的睡着,天色已几近熹微。

郁唯祎起床,拿遮瑕盖住眼底淡淡的青色,换衣服去公司。

出发前,她从床底下拖出沉甸甸的收纳箱,取出里面一个被裹得严实的小盒子,阳光从窗前倾泻落地,勾勒出一层银色的圆圈,精致干净。

郁唯祎轻轻摩挲,内里雕刻的WY和爱心字样圈着三年不曾亲近的细长手指,有些松,她缓缓呼出一口气,摘下,拆开一条项链,将素色的链子从中间穿过去,戴到脖颈。

窄而精致的戒指没入衣领。

有些凉,与之相隔不远的心脏却是无比的踏实。

郁唯祎抬眸。

镜子里,眉目清冷的姑娘多了些许柔和,修长的连衣裙勾勒出玲珑身材,不再是以往死气沉沉的职业装——恋爱是最好的护肤品,让人容光焕发。

她深呼吸,平复下这会儿就开始乱了节奏的心跳,手指隔着衣服按了按戒指,出门。

路上收到蒋熠微信。

熠狗子:【起来了没?】

熠狗子:【睡醒后没有见到你,总觉得缺了点什么。】

不习惯的岂止蒋熠,早上起来看着空荡荡的房间,郁唯祎迟缓地愣了好几分钟,才意识到只有她一人。

郁唯祎:【起来了,在去公司的路上。】

熠狗子:【有工作?】

郁唯祎:【对,中午蛋卷儿来找我,一起吃个饭。】

昨晚两人几近同时发了条朋友圈,炸出了一群没睡的夜猫子,迫不及待想知道两人进度的文丹乐急吼吼地说要来找郁唯祎,正好要去公司的郁唯祎就把见面地点约到了公司附近。

熠狗子:【啧,文丹乐怎么还和以前一样不懂事,她那么多男朋友都白谈了?】

郁唯祎失笑。

郁唯祎:【你可以一起过来。】

熠狗子:【不是可以,是我当然要过去,她抢了我和我女朋友恋爱的时间,我得让她知道自己是电灯泡。】

隔着屏幕都能感觉到蒋少爷的不爽,郁唯祎笑起来,给他发了公司地址,叮嘱几乎一晚上没睡的他快去补觉。

片刻后,她收到蒋少爷发来的自拍,心跳骤快,装作若无其事地收起手机,推门下车。

郁唯祎离开公司时,文丹乐还没出发,郁唯祎便到楼下咖啡店办公。她刚进去,遇到一位之前合作过的商业伙伴常思健。

男人在排队买咖啡,看到她时,愣了一瞬:"郁导,你喝什么?我帮你点。"

郁唯祎礼貌拒绝:"不用,谢谢。"

而后以极大的自制力闻着咖啡香解馋。

她走到靠窗位置,打开泡着枸杞的保温杯喝水。

没过几分钟,常思健在她对面坐下,推过来一杯冰美式:"我记得你以前喜欢喝这个,希望你口味没变。"

男人语气自然,彬彬有礼的目光里藏着一闪而过的惊艳,自来熟地和郁唯祎开玩笑："突然换风格,差点儿没认出你。"

郁唯祎没接,疏离地道了声谢,见他还不走,淡淡抬眸："你找我有事?"

"对。"常思健目光坦荡,"我上星期去你们公司找你,你同事说你休假了。不是特别着急的事,就去年我们合作引进的那档综艺我觉得反响挺好,我想再买下他们网站出品的其他几档综艺版权,交给你来做。前几天我出国和对方谈了谈,他们提了几点要求……"

郁唯祎边听边做纪要,记到一半,手机忽振。

是个陌生来电,归属地显示东浦,她没多想,直接挂断,把手机调成静音。

半分钟后,电脑版微信弹出一条消息。

熠狗子:【在哪儿?】

郁唯祎短暂分出一丝心神回他:【公司,在忙,一会儿再和你说。】

她发完,正要关闭微信,看到一闪而过的几个字——【还得多久?】郁唯祎没时间回复,直接关掉对话框,继续听常思健说对方提的要求。

十分钟后,常思健喝完咖啡,所有的要求和想法也一并说完,目光不着痕迹地看着对面认真工作的姑娘,这才起身："行,那我回去后等你的策划。"

郁唯祎点头,看到他伸出的手,犹豫了下,一句"期待合作"还没来得及说,一只干净修长的手忽然横插在两人中间。

蒋熠越过郁唯祎,沉得深黑的眸光先是看了眼桌上的冰美式,而后落在对面的男人身上,不动声色地冷了脸。

"你怎么来了?"郁唯祎欣喜。

却只是被蒋熠拽住手,拉到他身侧。

常思健看着眼前突然冒出来的英俊男人,被他握着的手吃痛,忙松开,意味难明的目光扫过两人十指交握的手,略显尴尬地笑了下："郁导,你交男朋友了啊?"

郁唯祎点点头。

一直未曾开口的蒋熠眸光冷戾,眼神里的逐客令昭然可见。

常思健只觉自己所有的心思在这样一双太过凛冽的眼中无所遁形,他尴尬地收回手,挤出一丝微笑:"恭喜,那我先走了。"

降至冰点的气氛并未因为对方的离开有所升温,郁唯祎一头雾水地看向反常的蒋熠:"你干什么呀?"

他一语不发地拽着她上车,骤然关闭的车门隔绝了还想继续跟着他们的摄像。他拿衣服挡住镜头,回身看她:"你不是说要和文丹乐吃饭?"

郁唯祎点点头,直到此时她还没明白蒋熠到底为什么生气,但还是耐着性子解释:"蛋卷儿还没到,我在这里等她,正好碰见一个合作伙伴,就聊了会儿工作。"

"是工作还是私事?"蒋熠嗓音里多了抹克制不住的戾气,"郁唯祎,他在追你。"

蒋熠一点都不想表现得这么不大度,但事实是,当他抵达郁唯祎的公司,想要见她,却在咖啡馆外面看到她和一个正追求她的男人坐在一起,相谈甚欢,甚至还挂了他电话不回他微信,他所有的冷静都瞬间灰飞烟灭。

漫长而煎熬的短短十分钟,蒋熠脑海里无数次升起想要揍人的念头,又因着郁唯祎之前说过的那句话,硬生生忍住。

郁唯祎蹙眉,明显愣了下:"那都是以前的事,他是和我表白过,但我已经拒绝了,我们真的只在谈工作。"

话音刚落,她猛然意识到不对:"你都不认识他,怎么会知道?"

蒋熠眸光微闪。

他没解释,压着那股无处发泄的闷火,把单纯的姑娘抱进怀里:"可他没放弃,你以为你们聊的是工作,那些喜欢你的男人脑海里却不这样想,他们只不过是打着工作的旗号制造追你的机会。"

郁唯祎无奈地拍拍蒋熠,觉得他大概是因为两人分开太久,有些杯弓蛇影:"真的不是,他刚才和我提到的都是工作,而且你过来时我们已经谈完了……"

没说完,骤然逼近的吻侵略而至,封缄她的唇,蒋熠深黑的眸光如漩涡将她湮没。郁唯祎浑身不受控地一颤，三年未曾亲密却依然熟悉的气息攫走了她所有理智，她下意识搂住他，长睫轻阖。

他单手托住她几近无力支撑的腰，不容他人染指的占有欲充斥着黑眸，吻得愈深。

最初极具侵略的野蛮过后，蒋熠逐渐变得温柔。郁唯祎沉沦在三年只曾在梦中出现过的深吻里，缓缓闭上眼，回应他，任由心神失守的自己随他一同下坠。

调成静音的手机屏幕亮起，显示着文丹乐的名字，又随着无人接听的寂静转瞬变暗。

不知过了多久。

两人克制地分开，男人摩挲着她的唇："郁唯祎，不要在我面前为其他男人辩解，嗯？"

她睁着潋滟的眼乖乖点头。

"有些人就是怀着不纯的心思接近你的，所以别再以为他们只是单纯地想和你谈工作，之前那件事还不够说明问题吗？"

闻言，她微微一顿。

如果是之前的郁唯祎，会第一时间固执地解释自己能处理好，她早已不是学校里单纯的学生，能分得清别人伪装下的真实目的。可此刻看着蒋熠依然把她当成小姑娘保护，那些独自硬扛惯了的倔强话就再也说不出口。他想要保护她，那她就变软一些，听他的话。

她眉目柔和下来："我记住了。"

"不能只是记住。"蒋熠把她紧紧揽进怀里，"既然现在知道这个人没安好心，我希望你能和他划清界限。"

划清界限？

郁唯祎反应过来蒋熠是不希望她和常思健再继续合作，眉峰很轻地蹙了下，须臾，她缓缓摇头："可这是我的工作。"

蒋熠眸光微沉。

郁唯祎耐心地和他解释："如果我因为他的原因和他在工作里避嫌，

那是不是侧面说明我心里也有鬼？可我根本不关心他工作以外的事情，也不想知道他还会不会继续追我，我有你，而且我只想把属于我的工作做好。"

蒋熠绷着下颌。道理他当然明白，可要他怎么放心自己的女朋友天天和一个觊觎她的人打交道？哪怕是正常工作也不行。

两人谁都说服不了谁，刚刚和好的气氛再度僵持。

郁唯祎深呼吸，暂退一步："我们冷静一会儿。"

说完，她准备下车，却被蒋熠一把拽住。

"你去哪儿？"他眼底是掩饰不住的紧张，如瞬间警觉的小兽，紧紧攥着她的手，似乎怕她一走了之。

郁唯祎心里倏地一软，方才强压的零星脾气瞬间灭火："我就在外面站着，不走，我们再争下去只会吵架，我不想我们生气，就各自冷静十分钟，站在对方的角度想一想。"

"不要，就在车里。"蒋熠固执地把她按在座位上，攥着她手背过身，"我们背对背冷静，谁也不能离开。"

郁唯祎看到蒋熠手背上隐忍的青筋，心里越发柔软，她靠着他，脑海里乱七八糟地聚集了一堆想法，一会儿觉得蒋熠说得也有道理，一会儿扪心自问自己也没做错。

不知该怎么办时，猛然想起蒋熠刚才对她避而不谈的那个问题——

"你怎么知道以前的那些事？"

郁唯祎回身看他，男人难得词穷，眸光有一瞬闪躲，片刻，他才摸摸鼻子："你朋友圈发过你们的合影。"

"合影？"郁唯祎一愣。

她很少发工作之外的动态，怎么可能会发和别人的合影？何况她和常思健根本算不上朋友。

想了很久，郁唯祎才记起是去年两个公司合作的节目播出时，她和常思健在一起拍了张合照，顺手发到了朋友圈做宣传。

"可是，那个照片里好多人，你怎么会就记得他？"郁唯祎依然没想明白。

"男人也有第六感,他看你的眼神不对。"

郁唯祎半信半疑,总感觉自己落了点什么,直到准备拿手机时才想起来:蒋熠为什么能看到我一年前的朋友圈?

她设置的隐私范围一直是仅半年可见,而那档节目是去年上线的,距今已有一年有余,换句话说,即使是最近两人重新添加了好友,蒋熠也不可能穿越到半年之前,看到那条有常思健合影的朋友圈。

她心里有一个呼之欲出又不敢深想的猜测,直勾勾地盯着眸光坦然却不自觉摸着鼻子的男人,郁唯祎嗓音微微发颤:"你是不是有什么事瞒着我?"

蒋熠心中一慌:唔,瞒不下去了。

郁唯祎看他的眼太过通透,又掺杂些许说不清道不明的情绪。

一向天不怕地不怕、敢做敢当的蒋熠没来由地有些慌,一只手把她紧紧圈在怀里,长腿抵着她前面的空间,像是怕她逃跑,这才承认:"我用小号加过你,你不知道。"

小号!

郁唯祎脑海里的迷雾炸了开来,"噼里啪啦"地在她耳边嗡鸣。

她起初以为这家伙最多是和她一样偷偷摸摸地看看彼此的微博、朋友圈,万万没想到他比她更没有做人的底线,不是偷窥,而是光明正大地掌握她的所有动向。

因为工作性质的缘故,郁唯祎朋友圈的动态是全公开的,没有屏蔽谁,也懒得分组,只要和她是微信好友就都能看到。

所以,比起这三年来她对他一无所知的空白,蒋熠对她,大概是要了解得多。

郁唯祎忽然就记起节目录制前蒋熠的一段单独采访。

"你们多久没见了?"

"三年。"他当时停顿了一瞬,又补充,"如果隔着网络的不算。"

如今回想起这句话,郁唯祎听懂他隐藏的潜台词,一时间心里五味杂陈。

她当然不会责怪蒋熠,她只是觉得,比起她什么都不知道,只能靠回忆思念,能看到对方却不能和对方说话,其实更自虐。

蒋熠小心翼翼地去拉郁唯祎的手,因为她长时间不说话而越发慌乱:"你生气了?对不起,是我不对,你微博上没有你照片,我就想着加你微信看看。"

郁唯祎摇摇头,定定看着道歉态度诚恳,但其实应该依然不觉自己有错的男人,笑了下:"没有生气,这种事为什么要生气?我就是觉得,唔……你比我想象中的还不要脸。"

蒋熠眸光转瞬一深,低头,不轻不重地咬着她的唇。

脸是什么玩意儿?又不能当老婆,要它干吗。

郁唯祎被他吻得心里愈软,方才一直纠结的问题在此刻迎刃而解,下定决心:"我会和领导说这几个项目交给别人去做,你不用再担心。"

蒋熠一愣。

他缓了缓,却并未答应:"我刚也想过了,追你的男人只会多不会少,我不能自私地要求你避开所有追你的人,而且因为这个让你没法做自己喜欢的工作,我也太窝囊了。"

他揉揉她头,清亮的黑眸痞气又嚣张:"你是我的,旁人敢挖我墙脚试试。"

郁唯祎笑起来,勾上他的小指:"那我们约法三章,以后不管是你还是我,再遇到类似的事情,都不能隐瞒,不能分开冷静,当天事当天解决。"

蒋熠把姑娘柔软的手指贴上唇,点了点头。

这番话后,车内气氛无声升温,隐秘的旖旎轻轻摇荡,没入两人交错的呼吸。

他们两个浑身带刺儿的小刺猬,在漫长的试错后,终于学会站在对方的角度思考问题,找到最适合彼此的相处方式。

也许前路漫漫的人生道路上,他们还会遇到各种各样毫无准备的考验,但就像郁唯祎对翁晴说的那番话,他们不会再什么都不做地推开对方,而是改变自己,包容地牵着彼此的手,一起坚定地走下去。

解决过两人和好以来的第一个小麻烦，郁唯祎才猛然想起文丹乐还在等她，赶紧拽着蒋熠下车。

果不其然，被放鸽子的文丹乐哀怨地等在餐厅，已经一个人吃完了一份甜品。

"你不回我电话，我就知道你肯定是被工作缠住了。"文丹乐拉着她坐下，暧昧地看了一眼蒋熠，"不过这'工作'怎么还自己跟过来啦？啧啧啧，蒋草你还真是一点都没变，和上学时一样黏祎祎。"

蒋熠点着菜，漫不经心道："她是我女朋友，我不跟着她跟着谁？"

郁唯祎拿脚在桌下轻轻踢了踢他，提醒他有摄像。

"已经和好啦？"文丹乐对节目规则了解得贼清楚，"你们这节目不是到最后才能有结果吗？和好了也得假装犹豫不决，吊足网友胃口留悬念。"

蒋熠嗤笑，才不惯节目组毛病："那是别人，不是我们。"

而后用脚勾住某个在桌下撩了他就跑的姑娘，他痞气地看着她："我们和好是早晚的事，我只不过是提前摘掉前任的帽子。"

文丹乐忍不住大笑："噗……哈哈哈，所以你这三年其实一直没把自己当祎祎前任吧？"

文丹乐像是烫到嘴似的猛然刹住，在蒋熠要笑不笑的目光和郁唯祎疑惑的眼神里，慌忙接过服务员递上来的小吃："吃饭吃饭，饿死我了。"

郁唯祎的疑惑在饭后得到了解答。

"祎祎啊，既然现在你和蒋草和好了，我以前瞒着你的事终于可以见天光了。哎哟，憋死我了，你知道我这人压根儿藏不住话，要不是蒋草拿我高中时候的丑照威胁我，我早和他翻脸了。"吃完饭，蒋熠去开车，文丹乐把郁唯祎拉到一旁，一脸脱离苦海又嗑到糖的雀跃，"其实你俩分开的这几年，蒋草和我联系过几次，问我你有没有男朋友，有没有人追你，要我和他汇报你的最新动态，还不让我和你说。唉，我夹在你俩中间，看着你们明明还喜欢对方却都假装不爱的样子，真的特别难受，现在你俩终于和好，你不知道我有多高兴……"

后来文丹乐和她说的那些话，郁唯祎其实一个字都没听清，她脑袋仿佛很沉，沉得装满了直到此时才知晓的男人藏了三年的心，又仿佛很轻，轻得那些世俗的枷锁和羁绊似乎都不存在，只剩下蒋熠。

她昏昏沉沉地靠着车窗，熟悉的街景在窗外飞逝倒退，她想起三年前他放下一切从伦敦回来找她，又为她放弃东浦的工作留在西覃，眼圈泛了红。

郁唯祎回过头，定定地看着蒋熠，忽然开口："阿熠。"

蒋熠被她突如其来的撒娇惊得差点儿撞树，急刹车，在路边停下："你喊我什么？"

男人眼底是掺着惊喜又极力克制的镇定。

郁唯祎浅笑，软软地又重复了一遍三年不曾开口的亲昵称呼："阿熠，我们回东浦吧。"

他为她做了太多，就让她宠他一次。

蒋熠确定自己这次没有幻听，他眸光深了深，抱住难得软糯的姑娘，亲吻着她的头发："怎么突然想回去？"

"不是突然。"从知道蒋熠在东浦为两人安了家的那天起，这个念头就在郁唯祎心底生根，劈开她一直以来说是倔强其实是自私利己的外壳，"以前都是你跟着我跑，这次，我希望是我跟着你。"

蒋熠捧着她的脸，低垂的黑眸微动，流光溢彩的色泽在他瞳孔上润湿她小小的影子，良久没说话。

须臾，他直起身，从电脑包里抽出一份文件，痞笑道："我们的心有灵犀从床上拓展到床下了。"

郁唯祎暗骂：怎么哪种话题都能扯到十八禁。

她疑惑地接过蒋熠给她的东西，看清以后，整个人蓦地一呆——那是份房屋租赁合同，承租的地方是西覃市中心的商业大楼，承租人，蒋熠。

"本来想晚点再告诉你的。"他语气依然轻描淡写，仿佛一直以来为她做的牺牲不值一提，"公司这个月底就会搬到西覃，已经都弄得差不多了，我们留在这里就好。"

郁唯祎嗓音轻颤:"为什么要搬到这边?你好不容易才把公司做这么好,搬到这里又相当于重新开始,我不需要你为我这么做,我可以跟你去东浦啊。"

"没有好不容易。"蒋熠温柔地抚上姑娘红通通的眼睛,"更不算重新开始,其实回国时就确定了以后在这边发展,我只不过是短暂地在东浦中转一下。"

郁唯祎眼圈愈红,才不相信这人嘴里的鬼话:"那也应该是我换地方而不是你,你的家人和朋友都在那边,我就自己一个人,在哪儿都一样的啊。"

"没有谁比谁应该,你为了我放弃自己干了这么久的事业,我会心疼。"

郁唯祎忍了很久的眼泪模糊了双眸:"我也会心疼你啊……"

"那就到床上再心疼我。"蒋熠吻上她的眼睛,坏笑,"我是老板,公司在哪儿开我说了算,在工作上也没什么值得心疼的,你没听说过一句话?老板都没长良心这玩意儿。"

郁唯祎眼角的泪被他吻去,不曾退却的酸胀却一直蔓延到了心底。

他总是这样,为她做再多牺牲都不觉委屈,反而在她刚要为他做点什么时,就心疼得什么都不舍得让她做。

郁唯祎睁开湿润的长睫:"可你都在那边买好房子了。"

"房子?"蒋熠一愣,想通后倏地沉了脸,"我妈找你了?她是不是为难你了?"

"没有。"自知失言的郁唯祎按住他准备找手机的手,摇摇头,将翁晴那番话简明扼要地转述完重点,认真看着他,"的确没有谁比谁应该,但事实是你换到西覃要付出的代价比我多得多,我不能在明知你为我牺牲的前提下还心安理得地享受这一切。阿熠,我跟着你走是对我们两人来说最优的决定。"

"没有最优,再科学的决策也势必要建立在其中一人让步的基础上,而我不想让你成为为我让步的那个人。"蒋熠霸气地直接封住她的唇,轻吻慢咬，"小姑娘是用来宠的，我宠你这么多年都习惯了，你突然反过来让着我，我会不习惯。"

蒋熠真的是受虐体质，程度还不轻。

眼瞅着这家伙仗着镜头被挡又肆无忌惮地准备干坏事，几近招架不住的郁唯祎轻轻咬了他一下。

分开后，她的指尖恋恋地没入男人黑而硬的短发："那房子怎么办？"

"放那儿呗，反正咱们家房子多。"从蒋少爷蜕变为互联网大佬的蒋总依然轻狂，把不要脸和不差钱的气质发挥得淋漓尽致，"以后想回去随时回去，就当度假。"

郁唯祎哭笑不得，只当他开玩笑。

而此时的郁唯祎还不清楚的是，深知她缺乏安全感的蒋熠，早已在西覃也为她安置了一个家。

02

临近傍晚，两人抵达西覃城郊，乘索道上山。

缭绕的云雾漂浮过他们头顶，地面和高楼在他们脚下下坠，四周空远，郁郁葱葱的树伴着山脉巍峨，包揽着目光所及的风景，城市笼罩在温柔的斜阳里，暮色撩人。

黄昏是一天中最美的时刻，南飞的大雁掠过城市，留下与光同色的长痕。

郁唯祎紧紧牵着蒋熠的手，第一次，不再觉得自己与这座城市格格不入。

他们在山顶坐下，看黄昏流云，日落月升，星星点点的光沿着山脚下的城市徐徐点亮，白昼退场，星空上线。

他们置身黑暗，却又像围绕着彼此公转的两颗小行星，被对方照出独一无二的亮光。

"郁唯祎。"他轻声喊她。

她回过头，目光望进蒋熠在月色下盛满星光的眼里，仿佛回到他们恋爱的第一天。

"我在。"她软软地应了一声。

蒋熠轻轻摩挲着她的无名指，黑眸深邃："有个东西想请你帮忙戴一下。"

她心脏不自觉地攥紧，因着脑海里已经猜到的某个答案。

当蒋熠从贴身的口袋里拿出那枚曾被他丢掉的戒指，她再也没绷住，眼眶倏地一红，飞快仰起头逼回眼泪，恢复刚才甜甜的笑，郑重其事地接过。

"你没扔？"

"扔了。"蒋熠摸摸鼻子，含糊其词，"后来又捡回来了。"

郁唯祎正给他戴戒指的手轻轻一顿，她抬眸看着他，眼圈泛起隐忍的红："是不是找了很久？"

"没有。"他否认得极快。

"瞎说。"她低头认真给他戴上戒指，摸到男生同样变得纤瘦的指关节，心里的疼就钻进了五脏六腑，"那片都是垃圾堆，几天都没人收拾一次，你又没有狗鼻子，怎么说找就找得到。"

"我有……你不老说我是小狗吗？"

郁唯祎心里越发疼，眼泪含在眼眶，软软的小奶音就染上了克制不住的轻颤："那怎么找到的？"

蒋熠默了默："就，用手找到的。"

郁唯祎心脏一颤，像被钝剑狠狠凌迟。

用手……那可是臭得连清洁工打扫时都要戴手套的垃圾桶啊！他平时洁癖得连有味道的豆腐乳都不能容忍，却在臭气熏天的垃圾桶里翻找小到几乎看不见的戒指……

郁唯祎忍了很久的眼泪无声滚落，在手背上溅起滚烫的涟漪。

蒋熠温柔地抬起她的脸，擦去她不想被人看到的眼泪："没那么难找，真的。"

对当时的他来说，比起无法开口的撕心裂肺，身体能感知到的嗅觉还能让他真切地意识到自己还活着。

他几乎是在刚开出小镇时就后悔了,立刻掉头,回到两人分手的地方。

整个小镇充斥着盛夏闷热的气息,他后背黏湿了汗,身上沾满着果皮剩菜的残渣,蚊虫在他四周嗡鸣,聒噪的蝉声占据了他此后三年听到都会头痛的记忆,他在那时却仿佛感觉不到它们的存在,所有的精力都凝聚于那枚尚未找到的戒指。

天色变暗,他打开手机的手电筒照明,这才发现手上有划伤,可是不痛。他屈膝半跪在地上,继续翻着越来越少的垃圾。路过的流浪狗停下,冲他狂吠,他当时已经无法冷静地思考问题,第一反应是朝它挥起拳头,也许是他当时的样子太吓人了,那条狗在再次发出两声吠叫后,转头离开。

直到他找到戒指回家,看到镜子里狼狈不堪又陌生的自己,蒋熠才猛然意识到,他连狗都不如。

可是,如果郁唯祎还愿意回头,他就是变成狗,也依然想要和她在一起。

那天晚上,蒋熠发了高烧。

半梦半醒间,他好像看到了心爱的姑娘拉着他手求他别走,姑娘温柔地回应着他,清丽笑颜和软糯糯的嗓音几乎让他真的以为自己没有和她分开。

直到第二天睡醒,看到手机里大段大段被拒收的微信,他才相信,她真的离开他了,没有回头。

蒋熠浑浑噩噩地烧了三天,终于接受了这个残忍的事实,收拾东西回了英国。

郁唯祎没能流下的眼泪,在男人轻描淡写的几个字中,无声蚀骨。

而后,她握住蒋熠被她眼泪浸湿的手,放到脖颈处,引着他摸上项链:"帮我取下来。"

蒋熠取下被她体温暖得温热的戒指,给她戴到无名指上——有些松。

他垂下眼,浓睫挡住了眼底心疼自责的情绪,余留他温柔的嗓音:"别哭,等结婚时我们再买一对。"

郁唯祎破涕轻笑："我以为你现在就在求婚。"

"不，要先表白。"他握上她的手指，放唇边亲吻，离别三年不曾重遇的对戒在夜色里闪着莹莹的光，却都不及他看向她时眼底的熠熠星辰，"祎祎，和我在一起。"

郁唯祎刚止住的眼泪再次汹涌，仰起头飞快擦去，冲他浅浅一笑："我还欠你五万块钱。"

蒋熠轻扬眉，没明白她为何突然提及这个。

"可以用我余生，以身相许还债吗？"

那些初时是她活下去的动力，后来仿佛只要不还完，就是可以永远和他产生羁绊的债务，慢慢长成郁唯祎一直藏到现在从没敢说出口的私心。

清冷惯了的姑娘第一次这般勇敢地当着镜头，对自己爱了这么多年的男人说着他最想听的话。

蒋熠眸光瞬深，将郁唯祎揽进怀里，低头正欲吻她，忽然意识到什么，他摘下两人的麦还给节目组，不客气地下逐客令："杀青了，你们还不走？"

一众眼巴巴等着嗑糖的工作人员心想：啊啊啊，你们倒是亲啊，能不能播是我们的事，但看你们发糖就是我们现在所有人的当务之急，搞快点啊！

可惜蒋少爷压根儿不关心他们，更是从来不惯着节目组，说完直接带着女朋友走人。

夜晚的山上温度略低，郁唯祎被蒋熠抱在怀里，男人给她披上他的外套，微垂着看她的黑眸幽深炽烈。

他们终于可以肆无忌惮地拥吻对方，再无任何顾虑，乘风而来的月色编织出他们交叠的长影，在炽热的浓情里无声弥补他们分隔三年的空白。

破镜重圆真是这世界上最值得期许的一个词，他们在最美好青涩的年华里为彼此心动，争吵过分开过后悔过，深藏着从不曾放下的爱一路跌跌撞撞，所幸，他们十八岁许下的誓言，一直都是一辈子。

"郁唯祎。"

"嗯？"

"做我女朋友。"

"好。"

"以后会升级,你应该知道,我不只是想和你谈恋爱。"

"不知道。"

"啧,那现在知道了吗?"

"知道啦!"

年少时轻狂又炽烈的表白,无人知晓我们都当了真。

没有辜负。

录制结束的那晚,两人没有立刻回家,而是坐在微光闪烁的峰顶,等待日出。

"为什么要把最终的选择地定在这里?"夜晚的山间繁星极亮,秋露清浅地沾湿空气,微微沁凉,郁唯祎穿着男生温暖的外套,靠在他怀里,仰脸看着头顶手可摘星的夜空。

"因为这里是整个城市离星空最近的地方。"蒋熠握着她的手,"这样许下的誓言才会永恒。"

郁唯祎失笑:"这什么逻辑?"

"和海枯石烂的道理差不多。"蒋熠轻轻转着她无名指上的戒指,用手量着她指间的轮廓,抬眸看她一眼,"我觉得烟花的寓意不够好,短暂易逝,不像天体,几乎永恒不灭。"

郁唯祎微愣。

从蒋熠深远的眼神里读懂两人分手给他带来的迄今未曾痊愈的伤,郁唯祎眼圈一红,重重"嗯"了一声:"那我们就活成老怪物。"

蒋熠轻敲她头:"像我们这么好看的,叫神仙。"

郁唯祎笑起来,在自恋的蒋少爷头上用力揉了一把:"好好好,神仙,两个老神仙。"

话刚落,她的手被蒋熠捉住。男人低头吻上她的唇,环在她腰间的手短暂离开,外套铺地的同时,手掌垫着她的头倾身压下。

"祎祎。"男人黑眸离她咫尺，细碎的星光从他眼底溢出来，勾得她心旌摇荡。

她点头，应声，睫毛蹭着他的脸，遥远的风湮没在两人的呼吸里。

他深眸更低了下去，映着月光，吸血鬼似的诱她魂魄，从长发到额头，从鼻尖到唇瓣。挣破黑夜的光逐渐亮了起来，让人想起七年前两人在海边确定恋爱关系的那天，年少的青涩和悸动汇成浅尝辄止的一个亲吻，因为深爱而不敢太过放肆，如今他们迈过三年的空白，终于可以肆无忌惮地将幻想变成真，一如那年的伦敦跨年夜。

郁唯祎直到第二天下午才睡醒，旁边没人，床头柜上放着杯白开水，温的。她下床时，蒋熠从外面进来，清洌的惑人气息卷走她唇边的水渍，一记深吻。

她问："怎么起来啦？"

他揉揉脖子说："你床太小了，我有点落枕。"

郁唯祎的床只有一米五宽，蒋熠一米八七的身高睡上面着实有些憋屈，即使养成了陪她侧躺睡觉的习惯，但早上跟着她翻身时，一不小心长腿落了地，脖子也跟着扭了下。

刚才僵得实在有些受不了，他才起床活动了会儿，本打算活动得差不多就回屋继续陪着她睡，没想到人已经起来了。

郁唯祎心里愧疚，把杯子递给他，给他轻轻按揉："那我下午去商场再买个床。"

"不用。"蒋熠微屈膝方便她按，"我今天陪你收拾收拾东西，咱们明天搬家。"

"搬家？"郁唯祎一愣，"搬哪儿？"

"当然是搬我那里。"蒋熠本能想回头，奈何被落枕的脖子局限了行动，他只好转过身，"我在你们公司附近的小区买了套房，家具都配好了，我们过去就能住。"

郁唯祎更蒙了："什么时候的事？"

蒋熠想了想，自己也记不清了："他们楼盘开盘时给我打过电话，我听位置户型还可以，就定了一套。"

郁唯祎有点震惊："你什么都没了解？"

"没什么好了解的，正规公司正规手续。"蒋熠把她按在床上，开始帮她收拾东西，"地段位置也都挺好，方便你上班，你现在住得离公司太远了。"

郁唯祎想通蒋熠买房的真正原因，一句责怪的话都说不出口。

她东西不算特别多，翌日收拾好，便随着蒋熠搬进了新家。

房子离公司的确很近，步行就能到，是一闹中取静的高端小区，依然是郁唯祎喜欢的装修风格。

安置好后，两人把小鱼从宠物店接回来，清清冷冷的房间一下子有了家的气息。蒋熠在书房办公，她抱着小鱼在他旁边的沙发上写方案，偶尔男人起身，隔着"少猫不宜"的小鱼和她接个吻。啥也看不懂的小鱼仰着胖脸瞅来瞅去，"喵"一声踩着郁唯祎跳上蒋熠的脚，破坏他俩的旖旎氛围后就溜达去客厅，闻着厨房飘出的饭香望门兴叹。

一猫、两人、三餐、四季，郁唯祎像一枝经历飓风飘零许久的格桑花，摇摇晃晃地被心爱的少年捧在手心，从此终于有了庇佑她一生的高树。

03

白露过后，天气渐凉。

周一，郁唯祎去上班，出门前，蒋熠给她穿上外套，在腰间系了个漂亮的蝴蝶结："下班后我去接你。"

郁唯祎想说现在离得很近，她自己回来就行，可蒋熠轻咬着她的唇，说道："上学时都是我送你回家的，现在住一起更得我接。"

他眼神里是不容拒绝的亮光，郁唯祎笑着应下，轻踮脚和他接个吻，拿上包出门。

八点一刻，郁唯祎出现在鲜橙大厦，刷卡上电梯。

距离九点的上班时间尚早，鲜橙又是工作性质决定加班居多的视频网站公司，楼层里几乎还没多少人，郁唯祎泡杯蒋熠放她包里的养胃茶，开电脑办公。

"小唯姐，早呀。"

"早。"

临近九点，空旷的办公室逐渐热闹起来，郁唯祎合上电脑，去茶水间接水，路过负责她们部门业务的副总裁办公室时，往里看了一眼。

领导还没来。

十点，苏觐樾姗姗来迟。

郁唯祎隔了五分钟，敲响他的门。

"进。"苏觐樾从办公桌后抬头，冲她指指桌上刚沏好的茶，示意她坐，"小郁，我正好要找你，常思健那边发来了几个合作项目，我转你邮箱了，你看一下。"

郁唯祎微微颔首："苏总，我也正好想找您说这事。"

"怎么了？"苏觐樾直起身，"项目有问题？"

"没有，常总前两天和我介绍了一下大致的情况，可本土化空间很高，我觉得可以做。"郁唯祎微顿，"但我想交给其他人。"

"理由，据我所知，你手头的那档节目马上收尾，目前正好空闲，常思健以前和你一起合作过，你俩再共事效率会更高。"

"我团队的其他人也能和他磨合得很好，她们之前和常总也打过交道，请您相信她们的工作能力。"

"你有新的点子？"苏觐樾看她的目光含着期待。

郁唯祎沉吟一瞬，点点头，说出酝酿了很久的想法："现在国内有很多濒临失传的民间艺术，我想记录下来，做档纪实节目。"

"纪录片？"苏觐樾期待落空，明显不赞同地笑了下，"小郁啊，你脑子还清醒吧？现在没多少人喜欢看这个，观众要的是能短时间刺激到他们肾上腺素的综艺，而不是死气沉沉的默片镜头。你有这个想法是好的，但你看看现在的网络环境，我们得一秒抓人眼球三秒留住用户，短视频都已经挤得我们快没有生存空间了，你还指望观众能静下心来看一个不搞笑不煽情的纪录片？"

郁唯祎直视着苏觐樾，缓缓开口："我知道，但我相信，观众不是不喜欢，而是没有选择。快餐可以饱一时之饥，却并非是所有人的长久之选，观众有自己的审美和认知，如果我们能做出值得看的好节目，他们会静下心来选择我们。能走得长远的好节目不该像快餐一样食完即忘，而应该像酒，初饮时上头，回味时绵长。"

苏觐樾沉沉看着这个从进公司以来就锋芒毕露、才华出众的姑娘，许久，他一摊手："小郁，我很欣赏你的自信。这样吧，我同意你做，但常思健那边的合作你必须得保质保量地完成，我不管你是亲自监管，还是交给团队其他人，我只看结果。"

郁唯祎眼睛轻轻亮了下，郑重地点点头："您放心，我团队里的人不会让您失望的。"

"还有，新节目我只能给你这么多的预算。"苏觐樾朝她伸出两根手指，"听你刚才的介绍，这节目估计也拉不到什么赞助，公司只能做到差旅报销，再额外给你出差补贴，其他的福利就别想了，人员你就自己调配吧。现在人手都紧张，你这同时搞几个节目肯定更不够，有困难和我提，但我不保证都能满足。"

郁唯祎笑着点头："已经可以了，您再多给我配一个摄像老师就行，其他的我都可以自己来。"

出了苏觐樾的办公室，郁唯祎就召集部门人开了个短会，梳理完季度总结和下半年的工作重点，她着重提了下常思健那边的合作，分配好工作后散会。

回办公室，她还没坐下，郭芩从门后露出脑袋，小心翼翼地瞅她："小唯姐，这么大的制作真要交给我们几个负责吗？你一点都不管啊？"

郁唯祎笑着问："对自己没信心？"

郭芩点点头，又飞快摇摇头，给自己打气："不能说没信心，要相信自己可以……可我还是有些虚。"

"虚什么？有我陪着你们。"郁唯祎笑着拍拍她，"不是什么都不管，录制审片我依然会参与，只是不会管那么多，你们就放心大胆地去做，有什么问题随时找我。"

郭芩用力点点头，正要走，又扑闪着眼问她："小唯姐，那你对我们有信心吗？"

"当然。"郁唯祎挑眉，没意识到自己说了句极具蒋氏风格的话，"你们是我带出来的人，否定你们的能力就相当于否定我自己。"

郭芩小嘴瘪了起来，泪眼汪汪："小唯姐，你放心，我就是榨干我的脑细胞跑断我的腿，也绝对不会让你失望的。"

"我相信。"郁唯祎笑道，"快去干活吧。"

"嗯嗯。"郭芩拉开门，脚步忽地顿了下，扭过头冲她俏皮地眨眨眼，"小唯姐，你现在逐渐蒋化了呢，说话语气都和姐夫一模一样。"

姐夫……这改口改得也太快了吧，要让蒋熠听到，尾巴又得翘上天。

郁唯祎压下不自觉上翘的嘴角，打开电脑，找到一个很久没更新过的文件夹——里面记录着她大学时感兴趣而收集的民间艺术资料，提醒着她当初选这个专业的初衷。

月亮和六便士，很难兼得，可她依然想在握着虽然不多但足够安心的六便士后，试着抬头寻找月亮。

一顿午饭的工夫，八卦聚集地的茶水间产生了新的谈资。

"你们听说了吗？小唯姐把刚拿下的几个项目全分给手下人做了，天啊，她真的好大方，都不害怕下属干得好超过她吗？"

"自己有才怕啥，小唯姐不一直都这样，带新人时也是尽心尽力，从不藏着掖着，真羡慕她手下的人。"

"羡慕+1，遇到个好领导真的是上辈子拯救了银河系。不过听说小唯姐刚进公司时运气可没这么好，上司没能力还不相信她有实力，连着毙掉了她好几个提案，她愣是自己一个人把其中一个被毙的提案做了起来，直接爆红成了当年最火的节目，然后就'噌噌噌'一路升职加薪，成为咱公司实力最强的女魔头。"

"真厉害！小唯姐就是我偶像！"

"呵呵。"背后忽然有人出声，几个聊得正起劲的姑娘一阵哆嗦，齐刷刷回身。

"美丽姐。"

"美丽姐你也来接水啊。"

王美丽不冷不热地抬了下眼，按下饮水机龙头接水："你们刚才在说什么？我怎么不知道公司多了几个大项目？"

刚从外面回来的王美丽了解清楚情况后，阴沉着脸，难以置信公司比她资历低的后辈们现在都爬到了她头上，真是鸡犬升天。

距离晚上下班还有一刻钟，郁唯祎收到蒋熠来接她的微信。

熠狗子：【我出门了。】

熠狗子：【路边摘了朵花，送给你。】

郁唯祎点开图，笑了起来。一束漂亮的满天星，生机勃勃地笼罩在暮色的光里，映出地上男人颀长的身影。

郁唯祎：【野花不准带回家。】

熠狗子：【那我在外面吃干抹净再回去。】

熠狗子：【房开好了，等你过来。】

郁唯祎配合着他演戏，收拾东西下楼。

郁唯祎：【可我没带身份证。】

熠狗子：【那我把你变小，藏口袋里带进来。】

郁唯祎：【这什么魔法？】

熠狗子：【爱的魔法。】

郁唯祎：【土死啦。】

熠狗子：【不土，认真的，一会儿见。】

郁唯祎轻轻拍了拍发烫的脸，进电梯。

抵达一楼，对面电梯同时开门。

"郁导。"

郁唯祎抬眸，微蹙眉，平静而疏离地掠过面前最近偶遇次数有些多的男人，淡淡颔首。她记起半年前常思健的公司被鲜橙收购，所以办公地点也搬到了这里。

常思健问道："着急下班吗？如果方便的话，我想和你聊聊。"

"不方便。"

常思健一愣，五味杂陈地看着丢下这句话就转身欲走的姑娘，他紧走两步，拦住她："郁导，合作不成情分还在，没必要把关系搞这么僵吧？"

郁唯祎冷淡地拉开距离："可我们之间除了工作往来也没其他关系，无所谓僵不僵。"

他镜片后的眼一黯，越过郁唯祎修长的天鹅颈看到朝他们走近的出众男人，心里一直爱而不得的不甘冒出了头："郁导，你拒绝和我搭档是因为你男朋友？哦不，你前男友。说实话，这种因为自己喜欢的人身边出现了别的追求者就产生危机感的男人，大可不要，吃回头草的男人，更是不值得你考虑。"

郁唯祎脸色冷了下来。

她长相清冷，平时很少流露真实情绪，沉静平和得总给人一种不敢亵玩的疏离感，倒让人忽略了她骨子里的凌厉。这会儿被人踩到底线，她和蒋熠如出一辙的不好惹就彻底展露无遗。

"不和你搭档是我有其他更重要的工作，不是你以为的个人原因，你还没重要到能成为影响我接不接一个项目的因素。还有，顺便纠正你一下，他不是我前男友，是我未婚夫。"

郁唯祎声音不算大，被人来人往的喧嚣湮没，却依然清晰地一字不落地传入蒋熠耳中，掷地有声的坚定刻进他的心底。

蒋熠脚步慢了下来。

他的目光越过穿梭在他们之间的人群，幽深地定格在郁唯祎清绝秀美的背影上，忽而轻轻笑了下——是他小心眼儿了，他爱着的姑娘一向视其他男人为粪土，又怎么可能处理不好那些追求者？

兵不血刃的刀光在常思健和蒋熠视线交错的一瞬决出胜局，男人气定神闲地拨弄着手里的鲜花,一双黑曜石般的眼轻狂而乖戾,却没再像上次那般直接出手。

这一刻,常思健只觉得自己一团蛮力好像都打在了棉花上,反作用于他身,内伤出血。

郁唯祎说完就走,这才看到不远处的蒋熠,她眼睛一亮,快走几步奔到他怀里:"怎么不喊我?"

"我未婚妻正在为我出头,不舍得打断。"蒋熠在她唇边偷个香吻,痞笑,"后悔了,应该拿手机把你刚才的后半段话录下来,每天循环播放,一直播到我们结婚为止,然后再让你把称呼换成老公。"

郁唯祎腹诽:那我大概每天要"社死"八百遍。

两人走出大厦,十指交扣,明明没有什么太过亲昵的小动作,只看得到彼此的温柔,却教人不敢惊扰,落日拉长他们般配的影子,汇入外面熙攘的人流。

常思健看得妒火中烧,不甘却又无能为力,认识郁唯祎这么久,他从未见过她如此灵动的模样,一颗藏在暗处觊觎这么久的心,直到此刻才终于认清现实。

郁唯祎一路欢喜地抱着蒋熠给她买的满天星,到家后,小鱼支着机警的耳朵回头,"喵"一声,走到她脚边上爪子,明显对她手里蓝蓝粉粉的不明物产生了极大的兴趣。

"不可以哦。"郁唯祎把花递给蒋熠,抱起小鱼放进它的专属豪华别墅,找出花瓶洗干净,插好花,再放到高处,这才把小鱼放出来。

小鱼耐着性子安静了几分钟,一直窝在花瓶底下的地板上四处张望。看到郁唯祎洗完手进卧室,坐在沙发上的蒋熠也跟着起身,它瞅准时机,刚要跃起,"咔"一声,被一只忽然冒出的大手扼住了命运的喉咙。

"怎么这么不听话,你妈刚说了不可以,你就挑战她的威信。"蒋熠不慌不忙地重新把小鱼送进猫窝,无视它卖萌的大眼,关上它通往自由的门,"乖乖待着,明天给你换个大房子。"

小鱼委屈巴巴地蜷缩在它有阳台有楼梯的三层豪华城堡，不高兴一向对它有求必应的亲妈竟然为了一束小花限制了它的自由，而它爸，哼，没有底线唯它妈是从的老婆奴。

吃饭时，郁唯祎一五一十地把今天和苏觐樾谈话的内容告诉蒋熠："我把之前的项目交给别人做了。"

蒋熠安静地等她继续说下去。

"那些节目都是大同小异的综艺性质，没什么挑战性，我想做点其他内容，真正可以被我们这个时代记录下来的东西。"

蒋熠温柔地看着提到自己喜欢的东西眉目都生动起来的姑娘，笑着点头："我知道，你上学时就想做这些，现在终于有机会，放心地去做吧。"

郁唯祎迟疑片刻，扬起充满愧疚的小脸："你会不会觉得我太自私？"

蒋熠疑惑，不懂她为何突然这样说。

"这种节目前期很可能不赚钱，观众都会很少，甚至可能是赔钱做。"郁唯祎诚实地将自己的顾虑和盘托出，"相应的，我的收入也会少很多，没办法像以前赚那么多钱。"

她一直标榜自己是独立自强的事业女性，现在刚和蒋熠复合，就从不靠男人的赚钱机器转为去追求理想的奋斗青年，把养家重担全压到蒋熠一人身上，对他着实不公。

蒋熠笑了起来。

"我巴不得你自私点，眼里心里只有我，最好靠我养，这样我就不用和你的工作争风吃醋了。"黏人的蒋少爷向来不吝啬承认自己这点毛病，捏捏她的脸，"你去做看月亮的那个人，我做赚钱的那个人，最雅和最俗，月亮和六便士，我们都能兼得。"

郁唯祎眼睛一红："可这样你压力会很大，又要养公司又要养家，我们现在住的房子，开的车，还有养小鱼，都需要花钱，我一会儿算算我卡里还有多少钱，先给你。"

"不用，说了你以身相许，哪能花你的钱，男人赚钱养家是应该的。"蒋熠咬下她的唇，"房子怎么也花钱了？"

"还房贷呀。"

他们现在住的是西覃市中心最好的小区,二百多平方米,用脚指头想也知道房价必然很贵。

郁唯祎已经开始盘算自己可以再接点翻译的兼职,却见蒋熠意味深长地看她一眼,轻笑道:"房贷?不了解,你未婚夫买房都是看中了直接交全款,省事省心。"

郁唯祎被她家蒋少爷给惊到了。

全款!好吧……她操了不该操的心。

"你是不是从来没了解过你未婚夫现在的事业?"蒋熠不满地咬她一口,"没事少关心小鱼,多看点财经新闻,那以后都是你的财产。"

郁唯祎这才意识到自己好像真的从来没有问过蒋熠工作上的事,大概是之前翁晴和她说的蒋熠创业很苦给她留的印象太深,她一直不敢真正了解他现在公司发展得怎么样,只是从当时负责背调的同事那里隐约听说,他公司好像规模不小。

"不管你赚的钱多还是钱少,我都不要,而且我不在乎。"郁唯祎紧紧握住他的手,终于有机会和他澄清当年伤人伤己的谎言。

蒋熠一勾唇:"晚了,你未婚夫赚得还挺多,而且找律师拟了协议,所有财产都给你,包括将来赚的每一分钱。"

郁唯祎一蒙,彻底怔住。

她对上男人依然痞气却又不似玩笑的双眸,眼圈瞬红:"你傻啊……"

"怎么能说你未婚夫傻,明明是聪明,这样你才不会离开。"

郁唯祎眼泪夺眶而出,把脸埋进他的怀抱:"你不给我也不会离开啊……"

"我知道。"他温柔吻去她的眼泪,在她耳垂轻咬厮磨,"可这样你就能以身相许补偿我,而且还是你自己主动要求的。"

郁唯祎觉得自己掉坑里了,本以为只藏了五万块钱的私心,殊不知这辈子要"还"的还有更多。

小鱼窝在"孤家寡猫"的别墅,高贵冷艳地俯瞰着气氛开始变得微妙的餐厅,一脸的司空见惯,对铲屎官动不动就弃美食于不顾的行为表达了鄙视。

亲亲是能当饭吃吗?怎么动不动就要"少猫"不宜?

它把胖嘟嘟的大脸贴在玻璃门上,自己和自己接了个吻。

04

晚上,郁唯祎和蒋熠在书房各自工作,她正整理着为新节目准备的资料,电脑忽然死机。

郁唯祎长按电源键,正要重启,蒋熠伸长胳膊,修长的手在她键盘上按了几下,屏幕忽亮,恢复正常。

郁唯祎扭过头,有些恍惚。

作为一个独居很久且早已习惯靠重启解决一切电脑问题的小白,直到此刻,她才真切地感受到自己男朋友其实是个IT大神,郁唯祎直愣愣地看着他,许久,憋出了句:"有点不适应。"

"以后慢慢适应。"他坐她旁边,把她圈在怀里,双手随意而灵活地敲着键盘,帮她优化电脑,"不只是这些,很多事情,你都可以交给我。"

他深深看她一眼:"乖,你现在有人可以依靠了,不用再当女汉子。"

郁唯祎鼻尖蓦地一酸,半真半假地开玩笑:"这么厉害的吗?"

"嗯,你对你男朋友的实力一无所知。"说着,蒋熠双眸痞气地微微上扬,示意她看屏幕。

郁唯祎抬眸。

满屏密密麻麻的代码,陌生而有种奇妙的机械美,在他按下运行以后,界面忽变。

一片浩瀚无垠的深黑,闪烁的星辰光芒流动,犹如万千漂浮的萤火虫,她的名字出现在上方,恍若带她一同置身浩渺的星河。

郁唯祎心里一颤。时隔多年,她再看到男生用这种工科生的浪漫和她表白,依然抑制不住地怦然心动——那个时候,与她隔着万里迢迢的蒋熠刚学会编程，会时不时写些有意思的小Demo（程式）发给她，有时是颗心，有时是个小游戏，男生骨子里的浪漫都融进了自己的专业，简单却让人无力招架。

郁唯祎一眨不眨地看着宛如特效的星空，没过脑子的真心话脱口而出："这么好看，得掉多少头发才能写出来。"

"这点脑细胞不值得掉头发。"

郁唯祎笑着看她家张狂依旧的蒋少爷，点点头，用力揉了把他即使是短发也能看出发量可观的头："那以后不用写了，一点脑细胞也是脑细胞，这个就很好，我可以看一辈子。"

蒋熠黑眸一深，低笑，指尖穿过她的长发，亲吻她："嗯，不过你的担心是多余的，我家没有脱发基因。"

而且，这段程序，其实已经写好很久很久了。

那场跨年夜深思熟虑但还不够完美的求婚，其实是蒋熠打算飞回国用这段程序和她表白，阴错阳差，才有了烟花秀下的仓促求婚。

再后来，打算等郁唯祎解决好家事再正式求次婚的蒋熠，却没能如愿。

这段早已在他心里运行了无数遍，熟练到没有生命力的字符已经根深入骨的程序，时隔三年，才等到它的唯一演示对象。

郁唯祎从头到尾都不知道这些，而蒋熠也没打算让她知道。

清理完电脑，蒋熠准备退出来时，指尖忽地一顿："你这里有个隐藏的文件夹？"

郁唯祎心里一紧，下意识回避，语焉不详地"嗯"了一声，难得地有些闪躲。

"放的什么？"蒋熠把不会撒谎的姑娘往怀里紧了紧，逗她，"该不会是背着我收藏了些小视频，怕我看到？"

郁唯祎嗔他："我没那么无聊。"

"可以看吗？"他征求她意见。

郁唯祎迟疑一瞬，点头。

蒋熠打开，看到里面的内容，倏地一愣，顿时明白了她的闪躲和隐藏。

全都是他。

两人的聊天记录、每次见面的亲密合影、这么多年他送给她的姑娘不好意思晒朋友圈但都悄悄拍下来的礼物,再往前,高中毕业旅行时他弹着吉他对她表白的视频、班级群里发过的个人毕业照……诸多他自己都记不清甚至根本不知道她在哪儿弄的照片,被她按照时间和场景分门别类地标注,占据了这个隐秘而戳得人心疼的小小角落。

蒋熠紧紧攥着郁唯祎有些发凉的手,点开日期最靠后的一个文件。

#1.20,东浦,电台#

几张他坐在观众席上的截图,被摄像切到近景。

蒋熠缓慢地闭了闭眼,记起来,是郁唯祎大四那年的寒假,他回国,来找已经在电视台实习的姑娘。两人原本约好的一起去看电影,不想恰好赶上台里提前录制一期节目,她内疚而不舍地匆忙赶去上班,闲着无事的蒋熠索性去现场当了观众,节目录的什么他一点印象都没有,全程只顾着在夹缝里找她了。

他还记得录制结束后郁唯祎看到他时的欣喜,却全然不知道她后来特意把这期视频下载了下来,剪出所有有他的镜头,保留至此。

蒋熠眸光深暗,俯身吻上怀里的姑娘,所有不知道该如何用言语表达的情绪都转为了行动。

郁唯祎沉沦在男人的深吻里,没敢让他继续看下去。

就在那个文件夹里,还有一个视频,是她把两人恋爱以来的点点滴滴制作成的一个合辑,本想等他生日时送给他的礼物。

后来两人分手,那条即将做完的视频也就此搁置,再也没敢打开过。

郁唯祎紧紧贴着男人灼热的胸膛,感到无比的安心。

那些不管是痛苦的还是追悔莫及的时光,他们害怕对方难过而心照不宣地同时选择保守的秘密,都已经过去。

曾照亮她世界的光,为她重新编织出了满天星辰。

几天后,郁唯祎负责的一档节目收官,临近录制结束,嘉宾之一的范一扬找到她，几句寒暄后，直奔主题："郁导，你们那个《分手旅行》还办第二季吗？我先自荐一下占个名额。"

《分手旅行》播出后，几个原本不温不热的嘉宾一跃翻红，看得圈里不少人都眼热，许多大大小小的明星不管二三线还是十八线的，一改之前打死也不和前任同台的要求，纷纷主动联系节目组求合作。

郁唯祎礼貌道："会考虑。"

"好嘞，那确定了一定要和我联系，我提前留档期。"范一扬笑出一排大白牙，正要走，忽然想起什么，好奇地看着她，"对了，之前一直忘了问你，上次在青檀你们和周奇俊发生什么事了？怎么说走就走了？"

郁唯祎脸色微微一冷。

蓦然唤醒记忆的大脑飞速运转，她确认自己先前和后期交涉过不会剪进那段内容，笑容微收："没什么。"

言辞间不想多谈的冷淡溢出，范一扬顿时意识到自己越了界，收了话音，礼貌告辞。

郁唯祎转过身，在拐角处迎来几个下班的同事，狭长的通道变得拥挤起来。姑娘们脆生生地和她打着招呼，王美丽走在人群最前面，隔着抬头就撞上的距离越过郁唯祎，鼻孔朝天。

两人擦肩走过，谁也没搭理谁。

回到办公室，郁唯祎和负责她们这档节目的陈思安发了条微信，单刀直入地提醒他下期审片时记得剪掉争议镜头，以免引起不必要的误会。

陈思安回得爽快。

陈思安：【姐，放心吧，我本来就是临时被拉来替了你的活儿，什么该播什么不该播我心里都清楚，你放心。】

郁唯祎道过谢，等蒋熠来接她时，她记起今天新一期节目上线。

戴上耳机，郁唯祎做了好一会儿的心理建设，这才点开这期全程羞耻的视频——真正的勇士，敢于直面全国网友都知道了她生理期和痛经的"社死"场面。

虽然这位勇士只看了不到一分钟就开了 1.5 倍速快进。

密密麻麻的弹幕在屏幕上飞逝,也锻炼着郁唯祎逐渐强大的心脏,来到镜头明显增多的"唯熠篇章",象征着他们旅程的小船摇摇晃晃地沿溪流前行,被微风和细浪打得渐行渐缓,然后,行至一处礁石搁浅。

一朵四色八瓣的花在空中轻轻飘浮,唯一一瓣青色被风撕碎,余留七瓣,旁白从画面上方跳下,拽着那朵花落在小船上,揪得人紧张的几个大字"Day3,终止 or 前行"跃然于屏幕。

与此同时,镜头衔接上前一天的场景,因为一场乌龙提前中断校园之游的两人回到别墅,各自接受离之前的采访。

"明天是您二位分手旅行第一站的最后一天,您是否选择就此中止?"

灯光映出一道黑色的长影,散漫如常的坐姿,蒋熠抬眸看镜头,一向慵懒的黑眸痞气全无:"这个问题以后不用再问我。"

郁唯祎眼睛轻轻一红,这才知道在她提心吊胆的那几天蒋熠早已背着她和所有人宣告,他会和她走到最后。郁唯祎第一次庆幸自己参加了这个节目,可以让当局者迷的她从上帝视角看到做的远比说的多的男人到底有多爱她。

她仰头压了压酸涩,继续往下看。

视频里,两人告别旅程的第一站,出发前往彼时她未知的下一个目的地。抵达后,他们一起带小鱼去看病,蒋熠站在门口等她,被一个抱着泰迪的姑娘搭讪。

"我不喜欢你这样的。"他拒绝得干脆。

姑娘大概是很少遇到拒绝她的男生,心有不甘地问:"那你喜欢什么样的?"

男人眉毛轻轻一扬,玩世不恭地笑,目光看向抱着小鱼刚从里面出来的郁唯祎,说:"我前女友那样的。"

郁唯祎脸红耳热地扶了扶额,仿佛隔着屏幕都听到了姑娘心里的咆哮:都分手了还拉着前任来给宠物看病,要不要脸啊!

难怪当时那姑娘看她的眼神想杀人。

【啊啊啊,甜死了!蒋草心里真的一直都没忘记过祎祎!和之前那句

"这辈子我都不会再爱第二个人"堪称恋综情话一绝!呜呜呜,这男人怎么可以这么撩,又野又甜,请你俩原地复合好吗?】

接近尾声的视频被最后这条高赞的弹幕占据,郁唯祎悄悄红了脸,随着这些极具有蒋熠风格又画面感极强的文字,仿佛再次重温了一遍当时的情景,心里酸酸涩涩的甜就酿成了蜜糖。

屏幕上方弹出条微信。

熠狗子:【人呢?】

郁唯祎连忙关掉视频,一边回他,一边拿起包下楼。

郁唯祎:【下来啦。】

月光映出归家的影子,霓虹闪烁,男人站在一楼大厅的电梯前,把急匆匆从里面出来的姑娘接在怀里:"跑哪儿去了?"

郁唯祎心虚地眨眨眼:"就在办公室,忘看时间了。"

蒋熠敲敲她的头,给她系上没扣严实的衣扣。

两人沿着熙攘的长街散步回家,繁茂的常青树在他们头顶落下月光,偶尔一阵风起,轻飘飘的落叶就归了根。

郁唯祎牵着男人温热的手,之前在节目录制时就深深盘踞她脑海的心愿,此刻看着越来越近的家的方向,她极其坦率又假装若无其事地说了出来:"我们什么时候结婚?"

蒋熠蓦地一顿。

他回眸定定看她,许久,有些挫败地轻叹:"怎么能抢我的台词?"

郁唯祎笑起来:"谁说都一样。"

"不一样。"蒋熠捏捏她的手指,牵着她过马路,"等求完婚。"

"之前不已经求过了吗?"

"那次的不够好。"蒋熠停下来,在她额头落下一个吻,"再给我点时间,等求完婚我们就去领证。"

郁唯祎败给她家仪式感十足的蒋少爷,笑着点头。

回到家,郁唯祎收拾出差的行李。幸福生活还没过几天就要面对离别的蒋少爷明显情绪有些丧,坐她旁边,把她叠好的衣服拿出来,展开又重新叠了一遍,这才放进去。

郁唯祎温柔地拍拍他:"很快就回来。"

"再快也得三四天,一日不见即三秋,四舍五入就是至少二十七个月,又三年过去了。"

越算越不舍得她走,蒋熠一想到她以后为了新节目只会出差更多,心里就开始列计划,等公司在这边稳定后,就陪着她一起出差。

郁唯祎不清楚蒋熠心里那些缠缠绕绕的小心思,配合地点点头:"那我争取再早一点回来。"

行李收拾到差不多,蒋熠起身,将一包常见药和养胃的食材放进去后,拿了件自己的睡衣,叠好放上面:"穿我的。"

男人衣服宽大,即使叠起来也能看出大她好几个尺寸,方方正正地盖着她的衣角,浅灰色的条纹与同款不同色的女式睡衣完美贴合,还能闻到一股洗衣液也遮盖不下的独有淡香——知道她睡眠不好的蒋熠在用这种方式陪她入眠。

郁唯祎听话地把它往里掖了掖,心里升起落叶归根般的宁静,像一只突然有了牵绊的风筝,自由翱翔,却再也不惧怕无家可归。

他手里紧紧攥着此生都不会放手的长线,给予她最自由的风,也给她可以永远依靠的后盾。

翌日,蒋熠开车送郁唯祎去机场,见与她同行的是个男摄像老师,有点儿小吃醋。

等郁唯祎去洗手间,蒋熠语气温和地转向她同事,态度彬彬有礼,要多亲切有多亲切。

曾有幸见识过他在节目里恣意妄为举动的摄像老师有些受宠若惊,接了他的话茬,一番称兄道弟的交谈后,他毫不设防地把自己的经历竹筒倒豆子地主动说了个遍。

蒋熠专注听着:嗯,已婚,有孩子,听上去夫妻感情挺好的,人也老实,技术控，喜欢研究器材胜过姑娘……

扫描完毕，危险指数不足百分之十，可忽略。

蒋少爷一朝被蛇咬，现在看谁和自己的女朋友搭档都有些杯弓蛇影。他查完户口放下心，顺便加了对方微信，以防工作狂的郁唯祎投入工作又不回消息时，这样还能联系上人。

郁唯祎从洗手间出来，还不知道短短数分钟的时间，自己的同事就成了她男朋友的盟军。她依依不舍地和蒋熠告别，这才去候机室。

一路奔波，郁唯祎和同事先坐飞机去临近拍摄地的津州机场，而后转大巴，又乘船，风尘仆仆地赶了大半天的路，两人终于在傍晚时分抵达他们这次的目的地，一个世外桃源般的少数民族村寨。

临山傍水的村庄极美，郁唯祎录了段小视频，发给蒋熠，因着信号的延迟，隔了好久才发送成功，连带着消息也收得缓慢。

熠狗子：【风景不错。】

熠狗子：【没露脸，扣一分。】

看到蒋熠发来的微信时，郁唯祎正拾级而上，去找村里辈分最长的一位手艺人。青灰色的石砖在她脚下一阶阶升高，她眼底不自觉染了笑，驻足停下，拍了张自拍发给他。

而后，她收起手机，投入工作。

第一次拍摄并没有郁唯祎想象中的那么容易，在村庄生活了一辈子的老人对镜头天然地有些不适应，不愿出镜，更不想祖祖辈辈手把手传下来的手艺以这种方式留存。

郁唯祎倒也不急，在村里住下，每天一大早就过来帮老人干些杂活，征求同意后，给他打下手，学些基础容易的东西。

郁唯祎上学时的勤奋一直延续到了现在，不管做什么都极其认真专注，真要算起来，她其实并不算天资聪颖的那类学生，不管是脑子还是动手能力都差蒋熠这种老天爷赏饭吃的选手一大截，但她骨子里有股笨鸟先飞的执着和一点点灵气，愣是靠着这两样弥补了和聪明孩子之间的差距。

到第三天，郁唯祎用老爷爷不用的边角料成功雕出一个小小的猫头，高兴地拿给他看。

一直不苟言笑的老人家放下手里的活,细细观看一番,而后咧开了几乎没牙的嘴:"你这丫头,倒是有点天赋。"

郁唯祎笑起来:"没有,我认识一个人,他手比我巧得多。"

"手巧不巧的倒是其次,这东西,耐得住、静下心才是关键。"老爷爷把猫头递给她,"行了,丫头,今天就到这儿吧,明天你再过来。"

郁唯祎点头,站起身,顺手把地面清扫干净。她正要走,老爷爷忽然叫住她:"和你一起来的是不是还有个人?就那大高个,明天,带着他一起来。"

郁唯祎先是一愣,紧接着听懂老人这是同意拍摄的意思,她眼睛瞬间一亮,弯成月牙:"谢谢您。"而后忙不迭地回休息的地方,和蒋熠分享这个好消息。

熠狗子:【那是不是能早点回来了?】

郁唯祎:【嗯嗯,会早一点。】

熠狗子:【行,回来了和我说,我去接你。】

郁唯祎:【嗯嗯,快睡吧。】

熠狗子:【你不在,我睡不着。】

郁唯祎:【那也得睡,明天你还得早起上班。】

熠狗子:【我是老板,可以迟到。】

郁唯祎:【拉仇恨。】

发完这句,对面显示正在输入,数秒后,男人低沉性感的嗓音透过语音传出来:"嗯,你当老板娘,我们一起拉仇恨。乖,喊声老公,兴许我听着你的声音能睡着。"

郁唯祎脸一红,隔着屏幕都被他撩得招架不住,她不好意思喊,反复听着这段语音攒了点勇气,这才藏进被窝,按下语音键小声喊了句"老公",而后迅速道晚安睡觉。

EP 6
宜·如愿

01

山间天亮得早，翌日，不到七点，清亮的日光已穿透云雾，鸟雀在枝头叽叽喳喳地迎接辛勤劳作的人们，夹杂着饭香的袅袅炊烟从各家各户升起，村庄里鸡犬相闻，热闹又祥和。

郁唯祎和负责拍摄的同事抵达老爷爷家时，老人家已埋头工作很久，对他们的到来毫无察觉，一双布满老茧的手动作或快或缓，专心致志地将所有心血都倾灌至手里的原料，精细宛如手术刀的凿子在他的手中仿佛有了自己的灵魂，片刻间，栩栩如生的图案行云流水地成形，鲜活得像是要从原料上飞起。

郁唯祎没敢惊扰老人家，和同事架好机器，找了个最合适又不会影响老人家的位置，开启这天的拍摄。

一直忙到中午，郁唯祎才腾出时间看手机，连上网的一瞬，微信炸了锅。

熠狗子：【安心工作，不用管，我会处理好。】

陈思安：【姐，估计有人泄露素材了，我正在查，你别急。】

蛋卷儿：【祎祎，怎么回事？怎么突然曝光了一段蒋草打人的视频？是谁看你俩走红故意陷害你们的吧？】

蛋卷儿：【你快去看看，一个个疯狗似的乱叫，气死我了！】

郁唯祎脸色骤变，点开文丹乐发她的热搜，在看清里面醒目又刺眼的标题时，一双向来静如秋湖的清眸彻底沉了下去，冷若冰霜。

爆！

#节目上五好前男友，私底下竟然打人，蒋熠滚出来道歉！#

是段不到十秒的偷拍视频。

视频断章取义地只截取了周奇俊出门拦她和蒋熠，反被蒋熠揪住衣领想要揍他的那一段画面，没头没尾，却足够送蒋熠上风口浪尖。放出视频的人用心之歹昭然若揭，任谁看，都会替周奇俊打抱不平。

更何况不明真相的网友和周奇俊的粉丝。

【一大早起来看到哥哥被欺负，真的又心疼又无助，气哭了，他那么温柔的一个人，上节目都会害羞，怎么可能和人结怨？！这要是没有摄像哥哥还不得被人欺负死？】

【难怪哥哥这两期都没什么镜头，全网铺天盖地地都在刷这对素人有多甜，甜你个鬼！还不是仗着自己是节目制作人剪辑出来的，您哪儿来的脸假公济私捧你和你前男友？】

诚如文丹乐所言，长期混迹于饭圈的明星粉丝战斗力都极强，蒋熠作为纯素人在这个节目上吸的路人粉，在这些训练有素的死忠粉面前毫无应对之力。那些起初因为两人在节目上的真情流露和蒋熠毫不作假的真实性格而得到的巨大关注，如今又因着同样真实却被刻意放大抹黑的一面，害得蒋熠遭受了常人难以想象的恶意。

郁唯祎心里燃着恨不能把这些恶毒之人送入地狱的怒火，却也只能逼着自己先把愤怒放到一旁，强行恢复冷静。

"郁导，你没事吧？"摄像大哥和郁唯祎共事这么久，第一次见她几乎快要控制不住自己的情绪，滑动屏幕的手看到掐进肉的青白。

郁唯祎缓缓闭了闭眼，深呼吸，摇摇头："没事，你继续拍，我去打个电话。"

她一路跑到信号最好的高地，用力咬了下嘴逼自己清醒，拨通陈思安的电话:"我要那段视频前后十分钟的所有素材,所有机位,现在发我。"

陈思安一愣,敏锐猜出郁唯祎的想法,有些为难:"姐,这会把事情闹得更大吧?"

"出什么事我负责,你只需要把我要的东西给我,整件事与你无关,我会和苏总解释清楚。"郁唯祎说话快而冷静,不带丝毫可商量的余地。

陈思安听出她极力克制的怒火,一咬牙:"好,姐你说怎么办就怎么办,这事我也有责任,你看需不需要提前播出这期节目,把蒋熠放开手的那段也剪进去,算是给网友一个交代?"

"不用。"

粉丝对自己的偶像天然带着无害滤镜,现在提前播出只会让他人觉得郁唯祎在滥用职权帮蒋熠洗白,效果适得其反。

"就正常播出,把那段视频的完整片段都剪进去,其他的交给网友。"

郁唯祎骨子里有种藤条般百折不挠的坚韧,即使再崩溃再愤怒,也会先用理智面对一切——她不能在敌人面前自乱阵脚,如了对方的意。

她要让伤害她心爱之人的卑鄙者再也笑不出来,要他为自己一时之快的行为负责。

郁唯祎用最快的时间交代清楚后续事宜,拿到陈思安传给她的素材,选了其中一段视角最清楚的录像,没做任何处理,连带着之前周奇俊发她的微信录屏一起发到了微博。

唯祎WY:【如果你们因为他想要动手打人而责骂他,请骂我,因为他是为我才动的手。】

郁唯祎很少发工作之外的微博。

录制节目以来,更是一条动态都没更新过,除了那次蒋熠发微博帮她澄清小鱼的事,她点了个赞,迄今首页还停留在参加节目前的某个工作宣传照。而这条第一次面对公众公开自己隐私就是为心爱之人发声的澄清微博,即使隐忍也能看出她有多愤怒和心疼蒋熠的文字,一石激起千层浪。

瞬间飙涨的评论和热度带出数个热搜话题。

#郁唯祎发声,蒋熠打人事出有因##周奇俊被爆骚扰郁唯祎##前女

友被别人口头性骚扰,男生动手打人到底对不对#……诸多与他们有关而又无限延伸的话题迅速冲上话题首页,局势从开始一边倒的讨伐蒋熠演变成混战,讨论什么的都有。

【我就知道蒋熠绝对不会无缘无故动手!是个男人面对自己喜欢的女孩被别人骚扰都很难做到冷静吧?何况还是当着他的面!】

【晒了个不知所云的录屏就叫反转?笑死,现在造谣成本这么低,谁还不会修个图?姓郁的自己就是节目制作人,她想要什么视频拿不到,她还可以恶剪可以改备注冒充我哥,周小俊看到女生都会脸红,怎么可能对女孩子发这些话?】

【节目官博一早就说过负责人另有他人,还提前解释过郁唯祎同意参加节目后就没再参与过任何制作,所以别再质疑视频的可信度,塌房就是塌房,粉丝醒醒吧。】

【我不关注娱乐圈,只是纯寒心当女生受到骚扰勇敢站出来时,有人不分青红皂白,就先对她进行"苍蝇不叮无缝的蛋"的恶意攻击。】

……

网络话题被搅得天翻地覆时,周奇俊却始终没有露面。有网友看到他和工作室的账号上线下线好几次,就是对@他的热搜视而不见,调侃他这是打算当缩头乌龟,三过话题而不入。

郁唯祎发完那条微博,就准备订最早回西覃的航班机票,蒋熠的电话在此时打了进来:"怎么发微博了?我能处理好。"

男人嗓音依旧慵懒,听不出被这件事影响的坏情绪。

郁唯祎听到他也不知道是真是假的轻描淡写,眼睛蓦地一酸:"我怎么能不管,你是因为我才挨的骂。"

"没事,何必和他们一般见识。"蒋熠是真的心理承受能力强,根本不在乎无关紧要的人对他的评论,反过来安慰郁唯祎,"别哭,我不是好好的?你帮我泄露节目组的未播素材,工作丢了怎么办?"

郁唯祎第一次任性道:"丢了就丢了,我不能眼睁睁看着你因为我挨骂什么都不做,工作哪儿有你重要。"

她说的是真心话，早在接电话之前，她已经做好了打算，回西覃就找苏觐樾当面认错，不管是罚她钱还是辞退她，她都心甘情愿接受。

蒋熠忽地一愣，而后低声笑了下："值了。"

郁唯祎差点儿以为自己幻听："怎么还有心情笑？是不是被气傻了？"

蒋熠笑道："没生气，是真的开心。"

对他而言，所有网友对他的漫骂和盛誉加起来也不及郁唯祎一句"没你重要"。两人录制节目时，他曾经因为周奇俊这件事生过一次气，他清楚记得彼时明明也很委屈的郁唯祎却让他不要插手，倔强而冰冷地说她不能没有这份工作。

可现在，嘴硬心软的姑娘终于肯承认，她心里最重要的是他。

郁唯祎叹了口气，败给蒋熠的心大："那你打算怎么办？"

"放心，不会放过他。"男人嗓音忽冷，这么多年从未磨灭的狼戾从骨子里溢出，教人窥出几分当年热血轻狂的凶猛。

想起电话那头的郁唯祎，他话音又是一柔，温声道："不用担心我，我答应过你不会动手就会说到做到，明天给你看结果。听话，在那边好好工作，等你回来，这些事都会处理干净。"

郁唯祎忧心忡忡地挂断电话，还是不放心，订完机票就叮嘱摄像老师留在这里继续拍摄，简单收拾了行李赶去市区。

路上，手机忽然提醒她"特别关注"有条新动态。

唯祎的Yi：【是我动的手，可惜没打成，明天上午十一点，《诸神》发布会，我会当面和周先生道歉。@周奇俊Jason】

北京时间十四点二十八分，距离蒋熠打人视频曝光过去四个小时，首次正面回应的蒋熠转发了郁唯祎那条微博，并附言"骂祎祎的，我替她接着了"，将本就沸腾的热搜再次推向高潮。

此时郁唯祎刚乘船抵达镇上，正在等大巴去机场，和这条动态前后脚出现在她屏幕上的还有文丹乐的微信。

蛋卷儿：【姓周的哪儿来的脸骚扰你！也不撒泡尿照照自己长啥样！

蒋草居然还得忍气吞声地给他道歉,他什么时候和别人低过头啊?!我都替你俩生气!】

蛋卷儿:【你现在在哪儿?我给你点个甜品去去火。】

郁唯祎眸光冰冷,把蒋熠那条微博来来回回看了十数遍,心里刀割般地疼。她比谁都了解蒋熠,也正因为了解,如今看到永远骄傲的男生为了她要亲口和对方道歉,沉甸甸的自责就压得她理智全无。

她几乎是本能地要拨回蒋熠的电话,指尖刚触上屏幕,迟缓地反应过来他的提醒,闭了闭眼,压下无济于事的眼泪,上网搜周奇俊的电影《诸神》的发布会在哪儿举行。

溪川,离西覃不算太远,高铁过去不到一个小时。

她强迫自己冷静下来,计算过时间,定了张明天早上九点五十从西覃去溪川的高铁票。

郁唯祎:【我在出差,现在回去。】

蛋卷儿:【几点到?需不需要我去接你?你是先回来还是直接去发布会?我看他人在溪川。】

郁唯祎:【先回去。】

她靠着车座,秋日温暖的光透过窗户,勾勒出姑娘冷而精致的侧颜,微垂的睫毛敛着一池寒霜。

周奇俊是整件事情的祸首,却不是引发这场讨论的直接因素——别有用心地曝光这段视频,并利用网友的信息不对称引导他们谩骂蒋熠,将他们手中无形却锋利的口舌利剑狠狠刺向她心爱之人的幕后操纵者,才是她最先要解决的当务之急。

祸首交给蒋熠,而这个从头到尾其实都是冲着她来的卑鄙小人,交给她自己来解决。

郁唯祎:【我先回趟公司,大概八点到西覃。】

郁唯祎:【你今晚有没有其他事?】

蛋卷儿:【当然没有啊!说吧,需要我干啥?帮你打人还是开小号骂人?我都做好准备了!今天在网上和人对骂了一天,我现在已经集百家之

长融会贯通,方圆五百里的键盘侠都不是我的对手。】

郁唯祎失笑,眼圈再度一红。

郁唯祎:【那就做好通宵的准备,买点吃的喝的,别戴隐形。】

蛋卷儿:【这不就是我平时在家最常干的事儿,咱们通宵干啥?】

郁唯祎眸光一冷,回了三个字:【查监控。】

晚上九点零五分,郁唯祎出现在鲜橙大厦。

"小唯姐?你回来啦。"

灯火通明的办公室还零零散散坐着十数个加班的同事,看到郁唯祎进来,一个接一个地伸长脖颈,在她淡然颔首的背影里迅速交换了一个心照不宣的眼神:女魔头回来了!有好戏看了!

郁唯祎敲开苏觐樾的办公室。

"进。"苏觐樾看到来人是郁唯祎,一点都不意外地拿手点点她,直起身,"小郁啊,你倒是会给我省钱上热搜。"

郁唯祎诚恳认错:"对不起,要罚钱还是停职我都接受,不关陈思安的事,是我逼他把素材提前发给我的。"

苏觐樾轻哼:"你倒是义气,知道整件事利大于弊,我也不会真停你的职。行了,回去写份检讨给我,周一前交到我邮箱。"

苏觐樾不痛不痒地责怪了几句,冲郁唯祎摆摆手,示意这件事翻篇。

却见她没动,他感觉有点奇怪:"怎么了?还有其他事?"

郁唯祎点头,一双清冷的眼难得地黑沉:"我希望找出泄露这段素材的同事,恳请公司对她从严处理。"

苏觐樾意味深长地看着她,问道:"你不说公司也会这样做,但你这样说出来,不怕同事们背地里说你公报私仇?"

郁唯祎眸光坦荡:"我就是要公报私仇,而且我希望公司允许我自己查出来,然后把她交给稽核部。"

苏觐樾倏地一顿,目光带了些惊讶。

什么事一旦牵扯到监察部门就会变得麻烦起来,芝麻点大的事都会被从严处理。提前泄露拍摄素材这事可大可小，以前也没少出现过，如果能给节目增加热度也就是内部批评一下就轻描淡写地过去了。可如果交给稽核部，失责的员工少则降职，重则辞退，而且业内都会知道这人有违背职业操守的前科，不会录用。

苏觐樾在心里盘算整件事的利弊："小郁，你应该知道这件事没必要闹这么大，给我个你这样做的理由。"

"现在网上都在讨论这件事，已经没办法最小范围地解决，势必要有人出来承担后果，而整个事情的源头都因她而起，她应该为自己的所作所为付出代价。"郁唯祎沉静而冰冷地陈述完理由，语气微顿，"这是于公。于私，她伤害到了我最亲近的人，我不可能放过她，如果这样处理有失公允，我愿意一并承担我泄露素材的责任。"

她的声音里是不带丝毫情绪波动的冷静，唯独到后半段话时，被微微提高的嗓音泄露了些许克制不住的愤怒。

苏觐樾盯着郁唯祎，很长时间没说话，他第一次在这个向来喜怒不形于色的姑娘脸上看到了"鱼死网破"四个字，而且是因为感情，要放弃自己干了这么久的事业。

她和下午给他打电话的那个人还真是一模一样的性子。

苏觐樾权衡片刻，发现牺牲一个犯了错的员工是目前对内对外都是最好的交代，而且还能留住得力干将郁唯祎。他"嗯"了一声："你的事没她重要，检讨不用发我了，补一个调取素材的申请说明给我，另外，扣掉这个月的奖金，其他的按照你说的做，下不为例。"

郁唯祎手指一紧，感激地看着苏觐樾："谢谢苏总。"

"谢啥，你这么言之凿凿地要我严惩这个人，一定是知道了泄密的是谁，我要不让你这么干，你还不当面炒我鱿鱼？"苏觐樾没好气地睨她一眼。

郁唯祎没想到苏觐樾看穿了自己的底牌，有些尴尬地抿抿嘴。

"也真是怪了，你在公司这么久，上上下下对你的评价都很好，还有看你不顺眼的人啊？"苏觐樾一时八卦心起，忍不住兴致勃勃地问郁唯祎。

郁唯祎眸光沉了下来："有。"

只要是人，就不可能被所有人都喜欢，讨厌一个人有时候和喜欢一个人一样都没有理由，也许不过就是因为她能力比对方强，又恰好长了张还算不错的脸，所以心里无声无息地对她埋下了嫉妒的种子。

而这个和她同期进公司起就把"讨厌她"三个字刻在脸上的身影，出现在郁唯祎熬了一宿查看的监控镜头里，拍下那段将她心爱之人送上风口浪尖的视频以后，鬼鬼祟祟地离开了。

"终于逮到是谁陷害你和蒋草了，我今天一定要撕烂她的嘴，教她重新做人。"文丹乐打个长长的哈欠，揉着眼站起身，"祎祎，我下去买点饭，好戏等我回来再开场啊。"

郁唯祎笑着点头，留好证据，起身出门。

02

早上八点五十九分，王美丽卡着点出现在办公室，打完卡，她拿着手机准备下楼买早餐，却被一只纤细的手拦住。

郁唯祎慢条斯理地拉过一张椅子，坐下来，对上明显吓到的王美丽，轻笑："很奇怪我出现在这里？"

王美丽强装镇定："你不是出差了？"

"回来了。"郁唯祎漫不经心地伸长腿，堵住她试图逃离的出口，"你怕什么？找你谈谈而已。"

"我和你没什么好谈的。"

"我也觉得我们没什么好谈的。"郁唯祎扯出一抹讥讽，"所以直接点，你是自己承认，还是我把证据甩你脸上？不管哪个都能省不少程序，麻烦你选一个，我赶时间。"

"我听不懂你在说什么。"王美丽避开郁唯祎的视线，还试图跨过她在空中的长腿，发现自己根本跨不过去，只好重新坐下，"你有毛病？一大早堵在这里还让不让人上班了？"

"有毛病的是你。"一直在旁边专心修美甲的文丹乐上线了，凑近王美丽，拿着银光闪闪的指甲锉在她眼前轻轻晃了下，"哎，你知不知道你脸上哪个部位拉低了你的颜值？"

"哪里？"王美丽下意识摸了摸自己脸。

"哪里都该整。"文丹乐在她胸口位置猛地一划，隔着咫尺距离把王美丽吓得直往后退，"尤其是这颗心，简直黑到家了，投胎重造都不一定救得回来。建议你把这颗心捐出去，让真正需要它的人净化一下。"

王美丽气急败坏："你骂谁呢？有没有素质？谁让你进来的？"

"骂的就是你，垃圾分类都不知道该往哪儿扔的混账玩意儿，你妈妈没教过你尊重人我教你，听好了，以后出门别走人行道，你不配，导盲犬的工作应该交给你，你这辈子多积点德，没准儿下辈子还能投个好畜生……"文丹乐骂人不带脏字，一句比一句毒，而且清晰得刚好够一办公室的人都听到。

王美丽在众人幸灾乐祸的眼神里气得暴跳如雷，好不容易逮着文丹乐换气的工夫能插上句话，只见郁唯祎冷淡倾身，凑近她耳边："你没时间了。"

王美丽一愣。

她还没明白郁唯祎这句话是什么意思，就看到朝她走来的稽查部同事，脸色骤变："郁唯祎，你什么意思？这种事怎么会惊动他们？"

"没什么意思，把你的所作所为如实禀报罢了。"

王美丽惊慌失措，彻底乱了阵脚："我做什么了？素材又不是我泄露的！现场那么多工作人员哪个没看到蒋熠打架？你凭什么认定就是我偷了素材？"

郁唯祎讥笑，眼底冰冷更甚："我有说，素材是你偷的吗？"

诚如王美丽所言，那天在场的工作人员谁都有可能用手机拍到那段视频，稍微处理然后假装是路人视角上传到网上。但聪明反被聪明误的王美丽恰恰忘记了两人先前的对话中，一直无人提及视频究竟是来自第一手的现场，还是后泄露的拍摄素材。

王美丽如遭雷击，她猛然反应过来自己失言，慌忙捂嘴。

郁唯祎一字一顿地说："省点力气吧，想狡辩的话留给他们。"

王美丽心里的不甘裹挟着嫉妒顷刻上涌，摧毁了最后一丝理智："郁唯祎，就算是我泄露的，可这种事又不止我一个人干过，你凭什么对我赶尽杀绝？"

　　"因为你踩到了我的底线。"郁唯祎居高临下地俯视着她，往日喜怒不惊的沉静嗓音此刻裹着层寒霜，"我可以不计较你在工作里滥竽充数，甚至能容忍你在私下对我造谣辱骂，但我不能容忍你欺负我爱的人，哪怕是从你口中提到他的名字，也不可以。"

　　王美丽认识郁唯祎三年，第一次见她如此绝情、不容侵犯，恍若世上最高贵的白天鹅，一双清灵的眼还隐隐含着熬夜后的血丝，周身凛然的怒火却映得她清冷眉目华光灼灼，逼得旁人不由自主地往后退。

　　远远近近的同事对王美丽无情释放着嘲讽，她将沦为制霸鲜橙茶水间未来长达数月的饭后谈资和网上无数人声讨的卑鄙代言人。

　　"郁唯祎，你别以为就你干净！我是泄露了不该播的素材，但你也没好到哪儿去！后来的视频难道不是你用你的账户亲手发的吗？"

　　"我？"郁唯祎忽然轻轻笑了下，无辜耸肩，"我和领导打报告了呀，苏总同意我才发的澄清视频，毕竟整件事都是你为了一己私欲泄愤闹出来的，你利用不明真相的网友对我和蒋熠造成影响，我们只不过是正当反击，保护自己的合法权益。"

　　王美丽顷刻面如死灰，想要拉郁唯祎下水的最后一丝希望被彻底摧毁。她来不及反抗就被稽查同事捉小鸡似的一把拖走，只留给办公室一道歇斯底里的崩溃尖叫。

　　郁唯祎解决完内患，来不及休息，坐文丹乐的车匆忙赶去车站。

　　此时的蒋熠正不慌不忙地乘车去溪川，半小时后停在一天一夜都没回应、打算装死到底的周奇俊首登大银幕的电影发布会外，蒋熠下车，戴上墨镜。

　　门口安保极为严格，大概是接到了缩头乌龟不准闲杂人等进场的命令，工作人员正严肃地一个个查进场的媒体记者证。

秋日的光慵懒倾泻，映出男人的清逸侧颜和单手系上西装的优雅动作，在一众错把蒋熠当成某位神秘大咖明星的围观尖叫声中，助理递上邀请函，陪他畅通无阻地直达内场。

镁光灯闪烁，蒋熠摘下墨镜，仿佛没有看到周围瞬间朝他聚集的八卦目光，穿过蜂拥而至的话筒，漫不经心地去前排落座。

蒋熠陷入长枪短炮的包围圈。

"蒋先生您好，《新鲜娱乐》想问下您昨天的热搜一事，您和郁唯祎小姐是否真的有进军娱乐圈的打算？今天的道歉到底是真心，还是为了蹭周先生的热度？您觉得对方会接受您的道歉吗？"

"蒋先生，我是《娱乐连连看》的记者小王，请问您昨天转发的视频截图是否属实，可否和我们详细描述下当日情形？"

诸多陷阱暗藏的逼问接踵而至，蒋熠冷淡抬眸，目光一一扫过围在身边的娱记。

"不会出道，我们事业干得好好的，为什么要想不开抢别人的饭碗？蹭周奇俊的热度？麻烦你先去了解一下我的公司再来问我这个问题。道歉是真的，不然我为什么过来？我又不是周奇俊那种擅长表演的明星，不会演戏。至于后面那个问题，你应该问他，我也很想知道他敢不敢接受。"

"小王是吧？你是自己不懂法还是觉得我不懂法？造谣被转发超五百次就会被判刑，我们守法公民怎么可能知法犯法？还有，建议你多看书，也治治眼睛，事情经过视频里一清二楚，你还要我再和你详细描述，多详细？现场一人分饰三角和你演个小剧场吗？不好意思，我不渣，而且你这是在往我女朋友伤口撒盐。

"其他人还有问题也烦请一并留给周先生，今天的主角不是我，一会儿有你们发挥的空间。"

一向能言善辩的记者们崩溃了。

这还是他们第一次被当事人怼得哑口无言，尤其被蒋少爷一句杀伤力不大但侮辱性极强的"多看书"点名扎心的小王，满脑子都是"我第一天上班咋就遇到了这么难搞的采访对象啊？！现在上网恶补点反怼技能还来得及吗"。

蒋熠说完最后一句话，舞台上灯光忽亮，主持人上台。

与此同时，《诸神》剧组的主创人员在导演的带领下亮相，一脸得体笑容的周奇俊走在男主角旁边，和同剧组的女明星保持着绅士距离。

他目光环视过台下，笑容猛地一僵。

不该出现在这里的男人慵懒靠着椅背，姿态随性，深眉挺鼻被光勾勒得越发俊朗，似笑非笑地微勾着唇看他，像在欣赏苟延残喘的猎物。

周奇俊没来由地有些心慌，脑海中飞速过了遍团队给他准备的公关稿，稍放下心，敛去脸上的异色。

一直到记者提问环节，蒋熠都没什么动静，周奇俊稍喘口气，计划好回答完最后一波问题就撤，却在此时，有人开口了。

"李导，网上之前有说法提到您是看到周奇俊老师在某档热播综艺里的表现，才选择他出演自己新戏的男二号，想请问您这是传言还是属实？"

导演点头："对，小周这次饰演的角色和他本人很贴，都是心里有一个白月光似的初恋，分手后一直没放下，可能看上去人很洒脱，但底色其实是深情的。我就是看到别人发我的他在那个节目里和前女友相处的一些小片段，觉得他能把这个角色诠释得很好，就选择了他。"

现场一阵耐人寻味的喧嚣，近距离吃瓜的记者和观看直播的网友一同迫切想知道蒋熠此刻的反应，镜头非常贴心地切到蒋熠的近景。男人微挑着眸，嘴角毫不掩饰地挂着抹嘲弄。

提问者不负众望地把话题引向周奇俊："那不知道周老师对这个角色有没有什么不一样或者更深层次的见解？"

周奇俊接过问题，笑容无害："当然，这个角色比我想象的还要复杂一些，接到本子的时候我就写了几千字的人物小传，拿给导演交流。现在这个角色已经和我融为一体，相信在电影中，我一定会给大家呈现一个基于我本色而超脱本色的饱满形象，也谢谢导演对我的肯定，我一定不会辜负大家的期待。"

说完，他把话筒递给旁边的工作人员，不着痕迹地往后退了两步，试图降低存在感。

不承想，提问者根本没打算放过只有一步之遥的头条机会，追问道："那按照周老师刚才的回答，我是不是可以这样理解，您本人其实和李导对这个角色的介绍一样，专一、害羞，且有些不善言辞？"

屏幕内外所有人精神随之一震，摩拳擦掌的样子像极了嗅到瓜味的猹。

周奇俊迎上瞬间朝他聚集的镁光灯，先是有意无意地瞥了眼舞台下的蒋熠，而后绅士一笑，态度礼貌且极其诚恳："对，了解我的粉丝和朋友都知道我是什么样的人，我其实挺不会说话的，经常自己表达的是 A 面，但会被别人误会成是 B 面，之前就没少给人造成误会。不过这些都是我的个人私事，和今天的电影无关，希望大家把注意力放在电影上。"

一句蜻蜓点水的"误会"就试图带过昨天爆了一天的热搜话题，别说唯熠的粉丝愤怒，记者们都觉得无趣，合着他们大老远跑来就是为了听他的公关套路？

同样被周奇俊睁眼说瞎话恶心到的还有在观看直播的路人，满屏刷着"就这？就这？我要被他这新语录给气笑了"的弹幕。

周奇俊照着公关稿演完无辜的纯情人设，略带得意地看向蒋熠。

男人一如既往的气定神闲，黑色西装几乎融进身后的背景，忽远忽近的光在他身上明暗交叠，让人看不出眼底的情绪。

周奇俊在心里冷笑一声：你能掀起什么浪花？

听到主持人开始最后一个流程，他更是卸下担子，一身轻松，已经开始畅想一会儿是吃日料还是法式大餐庆祝一下。

"蒋先生，既然周老师说了是场误会，您还要道歉吗？"不死心的记者在主持人即将宣布发布会结束时，终是将皮球踢回到了蒋熠脚边。

蒋熠意味深长地一挑眉，看了眼手机，轻轻一笑，随之上扬的黑眸玩味十足："恐怕你们没时间听我道歉。"

全场一愣，众人不约而同地低头看手机，瞳孔骤缩，嗅到大瓜的雷达瞬间开启，记者们争先恐后地急速冲向刚下舞台的周奇俊。

好戏开场了。

"周老师,请问您现在是不是正在和陈可洁热恋?您在有女友的情况下还参加和前任的分手旅行,毫不避讳地追求前女友,是否和您对外一直宣称的'自己单身'且'心里从未放下前女友'存在矛盾?"

"有人爆料您和陈可洁地下恋情时,与其他多名异性同时存在亲密关系,您对此做何解释?您一直声称尊重女性,但在某段被曝光的视频里多次出现辱骂女性的不雅词汇,还有谩骂粉丝的话,这些是否更有悖于你一直对外展现的宠粉形象?周老师,请您解释一下!"

北京时间上午十一点三十七分,《诸神》发布会接近尾声之时,某著名娱乐号曝光了一组图片,迅速引爆热搜,其主角周奇俊以一己之力在各大娱乐版块同时占了好几个话题。

#周奇俊和陈可洁地下恋情曝光##有知情人士称二人已秘密同居三年,流量小花之前竟是为爱隐退##周奇俊辱骂粉丝##周奇俊和多名异性的亲密视频流出#……任何一个单拎出来都足够吃瓜群众消化一天的话题同时聚集到一起,记者们兴奋得仿佛提前完成了全年KPI(绩效),抓住千载难逢的当事人就在眼前根本无暇公关的好机会,把一脸惊慌的周奇俊围得水泄不通。

其中冲在最前面的当属刚才被蒋熠怼得怀疑人生的小王,其他记者还在掂量着用词不敢问出口的大尺度问题,全被他初生牛犊不怕虎地一人承包了下来,跟着他冲锋陷阵的镜头更是清晰记录了周奇俊从不明所以到瞬间变脸,再到不知所措的慌乱和逃离失败,最终只能用一句"个人私事无可奉告"回应全部提问的崩溃全过程。

至于周奇俊的经纪人和工作人员,一时半会儿根本挤不过去。

此时的蒋熠已经不慌不忙地站起身,戴上墨镜,离开这纷纷扰扰的吃瓜现场。

郁唯祎赶到发布会现场时,被安保拦在外面,只好联系相熟的媒体朋友拿邀请函。她正心神不安地等着进去,突如其来的消息提醒湮没了她的手机。

刚点开，郁唯祎就看到不远处有一个熟悉的身影。

午后金色的阳光给男人蒙上了一层柔和，他正低头看着手机，大概是在回消息。

郁唯祎靠着墙，隔着嘈嘈切切的喧嚣看向还没意识到她在的男人，多日不见的情思缠着欢喜染上眉目，而后退出粗略扫过的热搜，点开置顶的对话框。

郁唯祎：【搞定了吗？】

同一时间。

熠狗子：【吃饭没？别饿着肚子，忙完和我视频。】

郁唯祎眼底的笑越发浓，却没回，收起手机，轻快奔向恋人的脚步像踩着风。

蒋熠回完她的微信，准备走，抬眸看到她的瞬间，他敛在墨镜后的黑眸倏地一弯，快步接住她："不听话。"

郁唯祎仰起脸和他接了个吻，呼吸迷乱地坠入他的怀抱："我看到了，所以今天的这一切都是你安排的吗？"

"嗯。"男人傲娇地一挑眉，像只求夸奖的狗子，"答应过你不用武力，就换了种方式。"

郁唯祎笑起来，拍拍他的头："出息啦，怎么做到的？"

他牵着她的手上车，轻描淡写道："找人调查了下。"

从周奇俊在节目里骚扰郁唯祎的那天起，蒋熠就开始了这场不动手改用智商彻底铲除后患的计划，安排了人私下蹲周奇俊的恋情，期间还收获了一些意外之喜，索性就多花了点时间拿到了更多的爆料，一并曝了出来。

至于那段不在蒋熠预料之内的打架视频曝出，并不妨碍他顺水推舟地利用这场讨论，换到最合适的时间当众曝光这个人渣的真面目。

看到热搜时，郁唯祎已经大概猜到蒋熠能用的手段，但还是有些担心。

猜到她心思的男人温柔地揉她的头："没犯法，只是花了点钱而已。"

"那其他视频呢？"

周奇俊辱骂女性和粉丝的那段录像，不像偷拍，更像是他参加某些节目私下和人聊天时口无遮拦的视频。

蒋熠这次停了几秒钟才开口："我找苏觐樾要的。"

"你认识苏觐樾？"郁唯祎这次是真的被惊到了，"你怎么会认识他？"

蒋熠难得迟疑，一双向来磊落的黑眸闪了又闪，这才把瞒了很长时间的真相和盘托出："我回国时找过他，投资了你策划的这档节目。"

郁唯祎所有的思绪在这句话里彻底被炸成了糨糊。

她许久没能缓过神，直到从乱七八糟的思绪里揪出些许被遗忘的碎片——起初并不赞同她做这个节目的苏觐樾，忽然答应又提出迫使她参加的反常要求，以及昨晚上她拿自己的事业当底牌要求公司严惩王美丽时，向来公私分明的苏觐樾竟然破天荒地答应了她。

如今站在上帝视角回溯过往，那些被她忽视却又每一步都决定了她和蒋熠这场重逢的关键节点，原来早已埋好草蛇灰线。

郁唯祎眼睛泛了红："你都没想过我不参加，或者没有这个节目怎么办？"

"没有也会有其他机会，反正你是我的，跑不掉。"

从回国的那天起，蒋熠就做好了追回郁唯祎的完全准备，她递上去的节目提案只是恰好给了他最合适的时机。为了这场久别重逢，他蓄谋已久。

郁唯祎再说不出一句话，把湿润的脸埋进他的怀抱，哽咽道："他这么简单就给你了吗？"

想起苏觐樾圆滑且重利的商人本质，郁唯祎很难相信他会冒着得罪艺人的风险，这么轻易地就给出这样的大料。

她担心地看向蒋熠。

"我答应他会赞助你们制作的其他节目。"蒋熠说。

郁唯祎腹诽：苏觐樾这老狐狸一定是盘算过按照蒋熠目前掌握的爆料，周奇俊迟早会凉，索性顺水推舟地给了蒋熠这个人情，还不忘再薅把羊毛。

"没事，小钱。"

郁唯祎能看透苏觋樾的心思，蒋熠怎么可能猜不到，只是当初纯粹为了追回郁唯祎而投资的节目，无心插柳成了爆款，不在预料的回报足够他忽略苏觋樾那点小算计。

郁唯祎嗔他一眼，流转的潋滟映得眉目生情。蒋熠眸光一深，低头吻上她："还走吗？"

郁唯祎点头："下午的飞机。"

蒋熠不舍地"啧"了一声，强行扼制住留下她的冲动，送她去机场。

03

晚上，《分手旅行》官博发了一条声明，表示已对日前私自泄露部分拍摄素材导致网友对当事人造成重大误解的工作人员进行了严肃处理，并提到会将事情的完整经过放到明天上线的新一期节目里，其高效又正面回应的处理方式迅速赢得了网友热赞。

郁唯祎从飞机上下来，平静地扫了一眼热搜，就退出这场已经与他们无关的纷争。她接通蒋熠发来的语音，纤细背影没入天边玫瑰色的晚霞。

翌日中午，第四期节目上线。

持续两天的热搜将热度延绵到了这期节目，弹幕和播放量都达到了史上之最。郁唯祎忙完工作，坐在青石砖瓦的阁楼，戴上耳机，点开视频。

沿着溪流奔向大海的小船上，两个可爱的卡通小人一坐一站，白裙子长头发的小姑娘坐在船尾，笼罩在水天一色的阳光里，她身后，酷酷的小男孩伸长胳膊，拽住从空中飘下来的三色花，揪掉其中一瓣蓝色，送进风里，而后走到她旁边，屈指做了一个敲门的动作。小姑娘回头，只余六瓣的三色花轻轻穿过两人，仿佛打破了他们之间无形的屏障。

字幕蹦蹦跳跳地从旁边探出头，一个接一个圆滚滚地蹦出来，排成文字——【Day4，我是你的奥特曼，帮你打跑小怪兽。】

郁唯祎被这明目张胆嗑糖的后期萌得脸红。

【嗷嗷嗷，标题都这么甜的吗？后期唯熠粉实锤了！】

【我幻想中结婚后最美的样子有画面了!两人一个在准备早餐,一个在门外看着爱人,蒋草望着祎祎背影的眼神好深情啊!呜呜呜,老夫的少女心又被撩了!】

【姐妹们,三十五分四十秒有惊喜!蒋草偷拍祎祎后按暂停,放大,你们会看到他相册里的小图,全都是祎祎!呜呜呜,这颗糖吃得我有些想哭!】

郁唯祎跟随网友的视线看向蒋熠的动作,这才看到他进厨房找她之前,在外面独自站了很久,而后拿出手机,对着她拍了张照,一闪而过的手机界面,能看到他新拍的背影照旁边,几张缩略的小图,全都是她。

即使早已知晓这人有偷拍她的习惯,郁唯祎还是没忍住红了下眼,慌忙揉了揉眼睛,往下看去。

镜头随着他们一路抵达青檀镇的景区,远远拍着他们的背影,天色变暗,从湖畔吹来的风笼罩着他们,郁唯祎看到男人懒洋洋地靠后坐着,微偏过头,目光一眨不眨地落在她脸上,没说话,却比世间一切美好都温柔。

她按暂停,关弹幕,截屏保存,将这如梦却真实的一幕悄悄设为两人的聊天背景图。

从景区出来,画面跳转至他们在剧院遇到周奇俊的那一幕,后期基本剪掉了周奇俊和柳卿卿的单独镜头,只保留了整件事情完整的来龙去脉,即便如此,郁唯祎心里依然本能地升起一股厌恶,即刻开倍速快进。

离开餐厅,无人开口的车内气氛沉默得压抑。男人深黑的眉眼被夜色模糊,只能偶尔通过镜头瞥见他隐忍的怒火,彼时都不觉有错的他们竖起浑身尖刺对向自己明明最怕伤害的人。而还没学会服软的她,更是固执地不肯先低头,即使心里默念了无数遍他在为她好,依然只留给他一个冷漠的背影。

呼啸而过的夜风仿佛穿透屏幕席卷到她身前,郁唯祎这才发觉自己脸上有些凉,没管,只是怔怔看着镜头里的蒋熠跟在她身后进民宿,望着她决绝离开的背影,挫败地抓了抓头,一张桀骜俊朗的脸难得落寞。

画面安静跳转,停留在蒋熠敲开她的门,就此定格。

【呜呜呜,泪目了,原来开头的小男孩敲开的就是祎祎的门啊。唯熠快和好!因为人渣生气不值得!】

网友说得对,因为别人生气不值得。

郁唯祎缓缓压下眼泪,指尖不舍地触上屏幕,想要抱抱彼时被她自以为是的倔强伤害的男人。

须臾,她胡乱揉把脸,退出视频,拨打蒋熠的电话。

蒋熠接得很快,温柔地喊了声"祎祎"。见她"嗯"了一声后就不说话,他低声笑道:"是不是想我了?不好意思说?"

阁楼外一阵风扬起,吹乱几近连理的两棵古树枝叶,伴着远处飘来的浓郁桂香拂过她的手,仿佛恋人轻柔的抚摸。

郁唯祎在这句话里再次无声无息地红了眼,巨大的思念充溢着她,是世界上最柔软也最有力的软肋,滴水穿石地消融着她一直以来故作高姿的金刚外壳。

"我很想你。"不待她承认,男人再次开口,低沉喑哑的嗓音是穿透距离的浓情,"虽然昨天刚见过面,可你还没走,我就开始想你了。"

水雾沾湿了郁唯祎的面颊,让她的一颗心彻底软成绕指柔,她重重地"嗯"了一声:"我知道,我也想你,很想很想。"

撒娇没她想象中的那么难以开口,甚至在她说出来的一瞬极其自然又水到渠成,从文字变成语言的表达更有力量,也教她更分明地看清自己所谓的矜持其实是阻碍两人感情升温的无形钝器。

她爱他,比她在心里默读无数遍的还要爱。和自己爱的人勇敢表达一切,有何羞耻呢?

蒋熠很轻地叹了口气:"祎祎,你这样说,知不知道对我来说就是折磨?"

郁唯祎不解地"嗯"了一声。

蒋熠身子陷入座椅,抬手止住进门准备汇报工作的下属,看了一眼密密麻麻的工作安排,他眸光微深:"真想现在就去找你,不想上班。"

郁唯祎笑了起来,安抚他:"很快,下周就能见面,上海婚礼前我这边应该就能结束,到时候我直接回新沙,你在那边等着我。"

"不要。"蒋少爷不由分说拒绝了她提出的省钱省时间的方案,非要绕一大圈先去津州接她,再一同回新沙参加婚礼,示意助理把他下周五和周末的工作都提前。

郁唯祎笑着答应,挂断电话,看着距离见面还有一个星期的日历表,归心似箭。

被屏蔽的某微信群有数条新消息。

是许久没动静的高三班级,因着王海刚发的请柬热闹起来。

随着这期《分手旅行》节目的播出,一不小心电话出镜的王海也成了半个小名人,他沾沾自喜地发微博主动认领了要给蒋熠介绍女友棒打鸳鸯的罪名,还趁机晒出婚礼地点,告诉喜欢唯熠的粉丝他俩会去参加,借机给自己涨粉。

班长:【王海怎么这么多粉丝?买粉了?】

五三:【熠哥和校花前段时间不是参加了一档综艺吗?这人就仗着自己是他俩同学也想当网红,臭不要脸地薅人家粉丝的羊毛。】

王小胖:【嘿嘿嘿,熠哥粉丝多,我就随便薅一点点,一辈子就这么一次结婚的机会,我这不是想给自己吸点粉,让自己婚礼更热闹。】

五三:【我看你不是想热闹,是想直接开成熠哥他俩的粉丝见面会。】

郁唯祎眉头微蹙,正想私聊制止王海,指尖蓦地一顿。

蒋熠:【删了。】

班级群瞬间沸腾。

王小胖:【啊,熠哥你什么时候又进群了?】

五三:【一夜梦回高中!熠哥回来一起打球啊,我想死你了!最近和一群零五后的小屁孩打球,把我虐得,非不信我们当年横扫新沙无敌,我这就去下战书,让他们看看我一中永远的 MVP 有多厉害!】

班长:【咳,那啥,熠哥之前退群没多久我就把他重新拉了进来,只不过一直没说话,给了你们他没在群里的假象。】

王小胖：【熠哥，我错了，刚才那些话你就当我放了个屁，我现在就去删博。】

　　蒋熠：【嗯。】

　　过了一分钟，王海删掉那条关注他就能看到婚礼地点的微博，又弱弱地问：【熠哥，我之前还在微博里承诺粉丝过一万就发你和小仙女的高中照片，也要删吗？】

　　蒋熠：【什么照片。】

　　王小胖：【就，你打篮球的照片，还有我拍的小仙女。】

　　蒋熠：【删了，照片发给我，原图清空，再偷拍……哦，你没有偷拍的机会了。】

　　王小胖：【好的，熠哥。】

　　一句杀伤力不大、侮辱性极强的"没有偷拍的机会"彻底粉碎了王海从上学时就想吃天鹅肉的痴心妄想，他哭丧着脸把珍藏多年的偷拍照传给蒋熠后，发出一声悲鸣。

　　"呜呜呜，爷青结！"然后被老婆一根擀面杖敲得回到现实。

　　哪个人青春时没有偷偷暗恋的男神女神呢？

　　年少的喜欢是怦然心动，是克制不住又百转千回，是藏在心里怕人看穿又怕那人不知道的酸涩。一场看似不动声色却只有自己知晓有多狼藉的暗恋，一场鼓足所有勇气揪着青春尾巴的告白，被拒绝后假装潇洒地离开，背地里却哭成狗，痛苦得以为自己失去了全世界，然后，在知道那个曾惊艳自己青春时光的人彻底不会属于自己时，画上青春的终止符。

　　郁唯祎和蒋熠是无数曾与他们同学过的少男少女心里的人间理想，但只有他们彼此，才是对方的现实所得，独一无二。

　　秋分过后的这一个星期格外漫长，飘零的落叶将地面染成金色，也将两人疯长的思念注入每晚聊到发烫的手机里。这是郁唯祎和蒋熠复合后分开时间最长的一个星期，也是之前兵荒马乱的闹剧逐渐尘埃落定的一个星期。圈子里新人来旧人走，人设崩塌的周奇俊灰溜溜地被迫退圈当起了网红；因为泄露恶剪素材被辞退的王美丽，在业内再无公司敢录用，只好转行做了其他。

而这场闹剧最大的受益者莫过于《分手旅行》节目组，本就出圈的节目热度再次高涨，索性趁机将第二季提上日程，并找了一对国民度高又不要片酬的明星短期旅行，替补接下来周奇俊和柳卿卿被剪掉的镜头。

郁唯祎对此早已毫不关心，潜心拍摄自己的第一个纪录片，同时遥控指挥着团队制作的其他节目。近乎两个星期的时间足够勤奋上进的郁唯祎学会一点点雕刻技巧，每天跟在老人旁边安静拍摄时，她就拿着一块干净剔透的白玉，一点点雕着逐渐露出轮廓的某个图形。

王海婚礼前一天，津州拍摄暂告一段落，郁唯祎收拾东西和同事去机场，没和同事一起回西覃，而是等着飞来找她的蒋熠。

国庆将至的节日气氛将城市渲染得热闹，又恰逢周五，机场里是人来人往的喧嚣。自从遇到上次出现被人认出来的尴尬场面，郁唯祎现在多少有了点自己好像走红的自觉，她戴着口罩，守着出站口一边等蒋熠，一边刷着刚刚上线的新一期节目。

依然是两个熟悉的可爱小人，坐着小船在大海上航行，星星点点的光映出他们被风吹起的同色系衣衫，越过风浪，在沙滩上停下。他们下船，不远处是一个挂满星星的小帐篷，风铃摇曳。

萤火虫似的繁星在他们头顶飘浮，有一颗落在小男孩的肩膀上，揪着他和被他牵着手的小女孩，一同飘至夜空。星光是他们的浮力，大海是他们的背景，直到他们一同落在月亮上，伸出手一起接住那朵三色六瓣的花。

最后，一瓣蓝色脱离，变成一行可爱的字——【Day5，我的眼睛里有星辰，因为装满了你。】

04

广播里传出温柔的机械女声，提醒接机乘客有航班延误。

郁唯祎心里一紧，下意识抬眸，紧接着就看到不远处的电子屏上，显示从西覃飞往津州的航班晚点半个小时。

郁唯祎有一瞬不受控的紧张。

再度变得漫长的等待将她的情绪搅得不安,她想起之前做过无数次的无法登上去伦敦航班的梦,再也看不下去,翘首以待地盯着出站口。

手机轻轻振了下,她慌忙解锁,看到是蒋熠发来的微信,悬着的心蓦然一松。

熠狗子:【乖,晚点了,等着我。】

别怕,他已经在来找她的路上了,虽然晚了些许,但这趟曾经有过搁浅且与她背道而驰的航班一定会来,他不会再抛下她一人。

郁唯祎静下心来看节目。

时间缓缓流逝,人来人往的航站楼送走一拨又一拨的行人,起初和她一起等着同一个航班落地的人站不住,走的走坐的坐,唯独郁唯祎一直安静地站在那里,守着蒋熠一出来就能看到她的地方。

偶尔听到喧嚣声响,姑娘就倏然抬眸,看到是从其他接机口出来的乘客,失望地轻轻垂下眼,一团焦躁的心都藏在了看似淡然的外表下。

而视频里的她也没好到哪儿去。

从超市出来,两人回到民宿,终于放下自己骄傲的郁唯祎第一次小心翼翼地开口,鼓足勇气想要找蒋熠复合,却被骤然响起的电话一秒打回蜗牛壳。

而彼时她以为消失不见的男生在她回房以后,一直走到她视野死角的僻静角落,拨通了翁晴的电话。

郁唯祎指尖轻轻一缩。

男人嗓音压得低,就连跟拍都被他避得极远,似是不想被她知道。淅淅沥沥的雨雾模糊了他的声音,骨子里从未和任何人妥协过的坚定却一字一顿地清晰刻进她的心底。

"妈,我曾经因为你的欺骗,妥协过一次,放手过一次,这次,哪怕是死,我也绝不可能再让她离开我。"

耳边似有飞机巨大的轰鸣,排山倒海地一股脑儿涌向郁唯祎,她心神一阵恍惚,颤着手一遍遍地倒回去,看着这个永远只干不说的男人背着她孤注一掷的身影,泪水无声浸湿了面颊。

【呜呜呜,哭死我了,原来祎祎和蒋草是被迫分手的啊,他从来都没有放弃过爱她。】

【我们都以为他拿的追妻火葬场的剧本,殊不知他的世界主角一直都只有祎祎一人,蒋草从一开始参加节目就是奔着复合来的。】

【没人不爱永远为自己奋不顾身的少年,唯熠是我心里无可替代的恋综天花板。】

雨声伴着远离的轰鸣声渐渐微弱,残留的雨滴和手机屏上的水珠重叠,然后,在她重新擦去泪迹变得清晰的视野里,映出男人指尖猩红的烟头。

郁唯祎的心狠狠一震,眼泪再次涌出。

男人抽烟的姿势娴熟,克制地吸了几口就熄灭了烟头,经久不散的烟雾湮没在细雨里,模糊地勾勒出蒋熠深黑的眉眼,穿透屏幕钻进郁唯祎的鼻尖,呛得她五脏六腑都生疼。

她茫然地死死咬着唇,为自己竟不知道蒋熠何时学会了抽烟而升起无法原谅的巨大自责。

那些两人分开后痛苦而漫长的时光,她竟从没有想过蒋熠究竟是怎么度过的。他轻描淡写地用寥寥数笔带过异国他乡的艰难创业,她就天真地相信了他。

她设想过一切他过得不好的可能,却独独忘记了这个从来都骄矜高傲不会向他人流露一丝一毫脆弱的大少爷对自己会如此残忍。蒋熠发现她有胃病时表现出的震惊与心疼,她怎么就没有想一想同样煎熬的他是靠什么麻痹的自己?那些远比咖啡还要伤身的尼古丁,又是如何陪形单影只的蒋熠在每一个夜不能寐的夜晚里过了三年?

而他在国外,甚至连个能交心的朋友都没有,所有那些无人能言的伤口与剧痛,只能被他用一支接一支的烟头无声侵蚀。

郁唯祎缓缓阖上眼,永远无法知晓的蒋熠独处异国的三年时光如黑色碎片般在她眼前飞逝汇聚,最后凝成一个模糊不清的孤兽,背对着她独自舔伤。

浓郁的血腥伴着苦涩将它深深刻在郁唯祎心底，她曾以为自己足够了解蒋熠对她的感情，可当每一期新的上帝视角的节目播出，对她来说都无异于一场噬骨钻心的重新剖白。

她看到自己一直在蒋熠面前固守的骄傲有多自私，看到他想触碰又害怕伤害她的隐忍和小心翼翼，看到三年无人知晓的酸楚都藏在他看向她背影的目光中，看到他还没等到她回头就已破釜沉舟的深爱。

从来只把骄傲示外的男人，唯独一次，卑微地恳求她："郁唯祎，是不是只有我跪下你才肯相信我对你的感情是真的？"

不，不是，她从没有怀疑过他对她的感情，她只是辜负且低估了这份刻骨铭心的感情。

人来人往的航站楼，郁唯祎站在遥遥穿透玻璃的日光中，伸开手，轻轻握了一把，像握住再也不会放手的恋人。

他是她的奥特曼，也是她用一切爱着的全世界。

远处喧嚣忽响，郁唯祎慌忙擦干眼泪，退出视频，整理好情绪的一瞬，她就看到鱼贯而出的一众旅客中，俊朗夺目的出众男人。

无论何时，男人总是耀眼得能吸引所有人的视线，一身风衣挺括，勾勒出宽肩窄腰，棱角分明的下颌被口罩挡得严实。看到她时，他双眸倏地一弯，温柔地冲淡周身轻狂的野性。

蒋熠把奔到他身前的姑娘一把抱在怀里，摘下口罩和她接了个缠绵的吻。

郁唯祎呼吸有些微喘，终于等到恋人的欣喜湮没了一切矜持，再顾不上害羞，第一次在大庭广众之下放肆地回应他，松开手后，克制又不舍地看着蒋熠。

"眼睛怎么这么红？"郁唯祎皮肤白，一点微红就会被映衬得格外明显，蒋熠目光落在她同样嫣红的唇上，蹙眉，"嘴唇怎么也破了？"

他回想了下，自觉刚才没怎么用力，应该不至于吻破？

郁唯祎下意识抿紧嘴，含糊其词："可能上火了。"

蒋熠没深究，只是轻咬着她的耳朵，嗓音暧昧："那今晚上我们就灭火。"

郁唯祎难得地没像往常一样啐他流氓，怔怔地看着他，还没能从刚才失魂落魄的自责中回过神来，然后把脸贴在他身前。她听着他踏实有力的心跳，这才慢半拍地轻轻"嗯"了一声。

坐上回新沙的飞机，摇曳的流云掠过离地万米的机舱，偶尔透过小窗瞥见缱绻的一幕，就害羞地红成了火烧云。

抵达时，暮色将至，小城笼罩在玫瑰色的晚霞里，晚风撩人。取完行李，蒋熠接到王海的电话。

"熠哥，在哪儿呢？回来了吧？我今晚上开单身 Party，一起出来聚聚啊，兄弟们都想死你了。"

蒋熠想都不想就拒绝："明天，今晚上我有事。"

"啥事啊？比我结婚还重要？我不管，熠哥你今晚上一定要过来，都几年没见着你了，再说哪儿有单身趴开结婚后的嘛，这可是我最后一次用自由之身和你们聚会，明天我就不是单身了，还开啥。"王海委屈。

"你今天也不是单身，真有事，明天再说。"人间清醒的蒋少爷一句话扎完王海的心，毫不留情地挂断电话，顺便把王海的微信设为免打扰，以防他喝醉酒后又无差别的微信轰炸。

郁唯祎疑惑地看向蒋熠，印象里两人今天好像没其他安排，紧接着就听到他在耳边说了句话，她脸一红："等你回来也来得及，你去找他们吧，我约蛋卷儿一起吃饭。"

"不要。"蒋熠把她抱到行李箱上，推着她往外走，"你比什么事都重要。"

郁唯祎的脸更红了。

然而，嘴上说着浑话的蒋少爷却并没有付诸行动，从路边停着的一辆车里拿过钥匙，让司机离开，驱车带她驶向市中心。

熟悉的街景在窗外飞驰倒退，卷着不曾遗忘的记忆轻轻扑面。距离两人上次来已经过去一月有余，彼时还是夏末的暖阳变为此刻仲秋的夜风，吹来清浅的桂花香，葱郁的香樟树在街道两旁模糊着季节的温差，让人有一瞬回到夏天的错觉，仿佛他们离开不过只是昨日。

车子在学校旁边停下，暮色里依稀露出熟悉的金榜园牌匾。

两人下车。路灯亮起星星点点的柔光，照出对面校园的空旷，恰逢中秋国庆双节，学校放了假，没什么学生，连带着生意冷清的小店也打算打烊。

蒋熠推开门时，背对着他们的老板娘正在收桌椅，一声"打烊啦"话音刚落，回身认出他俩，笑逐颜开："是你俩呀，快坐，还是老一样？"

风铃声灌着夜风涌入，映出两人同时点头的默契。

"一大一小云吞面，小的那个多加半份云吞，大的面多一些。"老板娘朝后厨喊了一嗓子，放下桌椅让他俩坐，而后出门挂上打烊的小牌子，拉下一小半卷帘门。

十分钟后，两碗热气腾腾的云吞面端上桌，老板娘又给郁唯祎拿了一个空碗，笑眯眯地看她："和好啦？"

郁唯祎脸颊发烫，在缭绕的热气里看了一眼对面痞笑不语的男人，脚尖在桌下轻轻踢了他一下，不好意思地轻点头。

"我就说哪儿有不拌嘴的两口子，你让让我我哄哄你就过去了，别生隔夜气，拉不下脸道歉就一起吃碗热汤面，人吃饱了就没心思计较那么多啦。"

老板娘说得对，无论何时，都不要和自己的爱人生闷气，人生漫长而前路遥远未知，我们是彼此唯一的依靠和盔甲，要牵着手，一同不离不弃地走到白头。

出来时，小城起了风，"呼啦啦"地吹过他们的车外，车里温暖如春。

有那么一瞬间，郁唯祎感觉两人仿佛回到了高三第一次在这家小店遇到的时候，彼时也是这般的天色，将黑未黑带着风，学校放国庆假，小巷都没了人，而她还傻乎乎地准备往学校走，然后被难得发善心的蒋少爷拦住了。

他用那种看书呆子的眼神善意笑她，而她在蒋熠送自己回家后借他围巾时,用同样怀疑他脑子不好的表情还了回去。两个在学校里井水不犯河水甚至算得上疏离的同桌,第一次在校外产生了真正意义上的交集,从此开始了此后余生都如影随形的羁绊。

那是两人真正变得熟悉的一天,距今已过去整整八年。

彼时的郁唯祎,无论如何都不会想到,就是这个与她从小到大的生活有着天壤之别、又野又狂备受全校女生追捧的天之骄子,会成为她这辈子再也割舍不掉的人。

他说,她只能是他的唯熠,而于她而言,蒋熠的Yi,又何尝不是只能是她的。

风声掠过耳畔,在郁唯祎下车时打断了她的思绪,男人温热的掌心包裹着她,牵她上楼。

门开,扑面而来的淡香,是她在西覃惯用的香薰。

依然是她喜欢的装修风格,干净清冷,餐厅对面的背景墙上错落有致地贴着相框,远远地映出她和蒋熠从高中到现在的所有合影,隐藏不住的爱从他们永远追随着彼此的眼睛里偷跑出来,又弥漫在此刻两人对视的眸光中。

郁唯祎眼睛泛起红。

她没有去过蒋熠在新沙的家,但想来这里也不可能是他从小长大的地方,所有家具陈设都是遵循的她的喜好,纤尘不染地不带丝毫有人生活过的痕迹。一直记得她缺乏归属感的男人,在这里给她安置了一个只属于他们两人的家。

郁唯祎缓慢地闭了闭眼,踮起脚,吻上他。

从未有过的主动。

蒋熠眸光瞬深,抱起她,凭借着记忆进卧室,猝然打开的房门在他们身后轻轻晃晃地贴上墙,戛然而止的一瞬,蒋熠缓缓地慢了下来。

郁唯祎疑惑睁开眼。

发现两人身处书房,她笑着看了眼连自家构造都没搞清的蒋少爷,亲了下他的喉结以示安慰，从他怀里下来，好奇地走到书架旁。

竟然有书，而且还不少。

身后似乎有脚步离开的声音，郁唯祎注意力都在书架上，没留意，当看到里面全都是她高中用过的书和资料时，愣住了。

她记得那个时候她都一并卖给了学校门口的二手书店，怎么会在蒋熠这里？

她回眸，恰好看到蒋熠从屋外朝她走近，昏黄的光氤氲着男人俊朗的眉目，依旧痞气得微不正经，却又仿佛带着某些她看不懂的情绪。

郁唯祎鼻尖有些泛酸，努力压了压，装得若无其事地笑道："你这是打算留给我们孩子看吗？"

"留给我。"他温柔抚上她的脸，低垂看她的目光幽深，藏着无论看多少次都不会生厌的炽烈，"你不知道我有多庆幸你转到我们学校，让我能有机会遇到你。"

那个命运的齿轮差点儿擦肩错过的夏天，一早就被父母安排出国的蒋熠鬼使神差地选择了年后再走，而就是那阴错阳差多留下来的半年，他遇到了这辈子唯一令他心动的姑娘，从此再无人能入他的眼。

郁唯祎的眼睛蒙上了一层水雾，把脸贴上他的掌心，柔软地轻蹭："我知道，我也很庆幸，在全市那么多高中里选择了你的学校，能和你一个班。"

温热的眼泪沿着她的长睫滚落，落在蒋熠掌心，被他温柔擦干。他低头吻上她的唇，浅尝辄止，而后松开，单膝跪地。

窗外亮起一道流淌的银光，仿佛天上的银河落了地，和蒋熠眼底的星辰缓慢融合。

郁唯祎的心剧烈一颤，在漫天亮起的星光里对上他一如初见的黑眸，她死死咬着唇，不敢哭，怕眼泪模糊她恋人的轮廓。

"祎祎。"蒋熠温柔喊她，向来慵懒的嗓音藏着不易察觉的轻颤，与三年前仓促求婚的青涩男生无声重叠，"嫁给我。"

他手里是一枚流光溢彩的钻戒，耀眼夺目的光像是携着满天星辰镶进钻身，却不及他看向她时永远深情的双眸。

岁月教会男人稳重，因为深爱而紧张的青涩却一如当年。

郁唯祎的眼泪终是落了下来，脑海中如电影般飞逝闪过两人认识以来的所有片段。她哽咽着点头，颤着手戴上这枚迟到三年的钻戒。

那年他们即将毕业，她飞去伦敦找他，跨年烟火会上，人头攒动，故作镇定的男生拿出一对戒指和她求婚，他们在烟花下许下一辈子都要在一起的誓言。

后来，他们分手，离别，再也没能实现毕业就结婚的心愿，相距万里的沟壑冰冷地隔开了他们，教她体会到刻骨铭心的生离。

她曾以为此生都难与他再相见。

直到命运停滞的齿轮在一个月前缓缓转动。

而这场迟到三年的正式求婚，在他们跌跌撞撞地走过八年时光后，依然没有缺席，带着命运的馈赠为他们定下此后余生都不会再分开的契约。

我爱你，比每一个逝去的昨天都更加爱你，哪怕是在我们分开的每一天每一秒，也未曾有一刻停止地爱着你。

你是我眼底熠熠生辉的光芒星辰，也是我刻在血液深处的苍郁唯一。

从此以后，我们不会再有分离。

——正文完——

番外一
宜·新婚

01

郁唯祎曾经做过一个梦。

梦里,两人在上学时他常送她回家的那条小路上,夜空深黑,璀璨的烟花被亘古不变的星辰替代,男人站在星光下向她求婚。

她朝思暮想的恋人就在她眼前,她却怎么都无法看清那张熟悉的脸,哽咽着想要答应他,怀抱却扑了个空。

醒来时,指针指向与伦敦时差八小时的午夜,她指尖空无一物,唯有冰冷的眼泪。

国内时间零点零一分,蒋熠二十四岁的生日。

郁唯祎在深秋孤寂的出租屋里泣不成声。

她后来再也没有做过关于求婚的梦,她依然会梦见他,只是次数越来越少。她常常想,蒋熠是不是把她忘记了,或者是恨她恨得宁愿这辈子都没有认识过她,所以再也不肯来梦里找她。

每每想到这一点,郁唯祎就如溺水的人抓到唯一一小块浮板,在每一次能梦到他的一晌贪欢里恨不能长眠。

而现在,她以为这辈子都不会实现的梦,成真了。

她身前是心跳与她剧烈同步的男人，四周是飘浮着浩瀚无垠星空的虚拟夜空，窗外点亮的银光与房间里漫天的星辰遥遥呼应，她置身恋人为她打造的银河间，眼泪无声没入他的深吻——曾说要给她一场完美求婚的男人，做到了。

他用自己构建的代码，将不会被人类寿命打败的几近永恒的星辰送给了她。

不管是蒋熠还是郁唯祎，都是坚定的唯物主义者，可唯独在爱她这件事上，男人第一次有了偏执的迷信。

出书房，回卧室，水雾氤氲的浴室玻璃上勾勒出美不胜收的风景，郁唯祎脑海里最后一片清醒的记忆，是窗外一丝熹微晨光。

她枕着男人结实有力的臂弯沉沉入睡。

醒来时天已大亮。

蒋熠抱着她，没睁眼，带着浓浓哑意的嗓音在她肩头轻蹭："还早，再睡会儿。"

闹钟指向八点一刻，距离约好见面的时间的确尚早，倒是来得及，只是再睡今天一天都是在床上度过，郁唯祎没有赖床的习惯，亲亲他，拽他起来。

吃饭时，郁唯祎看到王海在班级群里发的婚礼时间安排，问道："我们是不是得先去接亲？"

"我去就行。"蒋熠给她拌着杯热牛奶，"接亲时太乱，你在车里等着我。"

小区里张灯结彩，地上散落着喜糖和礼花残烬，小朋友们欢天喜地地打闹着捡糖果，一派喜气洋洋。新娘家在三楼，喧嚣隐隐约约地从楼上飘下，混着小朋友们的欢笑一同涌入郁唯祎的耳膜。她乖乖等在车里，抬眸，看到蒋熠站在新娘家的阳台上，低头看她。

阳光穿过秋意正浓的高树，给一身笔挺西装的男人蒙上了一层柔边，他五官生得周正，穿正装时长腿宽肩的绝佳比例就被完美勾了出来，难得的严肃。不过正经不到一秒钟，对上她视线后，他轻佻地一勾唇，立刻就冲破了西装扮出的高冷假象。

郁唯祎也忍不住笑了起来，趴在车窗上，仰头看着他笑。

蒋熠又朝外走了两步，避开身后正在做游戏的伴郎团们，修长手指弯起，贴着玻璃窗上嘴对嘴亲亲的红色小人窗花，对她做了个同款亲亲的手势。

然后，他拿出手机，给她发了条微信。

温馨热闹的人间烟火气在他们低头抬眸的瞬间无限拉长，郁唯祎在满街飘着桂花香的空气中，听到蒋熠低沉地说着"想亲你"，不由得耳朵一热。

她收回视线，没再关窗。

片刻，车外有由远及近的脚步，郁唯祎抬眸，车门从外被拉开，蒋熠进来，关上车窗的一瞬，把她抱到腿上亲了下："想我没？"

郁唯祎失笑。

两人早上才刚见过，只是分开了一小会儿，哪可能那么想他嘛。但她还是乖巧地点点头，搂紧他的脖颈，回应他的吻。

下午出发去举办婚礼的酒店。

与无数隔着网络为"唯熠"牵肠挂肚的网友相比，曾与他们同窗又亲眼旁观着他们一路走来的坎坷艰辛的同班同学更加期待两人能复合。当时隔七年再看到两人同台，大家激动得差点儿没把桌子掀了。

"太好了！我就说蒋草肯定会追回校花的嘛，咱班如果只能有一对情侣修成正果，那肯定是蒋草和校花！"

"我同事天天追你们的节目比我还上头，我和她们炫耀说你俩是我同学她们都不信，快帮我和蒋草祎祎合个照，我要发朋友圈证明一下。"

"蒋草结婚了一定要给我们发喜糖啊！红包都给你们准备好了！"

郁唯祎眼睛微微泛了湿，浅笑着看向蒋熠。男人一直紧紧牵着她的手，同样不曾离开的眸光温柔地看着她："肯定，不会忘的。"

《婚礼进行曲》的音乐轻快飘入上空，宴会厅的大门缓缓打开，新娘从门外进来，在父亲的陪伴下踏上红毯，生动至极的笑颜盈盈看向她的爱人。

黄昏是一天中最美的时刻，在这期间举行的婚礼，在古老的意义上也仿佛多了层延绵的余韵。

王海捧着鲜花，紧张地等待着他的新娘。

两代人在交接台上郑重其事地致辞宣誓，郁唯祎感觉到蒋熠握着自己的手紧了紧，她回眸冲他一笑，表示自己没事。

距离那些痛苦的过往已经过去了很久，她早已经放下，也适应了自己孤儿的身份，上天夺走了她的亲情，却把世界上最好的爱人还给了她，她无比感恩。

"你想在哪儿结婚？"蒋熠温柔地看她，"挑个你喜欢的地方举办我们的婚礼，再请几个朋友过来，然后我们就旅行结婚。"

郁唯祎蓦地一愣，瞬间反应过来他是怕她触景生情，正想安慰他说自己不在意，他轻轻捏捏她的脸，说："传统的婚礼太闹腾，你不喜欢，我也不喜欢，简单的仪式就行。"

郁唯祎的眼睛再次一红，许久，她点点头："那就在海边。"

"好。"蒋熠握紧她的手，擦去她眼底的水雾。

进行完交接仪式的新人伴着音乐走向舞台，粉色的玫瑰花瓣从他们头顶落下，铺满红毯。

郁唯祎踏实地依偎着久别终逢的恋人，脑海中想象着两人结婚的场景。

黄昏之下，爱人在侧，深海夕阳，朝暮做伴，不需要很多亲朋，三五好友足够，简单安静，一起见证他们的感情，这就是她梦想中的婚礼。

而对这七年来一直在路上双向奔赴的两人来说，旅行结婚，已然是诠释他们爱情的最好方式。

他们一直在路上，从未停止过相爱。

02

这晚参加完婚礼回去，夜已极深，临睡前，郁唯祎迷迷糊糊地听到蒋熠在耳边和她说了一句话:"乖,明天我们去拍婚纱照,好不好?"

此时天边已经泛起鱼肚白。

郁唯祎的大脑和身子都倦乏至极,没听清,小猫似的往他怀里蹭了蹭,含混地应了一声。

蒋熠温柔地在她嘴角落下一个吻,揽她入睡。

第二天,睡醒后的郁唯祎蓦然记起自己好像答应了蒋熠什么事,想了半天也没想起来,直到他在她面前拉开衣柜。

里面是一排漂亮的长裙,搭着同色系的男装,简约大气的头纱在另一隔间蓬松垂下,被穿透落地窗的晨曦照出洁白。

郁唯祎终于反应过来,眸光欣喜,爱不释手地抚摸着风格各异但又极其出挑的几套情侣装,拿出一件放在身前试穿。

他知道她不喜欢千篇一律的婚纱照,所以提前准备好了衣服,用她喜欢的方式纪念留存。

"我们去哪儿拍?"郁唯祎语气雀跃。

"先去学校。"蒋熠打开另外一侧衣柜,取出里面两套崭新的校服,"剩下的等旅行时再拍,走哪儿拍哪儿。"

郁唯祎眼睛再次一亮,点点头,因着两人不谋而合的想法越发欢喜。

接过校服,她余光瞥到里面似是有条礼服样式的连衣裙,好奇地拿出来,有些惊讶:"这个也是给我的吗?"

礼服风格与前面几套长裙明显迥异,樱花粉的浅纱配上质地轻薄的内衬,飘逸空灵,裙摆处繁繁密密地编织着柔软羽毛,少女感丝缕溢出,尚未上身,单单拿在手上就给人极其轻盈的感觉。

蒋熠难得迟疑了几秒:"本来想成人礼时给你的。"

郁唯祎蓦地一怔,她捏着裙摆的手紧了紧,目光定格在价值不菲的长裙上,眼睛忽然就起了雾。

那年夏初,满校园穿着漂亮礼服的姑娘,语笑嫣然地在父母陪伴下参加成人礼,无所适从的她独自一人走向礼堂,紧紧拽着自己身上唯一拿得出手的裙子,格格不入却又假装淡然。

然后，她被忽然出现的少年用力牵住了手。

少年初长成的男性荷尔蒙帮她挡住了周遭意味不明的诸多视线，也无声抚平着她心里只有自己知晓的自卑，一双清亮的眼微微笑着看她，陪她一同走向彼时未知的成年。

他没有给她，想必是猜到以她当时骄傲的性格断不可能接受，所以买下这件裙子是他的心愿，没有送出却是因为维护着她骄傲的自尊心。

郁唯祎飞快敛了敛长睫，回眸对上男人温柔的注视，浅浅一笑："现在也不晚。"

说完，她收起本来要换的那条长裙，挽起长发，穿上这条迟到七年的礼物。

镜子里映出蒋熠深黑的眸光，克制而心疼地流连过姑娘纤瘦的美背，线条分明的脊柱沟一路沿着雪肤下滑。

蒋熠很轻地动了动喉结，摩挲着郁唯祎瘦得盈盈一握的纤腰，给她拉上拉链。

裙子略显宽松。

三年的消瘦不是短短一个月就能被蒋熠养起来的，更莫说高三时是郁唯祎的体重巅峰，那时刚刚好的尺寸放到现在只让人惊觉时光的流逝，无数他无从得知的煎熬在腰间多出来的缝隙里呼啸而过。

蒋熠眼睛泛了红，被他垂眸吻上姑娘的动作轻轻掩盖。

郁唯祎握上他环在自己腰间的手，哪里不知他突如其来的沉默是缘于何故，安抚地蹭蹭他的脸，回身吻上他。

许久，蒋熠直起身，从一个从未打开过的隔间取出里面的首饰盒："还有一个。"

是条满钻的微笑项链。

早已遗忘的记忆瞬间翻涌。

成人礼举行的前一个星期，文丹乐下课后来找郁唯祎，脖子上戴了一条笑脸似的项链，彼时她还不认识这些奢侈品牌，只是觉得好看，忍不住多看了几眼。文丹乐大方地要摘下来送她，被她连忙拒绝。

她很快就忘记了这件事，直到大学后接触到更广阔的世界，才知道那条看起来简单的项链也要好几千块钱。

后来和蒋熠在一起时，男生假借生日情人节等各种过节理由送过她很多礼物，其中不乏被他刻意隐去品牌包装的小众奢侈品。她天真地信了他口中的不贵，努力赚钱回赠他"相等"价值的礼物。她被蒋熠一直小心翼翼维护的自尊心和他为她编织的泡沫世界，在他们分手后她进入这个光鲜亮丽的圈子时，才倏然破碎。

郁唯祎压下眼底水雾，仰起脸冲他甜甜一笑："帮我戴上。"

流光四溢的笑脸贴上她的肌肤，清浅地圈出锁骨，不算张扬，蒋熠从背后抱着她，指腹穿过她的长发，在她脖颈温柔一吻。

这件同样迟到七年的礼物伴着男人炽烈如初的浓情，滚烫地蔓延至她心底。

抵达母校，摄影师已经在门口等着他们。

本来想约她逛街的文丹乐听说他们拍婚纱照，也急吼吼地赶了过来，刚下车，她一声惊呼："啊啊啊，这哪儿来的小仙女，我要被美哭了！这礼服也太适合你了，自带仙气！我就说你应该多穿裙子，这么好看的腰和锁骨露出来多好看啊！"

郁唯祎一袭轻纱长裙，如雾如梦般地被笼罩在秋阳下，浅金色的丝线穿透她身上轻薄的纹理，落下与恋人交叠的长影。她盈盈浅笑地看着蒋熠，长发垂在一侧，修长的天鹅颈和似雪肌肤裸露在阳光里，玫瑰金的项链熠熠夺目。

她提起裙摆，纤细的脚踝随着走动若隐若现，一圈轻盈的羽毛就随着流动的风飘扬起来，翩翩欲飞如闻香而来的蝴蝶。

蒋熠帮她戴上头纱，幽深的眸光落在姑娘嫣红的唇上，他情难自禁地吻了上去。文丹乐在一边嗷嗷叫着"甜死啦甜死啦"，一边跟着抓拍的摄影师凑近，心满意足地近距离嗑糖。

秋天清爽的风追随着恋人脚步，两人正大光明地走正门进了校园。恰逢放假，空旷的校园就成了足够挥洒笔墨的空白画板，相机做画笔，阳光当颜料，真实地记录着他们重回高中的点滴生活。

他们在教室的最后一排坐下，一个认真看书，一个专心看人，午后温暖的阳光穿透玻璃，氤氤氲氲地交织出两人彼时尚不知晓的心动。

她倏然抬眸，对上男生没来得及收回的视线，瞬间变红的耳朵就隔着课桌与他一同乱了呼吸；他们一前一后地走过长廊，男生手里把玩着篮球，女孩手里拿着卷子，初时涌动的人潮在此刻倏忽湮没，轻轻远远地描摹出他们永远不自觉看向对方的眸光；他们在体育馆的篮球场下相遇，女孩手里的卷子被拿走，换成了陌生的篮球，男生炽烈张扬的气息从后靠近她，教她投篮，却在指尖无意触碰的瞬间，她手里的篮球落了地，一下一下地撞击地面，仿佛两人几近冲出胸腔的心跳；他们在操场上奔逐，风吹起少女轻盈的裙摆，映出她身前领跑的少年，淡金色的阳光横跨七年漫长的时空，将男人俊朗挺拔的身影与当年无声重叠……

他们一起走过当年举办成人礼的礼堂，一起停在曾短暂同食的食堂门外，林荫道上的秋叶从他们头顶扑簌簌落下。穿过时空的隧道，他们看到春夏秋冬的四季从眼前呼啸飞过，直到停在初遇的那条小径上。

那时盛夏，烈阳裹挟着聒噪的蝉鸣暴晒一地，她闷头闷脑地闯入陌生的校园，像只误入不属于自己世界的惊弓之鸟，警惕又防备地竖起浑身尖刺，却一不小心撞入了他的怀抱。

男生漫不经心地微扬着眉，一双黑如墨玉的眼与她对视，深邃的眸光仿佛收敛光芒的辰星，从此点亮了她的整个世界。

暮色初上。

学校亮起星星点点的光，昏黄的路灯与夕阳交织，投下斑驳交错的光影，给拥吻的恋人拍摄最后一组镜头。

晚上回家的路上，浓郁的夜色在窗外呼啸疾驰，郁唯祎打开手机上的监控镜头，正想看小鱼在做什么，蒋熠忽然开口："我户口本拿回来了，我们下周领证？"

郁唯祎眼睛倏然大睁，这才猛然记起之前蒋熠在她问什么时候领证时，提到过等求完婚。

一天都不想多等的蒋少爷做事雷厉风行，不仅早早地把领证纳入到了求婚后的规划，拍婚纱照、办婚礼等一切郁唯祎没想到的后续事宜也都被他有条不紊地按序推进。

郁唯祎蒙了几秒，有些磕巴："再、再等等。"

"等什么？"蒋少爷对这个答案明显有些不满，将车子停在路边，扶着方向盘的手移开，牵起她的手轻轻咬了下，"都等三年了。"

郁唯祎眨眨眼："那不介意再多等一个月。"

蒋熠一顿，瞬间明白了她话里的含义，温柔地握紧她的手："不用等到我生日。"

郁唯祎甜笑："我查了皇历，那天日子好，适合领证。"

而且，11月1号，蒋熠的生日里包含着他俩的名字，再没有比这更适合的时间。

蒋熠眸光瞬深，再没说话，轰鸣的引擎呼啸着驶上主路，载着恨不能瞬移的恋人回家。

03

十月的最后一天，连下一个星期的秋雨停歇，天色美得出奇。

郁唯祎此刻的心情就像期待着小王子回到星球的玫瑰花，面上装得淡然，越临近却越克制不住紧张。

这份紧张从这周一就开始持续，隐而不宣地独自发酵，她破天荒地因着私人感情没出差，每天无数遍地看着度秒如年的时钟，然后，终于挨到这个月的最后一天日历划掉，她和苏覿樾请过假，迫不及待地提前下班。

郁唯祎回到家直奔书房。

晚霞照出空无一人的平层别墅，蒋熠还没回来，只有小鱼迈着高贵冷艳的步伐巡视着自己的领土。郁唯祎从收纳箱里找出户口本，放在桌上，而后从包里取出一个漂亮的木匣，用软布蘸了点清水，小心擦拭着里面莹润剔透的玉雕。

黄昏的光流淌至屋内,勾勒出上面稚嫩却极其用心的雕刻,是只可爱的银狐犬。

郁唯祎擦拭干净,收好放进卧室。

晚上,蒋熠回家,刚进门,就看到姑娘等在客厅,扑鼻的饭香从餐厅丝缕飘来,混着独有的香薰组成家的味道。郁唯祎盈盈笑着看他,双眸柔似秋水,面前放着两个红彤彤的本子。

蒋熠眸光微深,几乎是瞬间就猜到她拿的是什么,痞气地弯了弯眉,说:"差点儿以为你背着我偷偷领了证。"

郁唯祎失笑。

这天晚上,两人都毫无困意。

蒋熠把郁唯祎的户口本放在自己的枕头下,似乎生怕它长了脚不翼而飞,还霸道地把她揽在怀里,就着昏黄的夜灯一眨不眨地看她,在眼底一遍遍地描摹着她的轮廓。

郁唯祎往他怀里蹭了蹭,听着蒋熠和她一样剧烈的心跳,恨不能一下子蹦到明天。

凌晨刚过,郁唯祎坐起身,还没弯腰,就被他一把拽住手,透过清冷的光看到他眼里生怕她走的不安。她心里一疼,吻下他的嘴角:"我不走,我只是拿个东西。"

她拿出礼物,深呼吸,郑重且认真地看着他,三年不曾当面说出的那句话有些艰难地卡了卡壳,然后轻颤着嗓音说了出来:"生日快乐。"

蒋熠蓦地一怔,没说话,吻了上去,炽烈却温柔。

许久,他摩挲着郁唯祎滟色的唇,接过礼物,打开看到是当年她给他取昵称的原型狗子,眼睛再次轻轻一红。他牵过她的手,心疼地吻上她指尖隐秘的曾被她借口说不小心划到的细微伤痕:"还疼吗?"

郁唯祎摇摇头,冲他甜甜一笑:"不疼。"

一向玩世不恭的蒋少爷第一次无言以对,知道她说的是假话,可不管如何回应都觉极其苍白,他真切体会到了郁唯祎当时收到钻戒的心情,怕弄丢,怕弄坏,根本不舍得戴上。

他珍而重之地把做成吊坠的玉雕收好，低头吻上郁唯祎："以后别再给我做礼物，我很喜欢，但那些礼物都不是你。"

　　他眼尾染着一片不易察觉的微红，如日暮交接之时的晨光，幽深浓郁："你已经是上天送我的最好礼物，其他都不过是你的附属品。"

　　郁唯祎眼睛蓦地一酸，用力抱着他，点点头，在心里无声说：我知道，你也是我的全世界。

　　羞于把情话如蒋熠这般直白说出口的郁唯祎，笨拙地回吻上他，主动而热烈。

　　窗外是一点点变得透亮的晨曦，朝暮更迭，日光灿烂，被和煦暖阳唤醒的城市，迎来一对整宿没睡着的恋人。

　　两人穿着简单清爽的白衬衫，外搭男女同款的深色大衣，迎着轻柔的风下车，而此时民政局还没上班。郁唯祎和蒋熠就坐在台阶上，牢牢占据着第一排的位置，十指交叠地紧紧抓着对方的手，像只知道看着对方笑的小傻瓜。

　　领证的人不算多，更没有急躁到像他俩这样不到七点就等在了民政局门口。后来陆陆续续地来了许多对情侣，脸上都刻着相似的甜蜜，却依然忍不住地把目光投向人群中最出众的两个人。

　　当现场因着两人出众的颜值和部分认出他们的路人兴奋窃窃引起骚动时，蒋熠已经和郁唯祎办完手续，紧紧攥着新鲜出炉的小红本，回到车上。

　　郁唯祎依然觉得像做梦。

　　这就合法了？没有她想象中的冗杂，甚至丝毫波折都没有，工作人员笑眯眯地问了他们几个问题就盖了钢印，他们就和每一对平凡又幸福的情侣一样，从此成为受法律保护的合法夫妻，这世界上再也没有人可以把他们拆散。

　　他们兜兜转转，年少时许下的一辈子都要在一起的承诺，终于成了真。

　　蒋熠翻来覆去地看着轻飘飘的小红本，同样觉得有些不真实。他郑重收好，轻轻抚上郁唯祎的脸："早知道领证这么简单，那个时候就该把户口本偷出来,和你先把生米煮成熟的。"

郁唯祎哑然失笑,点点头,重重地"嗯"了一声。

她何尝没有后悔过,后悔当年懦弱的自己怎么就狠下心推开了他。命运对她何其眷顾,在她尝遍辛酸后又给了她世界上最甜的糖,她唯一爱着的恋人始终没有放弃她,而这三年他们吃过的苦、走过的弯路,在褪去磨难的荆棘后,开出了教会他们成长的最丰盈的果实。

长街人潮喧嚣,温馨而平凡的烟火气息,从时空定格的窗外悄悄溜走。这天是十一月的第一天,蒋熠的二十六岁生日,他们领证了。

距离两人分手过去三年三个月零二十五天,重逢两个月零九天,复合整整两个月。

不会再有离别。

满城飘扬的银杏树叶,金灿灿地组成温暖的秋日。两人坐在车上,不舍得这么快就离开刚刚赋予他们合法关系的"圣地",傻笑着看着恋人,然后接了个缠绵的吻,直到被手机惊醒。

郁唯祎看了一眼蒋熠。

蒋少爷轻轻挑眉,什么话都没说,在她唇边深深一吻,而后摸出手机,登录微博。

《分手旅行》最后一期视频上线倒计时两小时五十分,"唯熠粉"等来了主人公刻骨铭心的官宣。

唯熠的 Yi:【嫁给我。@郁唯祎】

定位是在西覃某城的民政局。

这个从今往后再也无人能超越她们心中"追妻狗男人"形象的大男孩,在她们为他掉了那么多次眼泪以后,和他一同等到了他这辈子唯一深爱的姑娘的公开回应。

只有一个字,却足够所有人狂欢。

她说:【好。】

这年农历新年的最后一天,两人在四季如春的海岛举办了婚礼。

黄昏时的景色浪漫至极，海鸥飞过一望无际的海平面，啼叫如大自然最亲昵的祝福，夕阳在远处投下星星点点的光，停靠的游轮在玫瑰色的晚霞中静静矗立，等待着恋人们礼成后即将踏上的旅行，微风吹起层层叠叠的花海，馥丽如仙境。

郁唯祎穿着一袭冰雪般梦幻的高定婚纱，清冷出尘的气质被勾勒得越发不惹尘埃。在文丹乐的陪伴下，她踩着暮色的光由远及近，宛如仙女下凡的纤影惊艳了所有人。

舞台下坐着他们的好友和蒋熠的父母，无人忍心惊扰这如梦境般美好的一幕，俊朗夺目的男人坐在高脚凳上，深黑的眸光越过舞台遥遥追随着心爱的姑娘，他怀抱着吉他，低沉动听的歌声和七年前的告白缓缓重叠。

郁唯祎站在光影交错的交接台，眼泪不受控地汹涌而出。

八年漫长的时光在她模糊的视野里弹指飞逝，她看到初遇时炽烈如骄阳的少年，看到两人同游过的小镇风景，看到学校到她出租屋外那条无人知晓却永远有他陪伴的小径，她看到烟波浩渺的深海和浩瀚无垠的星空，看到两人分开的一千多个日日夜夜……然后，现实与记忆交织，化为疾步朝她走来的恋人。

"别哭。"蒋熠温柔擦去她的眼泪，吻上她，而后紧紧牵着她的手，在至亲挚友的祝福下，一同踏上只属于他们两个人的未来之路。

那句不等司仪说完就脱口而出的"我愿意"，是他们在分开的一千多个日日夜夜里，无数次想要对朝思暮想的恋人说出的那句话。

而现在，梦想成了真。

传说茫茫人海，两个陌生的人相遇的概率是十万分之四，我们上辈子不知在佛前求了多少次回眸，才换来今生的擦肩而过和破镜重圆。

我们曾挥霍三年的时光口是心非地假装不爱，所幸，命运从不曾关闭我们通向彼此的方向，让我们可以离别后终逢，可以从校服到婚纱，从校园到白头。

郁唯祎嫁给了十八岁就爱上的那个少年。

从此，星辰大海，朝暮共依。

番外二
宜·期盼

01

伦敦一年中最冷的一月，犹如摄魂怪降临，潮湿阴冷。

长街尽头的一家酒吧。

寒风凄凄，昏蒙的光映出从黑夜里推门走进的一道长影，吧台后的老板克里斯抬眸，操着一口半生不熟的英腔中文："嘿，熠，你今天迟到了。"

男生摘下线帽，窄瘦的脸在暗光下露出，眉弓高而眼窝略深，黑发比短寸略长，干净利落，贴着左耳的发梢依稀可见一个图形，像是字母。他轻飘飘地随意看向人时，双眸透着几分勾魂摄魄的意味，细细看，眼底深藏的锋利却似乎比黑夜更浓。

"今晚上生意好。"他轻描淡写地解释，走到常坐的位置上，把吉他放在脚边，端起一杯热酒暖和快要冻透的身子。

克里斯耸耸肩，对这么冷的天居然还有人愿意在街头听人唱歌的行为表示费解，思来想去，只能归结于面前的男生长得太帅。

"熠，这是你昨天布置的作业，我都完成了。"

半杯酒下肚，蒋熠冻僵的手稍微缓过来，接过克里斯递过来的练习本，在蝌蚪爬似的小学生字体上检查一番，标出几个不规范的打回去重写，而后他翻到下一页，写下一行新的偏旁部首，留给他明天练习。

克里斯是从小在国外长大的移民二代，没回过中国，但对汉字文化特别感兴趣，与偶尔来此喝酒的蒋熠相熟以后，就花钱请他每天抽出半小时时间教他学习汉字。

检查过书面，开始教发音，男生干净的低音炮缓慢且标准。克里斯生硬地跟读，很快就在平上去入的音调中晕头转向，他抓抓头，终于勉强过关，兴奋道："熠，教我你的名字怎么写吧？"

蒋熠接过笔，未曾过脑的笔画倾泻落纸，指尖蓦地一顿。

几近空白的纸面上，中间是一个"祎"字。

克里斯正要凑近看，忽见他一把撕掉，诧异地问："怎么了？"

蒋熠语气淡淡的："写错了。"

克里斯疑惑，总觉得这个字好像在哪儿见过。

男生漫不经心地喝着酒，一双寒潭似的眼微垂，左耳上看不真切的字母就露出了清晰的轮廓——一个简单至极的"Y"。

直到蒋熠离开，克里斯才猛然想起，蒋熠随身携带的吉他上，似乎刻着这个字。

回到湿冷的公寓，蒋熠从一沓防潮袋包裹的旧书中抽出一本，小心翼翼地摊在桌上，焐热冰凉的手，描摹着上面娟秀如人的笔迹。

漫长的黑夜在窗外吞噬天光，寒风幽彻，不知疲倦。

"阿熠？阿熠，醒醒。"他不知何时睡着，听到熟悉的清甜嗓音，伸出手拥抱她，贪恋地汲取这片刻温暖，不愿醒来。

还能在梦里见到她，真好。

温柔的嗓音离得更近，恍若在他耳边。

蒋熠终于从记忆里挣脱，睁开眼，看到身侧轻声唤他的姑娘，惺忪的黑眸缓慢地眨了眨，而后把郁唯祎紧紧抱进怀里。

不再是梦，是真的。

郁唯祎不知道他方才深陷过往的梦魇，只是下意识地回抱住他，软软哄着每次睡醒后都格外黏人的狗子："快到啦。"

机舱外，离地万里的高空晴朗无云，伦敦已经近在脚下。

两人蜜月旅行的最后一站，是这座曾承载着他们美好回忆的古老城市。

再次踏上梦里走过无数遍的街道，郁唯祎有片刻恍惚，巨大的落地窗映着酒店对面的摩天轮，泰晤士河沉淀着他们与过往交织的足迹。一切都似乎依然是四年前的模样，只不过，现在终于不用再担心离别的他们，在刻骨铭心的感情之上有了足够的时间和自由，可以把之前浮光掠影的风景认真重游。

离开时，蒋熠带郁唯祎去克里斯的酒吧。

"嘿，熠，好久不见，你气色看上去比走的时候好多了。"克里斯中文突飞猛进，虽然一开口依然带着外国腔，但高级词汇掌握了不少。给蒋熠一个热情的拥抱后，他转向蒋熠身旁的郁唯祎，惊艳得瞪大眼，回过神后就欲以更加热情的姿态拥抱她。

却被一只手按住。

"我们国人不流行这种见面礼。"

克里斯随即转为握手，不想待遇与之前毫无变化，不解地看向蒋熠。

男人懒散道："男女授受不亲，我们含蓄。"

克里斯腹诽：你这是欺负我没去过中国？现在互联网很发达的好吗，我足不出户都在短视频里把祖国的大好河山逛遍了。

他翻个白眼，遗憾作罢。

郁唯祎失笑，头一次从不知脸皮为何物的蒋少爷口中听到含蓄这个词，捏捏他的手，让他收敛一点，不要灌输错误理念，忽然听到一声兴奋惊呼。

"你就是炜吧？"

郁唯祎一愣，不知从未见过面的克里斯为何如此笃定她的身份，要不是知道蒋少爷洁身自好，差点儿以为他在国外时招蜂引蝶。

郁唯祎正要问克里斯怎么回事，从看到两人婚戒就自以为推断出真相的克里斯得意道："我在熠的吉他上看到过你的名字，他没有女伴，你是第一个。"

说完,他求表扬似的晃晃头:"熠,我是不是进步很多?不需要拼音我也能认出汉字。"

蒋熠嘴角抽了抽。

是进步,直接画蛇添足——他刻那么隐蔽什么时候被发现了?

郁唯祎一动不动地看着蒋熠,察觉她目光的男人偏过头,摸摸鼻子,似是不知道要怎么和她解释。她垂眸敛了敛酸涩,故作轻松地一笑:"他的汉字是你教的吗?"

连认错字的方式都和蒋熠第一次见她时一模一样。

蒋少爷百口莫辩。

蒋熠想否认,记起来自己还真的是克里斯的汉语启蒙老师,无奈地睨他一眼,当年无人知晓的思念和如今同样不想惹她担心的念头,最终只是化为了一个温柔的吻:"这个字不是。"

只敢在纸上一遍遍宣泄,连说都不敢说出口的名字,他怎么会舍得去教别人?

克里斯吹了声口哨,直呼被狗粮虐到了。

郁唯祎红着脸连忙推开。

蒋熠不满地"啧"了一声,纠正如今网络语言用得纯熟的克里斯:"是yi,和我同拼音不同音调的祎,不是炜。"

说完,他没再管又陷入音调的混乱,抓狂地揪着头苦恼"这个祎和蒋熠的熠"到底有何不同的克里斯,给郁唯祎调了杯鸡尾酒。两人一起坐在窗前,手牵着手,和谐又自然的亲昵,伴着娓娓道来的一些趣事填平三年她未知的空白。

蜜月结束,两人投入紧张的工作,郁唯祎负责的首部纪录片正式上线,如苏觐樾当初预想的一样,播放量的确大不如娱乐节目,但静下心来观看的网友都给出了极高的评价。

郁唯祎对此已经很满意。

没过几天,网上忽然铺天盖地地多了些宣传通稿,都在推荐这档节目。

郁唯祎一头雾水，以为是抠到家的"苏葛朗台"难得良心发现给她买了热搜，一问不是，稀里糊涂地带着疑问回家，准备和蒋熠分享这个好消息，看到门口鞋架上放着一双精致的女士高跟鞋。

隐隐约约的交谈声从客厅传来。

翁晴优雅地品着热茶，眼皮轻轻一掀："你们打算什么时候生孩子？"

蒋熠背对玄关坐着，被壁灯勾出散漫的长腿："不想生。"

"你想不生就不生，你怎么这么自私？"翁晴"砰"一声放下茶盏，"不替你下半辈子考虑也不替你妈考虑，合着我养你就是为了自己孤独终老的是吧？"

两人结婚以来，和翁晴见面的次数屈指可数，除了传统的团圆日，其他时候都各过各的，眼不见为净。

看到郁唯祎和蒋熠完全没有她当初担心的各种摩擦的翁晴坚决不肯承认当初拆散他们是个错误，只偶尔派保姆过来送点东西，算是口是心非地表达对他们的关心。

这么久没见，蒋熠还以为妈妈"改邪归正"，没想到是在给他攒个大的，正欲借口要去接老婆下班送妈妈走，翁晴专断地下了命令："马上最佳生育年龄都过了，你俩还不生是等着让祎祎当高龄产妇？平时要死要活地疼你老婆怎么在这件事上拎不清？行了，我明天送点补品，你俩抓紧时间计划计划，拖得越久对女人身体伤害越大。"

蒋熠蹙眉，在翁晴起身之前，波澜不惊地抛下一记深水炸弹："我有毛病，生不了。"

02

客厅瞬间一片死寂。

郁唯祎准备上前的脚步一顿，茫然又担心，下意识就要冲过去问蒋熠怎么了，猛然想起很久之前两人的一次对话。

"你喜欢小孩子吗？"

277

蒋熠想了想，实话实说："都可以，但你会疼，生孩子相当于让你在鬼门关走一遭，我不想冒这个风险。"

男人看她的眼极其认真，再无往常混不懔的痞气，从未有过的胆小和害怕失去她的脆弱都藏在了那双幽深的黑眸中。

郁唯祎心里一疼，忽然就明白了他的打算——他是真没想让她生孩子，于是干脆把所有责任都提前揽在了自己身上。

翁晴从震惊中缓过神，难以置信地看着蒋熠："怎么可能？！你是我生的儿子，你有毛病我会不知道？"

见他表情不似作假，向来雍容的姿态顷刻崩塌，她有气无力地撑着额，半晌后，说道："你明天跟我去医院，我不相信。"

"去过了。"蒋熠开口，"你不相信我可以把检查报告发你，还有事没？我该去接祎祎了。"

翁晴张张嘴，紧接着就看到郁唯祎从外面进来，心神复杂地压下即将脱口的"那就给我治"，揉着太阳穴起身。

蒋熠回眸，对上郁唯祎微红的眼圈，玩世不恭地一笑，把她揽进怀里："怎么没等我？"

郁唯祎怔怔地仰头看他，听到翁晴脚步声出门，这才哑着嗓子说："你这样妈会难受的。"

"她让我们难受了三年，扯平了。"蒋少爷是个连亲妈的账都要算清的小心眼，自认为现在能做到心平气和地喊她妈妈已是最大的孝顺，他捏捏郁唯祎还想说话的脸，"我有你就够了。"

郁唯祎那些准备好的说服就再也说不出口。

她闷闷地埋进他的怀抱，觉得此刻说什么都有些苍白，只好若无其事地转移话题："很多网友都夸我的新节目不错，希望我继续做下去。"

"有眼光，也不看看是谁出品。"蒋少爷与有荣焉，"就是有眼光的人太少。"

"不少，这两天多了很多推荐。"郁唯祎说完，忽然福至心灵，狐疑地看他，"该不会是你花钱买的吧？"

蒋熠一顿，潇洒不羁地挑眉："当然不是，我老婆的作品还需要我花钱去推？有眼睛的网友免费宣传都还来不及。"

　　郁唯祎眨眨。

　　她看到他不自觉摸鼻子的小动作，也不说话，就用那双看破不说破的眼静静看他。

　　蒋熠装不下去了，以厚如城墙的脸皮径直抱起姑娘，回卧室。

　　"一点，就花了一点点，苏觐樾之前让我投资你们公司的节目，我就想着肥水不流外人田，反正别人做得都没你好。"

　　郁唯祎哭笑不得，被他一堆歪理堵得彻底无话可说。

　　这天后，翁晴再没当面提过生孩子的事，背地里却给蒋熠打了无数个电话，催他去看病，被他以工作忙等理由拒绝，这才不得已地渐渐消停。

　　夏至来临的那一天，郁唯祎早上到公司，混着咖啡香的肉包子味从茶水间飘来，她忽觉一阵恶心，冲到洗手间干呕半天，却什么都没吐出来。

　　以为可能是不小心吃坏了肚子，郁唯祎准备拿手机买药，点开APP的瞬间，指尖蓦地一顿，而后迅速切换界面，看到经期记录显示她这个月已经推迟了十五天，大脑一蒙。

　　半小时后，郁唯祎盯着手里的两条横杠，恍恍惚惚地给蒋熠打电话。

　　第一次在工作时间接到老婆来电的蒋少爷吓坏了，以为出了什么大事，直接推了会议去鲜橙接郁唯祎。看到姑娘递给他的验孕棒，他第一反应比她还蒙，许久后才不敢相信地说："这玩意儿是不是过期了？你等等。"

　　他说着就疾步下车，去最近的药店。

　　两人保护措施做得极到位，不敢冒丝毫风险的蒋少爷更是连郁唯祎的安全期都未曾无照驾驶，他一口气买了二十根验孕棒，用最快的速度赶回家，屏气凝神地握着她的手，然后，看到一溜排开的四十条红色横杠时，他和郁唯祎彻底僵住，心情都有些复杂。

　　两人面面相觑片刻，蒋熠忽地一滞，脸色变得难看起来，想起一个多月前翁晴曾来他们家送过东西，压着火，摸出手机联系翁晴。

279

刚接通，仿佛猜到他来意的翁晴打断他的质问，慢条斯理地一笑："你不是有毛病？既然这样还在意用什么样的措施？对，就是我换的，怎么，你病突然好了？"

蒋熠被技高一筹的亲妈气得哑口无言，挂断电话后，内疚地看着郁唯祎："乖，对不起，都是我不好，如果你不想，我们可以……"还没说完，就被她捂住了嘴。

"阿熠，我想。"郁唯祎到此刻终于完全清醒过来，语气坚定。

她想有一个他们的孩子，长着与蒋熠一样好看的眼睛，喊他们爸爸妈妈。

蒋熠眸光瞬深，还想说什么，对上郁唯祎认真而倔强的眼，只好妥协地把她拥进怀里。

当天下午，从一通电话就判断出自己偷梁换柱方案起效果的翁晴火速赶到蒋熠家，生怕来晚了她那不争气的儿子做出什么比编造自己有病更丧心病狂的举动，名为陪护实则监督地和他一起送郁唯祎去医院。确诊怀孕后，她喜上眉梢，面上却依然优雅从容，有条不紊地开始联系月嫂。

这晚回去，俩身份升级的小夫妻久久没能睡着，满脑子都是"这就当爸妈了"的不真切。蒋少爷更是紧张，一只手小心地放在郁唯祎肚子上，隔片刻就要问她有没有哪里不舒服。

郁唯祎笑道："没有，还那么小，不会不舒服，快睡吧，明天还得上班。"

蒋少爷想让老婆现在就休假，意识到她肯定不会答应，无奈地点点头，在她唇边温柔一吻，关上灯。

郁唯祎被他抱在怀里，因着白天折腾得有些累，很快睡着，半夜忽然醒来，却见身旁没人。

她坐起身，看到门外漏着一丝亮光，嘴上说着不要孩子的蒋少爷，正用手机照明，坐在门口翻字典。

听到她的动静，他连忙站起，疾步上前搀扶着她，细致地伺候劲儿好像她此刻已经怀胎十月。

郁唯祎揉揉眼睛，问道："怎么不睡？"

"马上。"蒋熠没说自己是睡不着,小心翼翼地把她抱在床上,收起字典。

"在起名字呀?"

蒋熠点点头,躺下,给她盖好被子,从后面小心地抱着她:"就随便翻了翻,你有没有喜欢的?"

郁唯祎困倦地钻入他怀里,闻言迷迷糊糊地说:"斯遇,斯人若彩虹,遇上方知有。"

蒋熠一愣,紧接着欣喜地弯眸:"那就叫这个。"

斯遇斯遇,里面有她名字的谐音,而且斯通"思"。

蒋少爷被半梦半醒的学霸老婆随口赏了个名,越想越喜欢,忽然,他轻轻蹙了下眉:"不过会不会有些绕嘴,郁斯遇?"

郁唯祎清醒了过来,有些蒙:"姓郁?"

蒋熠点头,温柔地捏捏她的脸:"你生的,当然要跟你姓,而且你的姓好听。"

郁唯祎眼睛蓦地一红,能让大男子主义的蒋少爷说出这种话,是真的没把孩子放在第一位。她缓缓眨了下眼,开玩笑:"男孩子也跟我?"

蒋熠"嗯"了一声:"不过我还是喜欢女孩,像你。"

郁唯祎再也说不出话,怔怔地看着不论何时都把她看得最重要的男人,想起一辈子都想要一个男孩的曾慧玲,如果她还在,会不会特别高兴。

她缓缓压下心里的酸胀,却摇摇头:"不用,跟你姓就好,我喜欢你的姓。"

蒋熠还想坚持,被远比他执拗的姑娘认真看着,只好打消这个一厢情愿的念头。

后来,检查出来是双胞胎,晕乎乎的两人被上天馈赠的双喜大礼包再次砸了个不知所措。

当天晚上,睡不着的学渣蒋少爷又开始翻字典,绞尽脑汁地想着给这个更意外的小天使起什么名,然后被郁唯祎随口一句话一锤定音。

不再纠结孩子跟谁姓的蒋熠开始越发担心郁唯祎怀两个太辛苦,每天二十四小时寸步不离地守着她,恨不能事事都代她去做,连小鱼都被他首次忤逆老婆提前送到了翁晴那里,因为害怕小鱼会不小心伤到她。产检、按摩、听课,他更是一次没落下过。到临产前,郁唯祎各项指标都堪称孕妇中最优,蒋少爷却瘦了整整十斤。

翌年,人间最美的四月天,郁唯祎顺利产下一对龙凤胎,男孩叫蒋斯遇,女孩起名郁初见。全程陪产的蒋熠第一次见郁唯祎疼得话都说不出来,心疼地紧紧抓着她的手,浑浑噩噩的大脑只剩下一定要守护好她的本能想法。

两声清脆的啼哭先后响起,翁晴高兴得失态,抱起一个后就催促儿子赶紧去看另一个。终于找回三魂七魄的蒋少爷却飞快地揉了下脸,依然片刻不离地守着郁唯祎,很少落泪的男人眼圈通红。

从出生就注定只能在家并列老二的俩宝宝完美继承了父母的超高颜值,性格却大相径庭,哥哥喜静,妹妹活泼,一个是翻版的郁唯祎,一个像蒋熠。

会说话后,每每被人问到为何姓氏不一样,小小年纪就极其沉稳的蒋斯遇会睁着那双和妈妈一样好看却清冷的眼,淡淡道:"因为他们都更喜欢对方的姓。"

软糯糯的小初见则会眨着一双黑如墨玉的大眼睛,甜甜笑道:"不只是这样呢,爸爸本来还想让我们都随妈妈的姓呢,爸爸说,生我们时妈妈吃了好多好多的苦,所以我们都要最爱妈妈。"

斯人若彩虹,"郁"上方知有,十七岁认识的少年,眼里有星辰,这么多年未曾有丝毫褪色的深爱,一如初见。

本书由西澄布丁委托长沙大鱼文化传媒有限公司正式授权江苏凤凰文艺出版社,在中国大陆地区独家出版中文简体版本。未经书面同意,本书的任何部分不得以图表、电子、影印、缩拍、录音和其他任何手段进行复制和转载,违者必究。